KB271407

김 문 수   산 문 집

김문수 산문집

설날이라 서운해서
엽서 한 장 띄워요

고향을 찾는 마음

타향살이를 하면 어느 누구나 고향을 그리워하기 마련이다. 사람뿐만 아니라 봄이 되면 기러기도 돌아간다. 물고기 중에도 바다에서 자란 뒤에 다시 민물로 돌아가는 것이 있고 반대로 민물에서 자란 뒤에 바다로 돌아가는 것이 있다.

수구초심首丘初心이란 고향을 그리워하는 마음을 비유하는 말이지만, 짐승도 죽을 때는 제가 살던 언덕 쪽으로 머리를 둔다는 데에서 비롯된 것이다.

이렇듯 고향으로 돌아가는 행위를 나타내는 낱말은 대체로 귀歸 자가 붙기 마련이다.

사람이 객지에 살다가 집으로 돌아가 어버이를 뵙는 일은 귀성 혹은 귀근이고, 봄이 되어 돌아가는 기러기는 귀안, 물고기가 원래 제 태생인 곳을 찾는 습성은 귀원성이다.

어쨌든 귀성은 어떤 경우이거나 간에 참으로 사람을 달뜨게 한다. 그 마음은 풍선이요 구름이다. 아니, 만발한 꽃나무다. 특별히 다감한 사람이 아니라도 귀성 전날은 밤잠을 설치기 마련이다. 만발한 꽃나무가 벌나비 떼를 불러들이듯 온갖 고향 생각을 다 불러들이기 때문이다.

잠을 설쳤어도 고향을 찾는 발길은 마냥 가볍기만 하다. 그 고향
길을 정한모 사백은 이렇게 노래했다.

집으로 돌아가는 마음은
초록빛 바람이었다.
나는 새였다.
제비의 날개였다.

휘도는 산모퉁이 배다리에 이르면
들판 건너 저 멀리
꿈에서처럼 보이는 마을들

터진 목 징검다리
맑은 물 빠른 물살
양지뜸 비석거리
하마비는 이제
내 키보다 낮아지고

평천마을 높은 집
저기 대청마루에서
발돋음 돋음하며
어머니가 기다리고 계시던

그런 여름날

집으로 돌아가는 마음은
나는 새였다.
지금도 향기로운
초록빛 바람이었다.

그야말로 귀성하는 마음은 나는 새요 향기로운 초록빛 바람이다.

이 세상 누구에게나 고향이 있다. '고향이 따로 있나 정들면 고향이지'라는 말이 있지만 그것은 고향에 대한 외면이 아니다, 망향의 역설적인 표현이다.

어느 누구에게나 고향이 있듯이 고향을 떠난 사람들에겐 저마다 고향을 찾아 그 안온한 품에 안기고 싶은 마음이 있다. 태어나서 자란 마을과 집, 자라면서 보아온 산과 들과 내, 함께 뒹굴며 뛰놀던 친구, 마을 사람들의 독특한 사투리와 훈훈한 인정. 그 정든 고향 땅으로 돌아가 가족과 이웃을 만나고 싶어 하는 마음을 '귀심'이라고도 하고, '귀사'라고도 한다.

풍선일 수도 있고 구름일 수도 있으며 또 만발한 꽃나무 같기도 한 귀심은 결국 본래적인 자신의 모습을 찾으려는 간절한 소망이기도 하다. 그러한 소망이 쇳가루라면 고향은 거대한 자석이다. 쇳가루는 영원히 그 자석의 자계에서 벗어날 수가 없다. 그것은 숙명이다. 행복한 숙명이다. 그리고 희열이다. 그 행복의 늪에 빠져 마음껏

희열을 맛보기 위해 타향살이를 하면 모든 이들이 고대하는 것은 명절이다.

명절은 때가 되면 어김없이 찾아온다. 타향살이의 시름을 잊고 귀성의 희열을 맛보게 하려고 해마다 때가 되면 어김없이 찾아온다. 고향을 떠난 이들의 귀심이 난동을 부리는 날은 설날과 추석날이다.

'동국세시기'에 밝혀져 있듯이 설은 한해가 시작되는 첫날이라 원단元旦이라고도 하고 세수歲首 혹은 연수年首라고도 한다. 이 날은 1년의 운수가 달려 있는 날이라 조상께 정성스레 차례를 지내며 몸과 마음을 단정히 하여 벽사초복辟邪招福(사악한 것을 물리치고 복을 구하다)을 빈다. 집안 어른들과 동네 어른들을 찾아 세배를 올리고 친구간에 서로 복된 한해가 되기를 빌어 주는 날이기도 하다.

또 추석은 중추절, 가위, 한가위 등으로 일컫는 명절로 이때는 춥지도 덥지도 않은 좋은 절기이며 햇곡식과 과일이 풍성하여 명절 중의 으뜸으로 쳤다. 원래는 신라 초부터 여자들이 편을 갈라 길쌈내기를 하여 진편이 이긴 편한테 음식을 차려 대접하고 같이 어울려 춤과 노래로 즐기는 날이다.

추석날이 되면 집집에서는 햇곡식으로 송편을 빚고 술을 담아 푸짐한 제사상을 차려 조상께 차례를 올린다. 밤이 되면 휘영청 밝은 보름달을 바라보며 먼 곳에서 찾아온 일가친척이 둘러앉아 오랫동안 나누지 못했던 정담을 펼치며 논다.

이렇듯 판이하게 다른 두 명절이지만 이른 아침에 종가에 모여 차례를 지내고 성묘 길에 나서는 것은 다름이 없다. 이것은 조상의 은

덕을 현재 우리가 누리게 되니 그에 대한 감사의 표현이다. 그러나 원래 설날의 차례에는 한 해의 농사가 잘 이루어지게 해 달라는 기원의 뜻도 담겨 있었고 추석의 제사에는 서양의 추수 감사절과도 같은 감사의 뜻이 담겨 있었다. 어쨌든 예나 이제나 이렇게 조상을 받드는 아름다운 풍습이 있어 명절 때에는 모두 종가에 모이게 되는 것이다.

요즘은 핵가족 시대가 되어 대개는 모든 자식들이 부모의 곁을 떠나 살고 있으므로 명절 때만 되면 역마다 터미널마다 인산인해를 이루지 않은 곳이 없다. 설빔으로 또는 추석빔으로 곱게 단장한 귀성객들의 인산인해는 드넓은 꽃밭일 수도 있고 귀성을 앞 다투는 전쟁터일 수도 있다. 당장이라도 역을, 또는 터미널을 가라앉힐 듯이 운집한 인파, 그러나 그 가운데 과연 명절의 본뜻을 아는 사람이 얼마나 될까. 조상의 은덕을 생각하여 차례를 지내고 성묘 길에 나서기 위한 귀성객이 얼마나 될까. 아마도 거개가 다 떠나 사는 고향이 그리운 귀심을 지닌 이들일 것이다.

태어나 자란 땅, 그리운 얼굴들을 마주할 수 있는 땅, 잠시라도 곤두선 마음을 녹여주는 고향의 말씨와 훈훈한 인정에 묻힐 수 있는 땅, 그러한 귀향길에 나선 귀심들일 것이다. 그렇더라도 어찌 그것을 탓할 수가 있으랴. 그 자체만으로도 소중한 마음이 아닌가. 그것이 곧 형제를 사랑하고 이웃을 아끼고 고향을 사랑하는 마음이며 더 나아가서는 나라를 사랑하는 마음이 되는 것인데 어찌 그것을 탓할 수가 있는가.

사전에서 풀이하는 고향은, 자기가 태어나 자란 곳 또는 그 지방이며 제 조상이 오래 누려 살던 곳이다. 사람에게는 어느 누구에게나 다 그가 태어나 자란 곳이 있기 마련이고 또 제 조상이 오래 누려 살던 곳이 있기 마련이다. 그러므로 고향이 없는 사람은 있을 수 없다. 부모가 없이 이 세상에 태어난 사람이 없듯이.

서울, 부산 등과 같은 도회지가 고향인 사람이 있는가 하면 개천이 흐르고 닭, 개, 소의 울음소리가 권태로움을 일깨우는 평화스러운 농촌을 고향으로 두고 있는 이도 있다. 파도 소리와 갈매기의 울음소리를 들으면서 자란 사람은 어촌이 고향이요, 뻐꾸기, 소쩍새, 진달래를 벗 삼아 자란 사람은 산골이 고향이다.

도회지가 고향인 사람은 농촌이나 어촌 혹은 깊은 산골에 고향을 둔 사람처럼 고향에 대한 관심이 크지 못하다. 그 추억의 아름다움에서도, 그에 대한 애틋한 정을 느끼는 면에서도, 농어촌이나 산골이 고향인 사람을 따를 수가 없다. 더구나 도시가 고향인 사람들은 대부분 그 고향에서 식물 같은 일생을 보내기 마련이다. 고작해야 동네를 옮길 뿐이며 도시에서 도시로 옮아 살 뿐이다. 도회지에서 태어나 자라다가 농촌이나 어촌 혹은 산골로 옮겨 살게 되는 일은 극히 드물다.

그렇기 때문에 도회지 사람들은 대개가 귀심이라는 게 없다. 그들이 태어나 자란 곳에서 자리를 옮겨 살고 있다고 해도 비슷비슷한 건물과 상점과 놀이터가 있는, 이름만 다른 같은 동네인 것이다. 따라서 눈에 익은 상점의 간판이나 정이 들었던 어린이 놀이터 정도를 그리워할 수는 없는 노릇이며 그로 인하여 간절한 귀심이 일어날 리도 없다. 그러므로 그들에게는 귀성이나 귀향이라는 단어는 그저 국어시간에 배운 낱말풀이 정도로 머리에 박혀 있기 마련이다.

명절 때만 되면 텔레비전 화면으로, 신문의 기사로 귀성 장면이 야단스럽게 보도되지만 그들의 가슴 속에서는 별다른 느낌이 일지 않는다. 귀성객들이 버스터미널이나 역에서 난장판을 벌이는 것이 무슨 뜻인지 그들로서는 이해할 수가 없을 것이다. 농어촌의 인구가 도시로 집중되어 비대해졌으므로 명절을 맞아 귀성객들로 도시가 텅 비다시피 되는 것은 당연하다는 정도의 느낌뿐일 것이다. 그들의 머리 속에서는 도시 인구가 잠정적으로 역이전되는 현상의 타당성만이 논리적으로 펼쳐졌다가 이내 접힐 것이다.

발가숭이가 되어 물장구치던 냇물, 수박이나 참외서리로 가슴 조이던 밭고랑, 소독내가 없는 차디찬 우물맛, 철마다 바뀌는 꽃과 새소리, 모깃불 옆에서 추켜보던 초롱초롱한 별자리..... 이 온갖 정든 것들이 가슴에 담겨 있지 않기 때문이다. 정든 땅, 정든 얼굴을 멀리 두고 사는 외로움을 모르기 때문이다. 그러므로 도회지 사람들에게는 고향이 있으되 없는 것이나 마찬가지다. 귀심을 일으키지 못하는 고향은 조화와 다를 바 없다. 그러나 짙은 향내를 내뿜는 꽃과도 같은, 이름만 들어도 왈칵 눈물을 쏟게 되는 정든 고향을 두고도 그곳을 찾을 수 없는 이들로서는 차라리 고향을 모르고 사는 사람들이 부러운 것이다.

고향이 있어도 고향으로 돌아갈 수가 없다는 것은 슬픔이 아니라 형벌이다. 그들로서는 차라리, 명절날 공단의 게시판 앞을 서성거리는 실업자 편이 부럽고 단 하루도 여가를 낼 수 없이 일에 매달려 명절 밤을 한 잔의 소주와 망향가로 보내는 사람들이 부럽다. 귀성의 행복을 누릴 수 있는 장차가 있고 귀성 대신에 문안 편지를 띄워 보낼 수도 있기 때문이다.

역사의 격랑에 밀려 사할린에서 혹은 중국 땅에서, 아니 한 나라 안에서 발이 묶여 버린 실향민. 그들의 ‘망향望鄕’이 아닌 ‘망향亡鄕’은 불치병의 고통이다.

지호지간의 개성 땅을, 모란봉과 부벽루의 땅을, 구월산의 고장을, 명사십리 해당화의 고장을, 압록강변을, 두만강변을, 금강산 기슭을 찾지 못하고 매년 자기네 고향에 뜨는 달을 타향에서 바라보아야만 하는 괴로움이 어찌 불치의 병고와 다르랴. 한 치라도 고향 땅과 가까운 임진각으로 혹은 통일전망대로 몰려가 두고 온 혈육의 안부를 궁금해 하고 두고 온 산하를 그리워하는 그 아픈 가슴들은 또 얼마나 많은가. 그들에게는 설이니, 추석이니 하는 명절은 명절이 아니다. 그것은 찢긴 가슴이 더 찢기는 아픔의 날이다.

사람에게는 누구에게나 고향이 있듯이 타향살이에는 언제나 귀심이 따른다. 고향을 떠나 사는 사람의 가슴속에 늘 귀심이 어리어 있듯이 고향에 갈 수 없는 이들의 잠에는 언제나 고향의 꿈이 있다. 고향의 흙냄새를 꿈으로 맡고, 고향의 부모냄새를 꿈으로 맡는다. 고향 친구들의 진한 사투리를 꿈으로 듣고 고향의 바람소리도 꿈으로 듣는다.

'맥'이라는 전설상의 동물은 사람이 꾸는 꿈을 먹고 산다고 한다. 맥이 꿈을 먹고 살 듯이 고향을 잃은 사람들은 고향의 꿈을 먹고 산다. 고향을 잃은 아픔을 씻기 위해 고향의 꿈을 먹고 산다. 하루라도 빨리, 잃은 고향을 찾기 위해 고향으로 돌아가는 꿈을 먹고 산다. 고향으로 돌아가는 귀몽歸夢을 먹고 산다.

고향이 있는 사람들은 귀심 때문에 귀성을 하게 되지만 고향을 잃은 사람들은 귀심 때문에 귀몽을 한다.

그 옛날은 말할 나위도 없으려니와 도포자락을 휘날리던 때만 하더라도 타향살이를 하는 사람들은 극히 드물었다. 벼슬길에 오른 사람이 아니면, 이웃에 낯이 없어 단봇짐을 싸 가지고 야반도주를 해야만 한 몇몇에 지나지 않았을 것이다. 대부분이 한 포기의 풀처럼, 한 그루의 나무처럼 태어나 자란 땅에서 한평생을 마치기 마련이었다. 따라서 벼슬자리를 얻어 고향에 돌아오는, 이른바 금의환향은 지극히 드문 일이었다.

그러나 시대가 바뀌어 양복바람이 일면서 고향을 떠나 사는 사람들이 늘어났다. 높은 학교에 다니기 위해, 흙을 파는 일이 아닌 다른 일을 잡기 위해 사람들은 양복 바람을 타고 고향을 떠나 도회지로 향했다. 해가 거듭될수록 그렇게 고향을 비우는 사람은 나이테처럼 늘어났다. 그러나 본격적으로 사람들이 고향을 빠져나가기 시작한 것은 60년대 초반부터였다. 생산 제일의 공업화 정책이 이뤄지고 세상이 온통 산업 사회로 급변했기 때문이다. 공업화, 도시화, 핵가족화의 결과로 도시는 비대해지고 그와 비례하여 농어촌이 쭉정이를 닮고 말았다. 고향을 떠나는 사람들은 남자들뿐이 아니었다. 소녀와 처녀들도 공장 노동자가 되어 떠나온 고향에 돈을 보낼 수가 있었다.

명절이 되면 그들은 연어처럼 돌아온다. 자기가 태어난 민물에 알을 낳기 위해 기를 쓰며 바다에서 강으로 거슬러 오르는 연어처럼 그렇게 고향을 찾는다. 방망이처럼 달력을 똘똘 말아 쥐고, 청주병을 소중히 끌어안고, 과일바구니를 들고, 몇 칼의 쇠고기를 싸 묶어 손가락에 걸기도 하여 '나는 새처럼, 향기로운 초록빛 바람처럼' 고향을 찾는다. 먹고 입는 것을 아껴 모은 돈을 부치고 그 나머지 돈으로 '가난한 선물'을 마련하여 귀성하는 것이다. 똑같은 술, 똑같은 과일, 똑같은 쇠고기이지만 도회지에서 사 온 그 가난한 선물들은 금 쪼가리처럼 귀한 대접을 받고 제사상에 오른다.

조상을 뜻하는 할애비조祖는 시示와 차且가 합쳐서 된 글자이다. 시示는 제단을 뜻하는 것이며, 차且는 제물을 쌓는 것을 뜻한다. 조상을 받드는 것을 의미한다. 또한 마루종宗의 갓머리(宀)는 집을 뜻하며 시示는 역시 제단을 뜻하는 것으로 둘이 합쳐져 제사 지내는 집, 즉 종묘나 종가를 뜻한다. 설사 그들의 귀성 선물이 이렇듯 경건한 차례를 의식치 못한 것이라 할지라도 그것들은 결국 조상의 은덕을 감사하는 제사상의 제수로 큰 몫을 한다.

물론 모든 이의 귀성이 다 한결같을 수는 없다. 모처럼의 귀성이 '금의야행錦衣夜行'이어서는 안 된다고 기를 쓰는 사람들도 있기 마련이다. '금의야행'은 중국의 항우라는 인물로부터 유래된 말이긴 하나 그에게만 해당되는 말일 수는 없다.

초나라의 항우는 뒤에 한 고조가 된 유방과 협력하여 진나라를 쳐부수었다. 스물넷의 나이에 맨주먹으로 일어난 지 3년 만에 패권을 잡은 것이다. 그는 진나라를 손에 넣자 궁전을 모조리 불사르고 창고에 쌓인 금은보화와 진나라에서 으뜸가는 절색들을 마차에 싣고 함양(진나라 서울)을 떠나려고 했다. 그때 한 측근이 항우에게 말했다.

"진나라는 험한 산이 사방으로 막혀 있을 뿐만 아니라 땅이 비옥하기 때문에 여기 도읍을 정하고 도모하면 영원히 천하를 휘어잡을 수가 있습니다."

그 말을 듣고 항우가 대답했다.

"부귀를 얻고도 고향에 돌아가지 않는다면

그것은 마치 비단 옷을 입고 밤에 다니는 것과 같다.

누가 그것을 알아보겠는가."

이 말을 전해들은 진나라 사람이 항우를 비웃어 이렇게 말했다.

"초나라 사람은 원숭이에게 갓을 씌웠다더니 과연 그 말이 맞구나!"

그 사람의 말은 옷차림은 좋은데 그것을 입은 사람의 인간성은 형편이 없다고 비웃은 말이었다. 즉, 항우야말로 갓 쓴 원숭이와 같다는 뜻이었다.

항우는 크게 노하여 그 사람을 잡아다 솥에 쪄 죽이고 말았다.《사기》의 항우편에 나오는 이 고사에서 '금의야행'이란 말이 생겨났다. 그러나 얻은 부귀를 고향에 자랑하고 싶은 것이 어찌 항우뿐이랴.

예부터 있어온 일이지만 입각이 된다든지 관직이 높아지면 귀성하여 성묘하는 일은 요즘도 흔히 있는 일이며 또 당연한 일이다. 객지에 나가 적수공권으로 부를 얻게 된 사람 또한 그러하다. 그것은 살아있는 부모에 대한 효이며 조상에 대한 보은이다. 그뿐만이 아니라 자기가 나서 자란 고향과 자기가 자라는 것을 지켜보아온 그곳 친지나 이웃에 대한 보답이기도 하다.

만약 부귀를 얻고도 고향에는 코끝도 내밀지 않고 외면을 한다면 그것은 오히려 불효이고, 배은이며, 개구리 올챙이 적 생각 못하는 결례가 아닌가. 따라서 부귀를 얻은 사람이 고향을 찾아 잔치를 벌이고 고향의 발전을 위해 희사하는 것 또한 지극히 바람직하다. 다만 문제가 된다면 그 태도가 겸손하고 그 목적이 순수해야 된다는 점이다. 추어탕(미꾸라지 국) 먹고 용트림하는 투의 허세나 안하무인의 오만으로 고향을 휘젓는다면 그것은 금의환향일 수 없다. 그들이 곧 '갓 쓴 원숭이'라는 비웃음을 받게 되는 대상이다.

배금주의와 한탕주의가 만연한 사회가 되어 도처에 갓 쓴 원숭이가 그들의 고향을 오염시키는 사례가 적지 않다. 자기가 흙을 만지지 않게 되었다고 흙을 파며 땀 흘리는 고향사람들을 주눅 들게 하는 사람들, 문명화된 도시 생활의 편리와 향락에 대해 폭포 같은 자랑을 쏟아내며 자기 고향을 오염시키는 사람들이 적지 않다. 자기 고향에서 생산하는 쌀과 채소와 고기로써 세 치 혀를 놀릴 수 있게 되었다는 것을 모르는 사람들이다. 자신들의 세 치 혀 아래 도끼가 들어 있다는 것을 모르는 사람들이다. 그것은 물고기가 물이 있어 헤엄치게 되나 물이 있음을 잊고, 새가 바람을 타고 날게 되나 바람이 있음을 모르는 것과 조금도 다름이 없다. 고향이 있어 귀성하지만 앞으로 자기가 귀성할 고향을 황폐케 하는 사람들이다. 그것은 곤장 매고 매를 맞으러 가는 자업자득이다. 귀성할 수 있는, 아니 고향을 가질 수 있는 자격이 없는 사람들이다.

차례

제1부

만취재의 솔향기

제2부

김정호의 발자취를
따라 나선 옛길

만취재의 술향기

백설유감 白雪有感

눈이 내린다. 창가에 붙어 서서 소담스럽게 내려 쌓이는 눈을 본다. 눈발 저쪽에 떠오르는 얼굴이 있다. 장성한 따님들을 여의고 시카고에서 로스앤젤레스로 이사한 지기의 얼굴이다. 30년을 눌러 살았던, 그것도 네 계절이 뚜렷한 곳에서 살다가 어떻게 1년 내내 여름이나 진배없는 곳에서 적응할 수 있겠느냐고 걱정했더니 '눈 치우기가 지겨워서'라며 웃던 얼굴이다.

문득 쌓인 눈을 어림해 보며 바깥으로 나가본다. 눈발이 뜸해지면 길을 내야 할 판이다. 담배 연기를 뿜으며 측백, 옥향에 눈을 팔기도 하고 혹 촘촘한 솔잎에 얹힌 눈 때문에 위험해진 가지는 없는가 살펴보기도 한다. '꼭 크리스마스 카드 같다.'는 아내의 감탄이 과장만은 아니다. 그러나 그 조춘설광早春雪光도 지난해와는 사뭇 다르게 별로 내 마음을 움직이지 못한다. 그저 '겨울 가뭄에 해갈이 되겠다.'는 정도의 반가움이요 '겨울답구나.' 하는 생각이 고작이다. 아니 깨끗하구나 싶기도 하다. 온갖 지저분한 것들 위에 눈이 뒤덮였으니 깨끗해 보이지 않을 리가 없다.

쌓이는 눈을 보고 있자니 문득 설욕雪辱이라는 낱말이 떠오른다.

설치雪恥와 마찬가지로 욕되고 부끄러운 것을 깨끗이 씻어냄을 뜻하는 말이 아닌가.

마음속에서 들끓는 울분을 깨끗이 씻는 것은 설분雪憤이요, 원한을 풀어내는 것은 설한雪恨이다. 욕되고 부끄러운 것, 울분, 원한을 깨끗이 씻는다는 낱말에 모두 눈 설雪자가 들어 있구나 싶어 새삼스럽다.

아득한 옛날부터 눈을 깨끗함의 상징으로 여겨왔던 때문일 것이다. 또 우리 조상들이 유달리 눈의 순백을 좋아했다는 반증일 수도 있겠다. 흰옷을 즐겨 입었던 것도 그 때문이요 백의민족임을 자랑해왔음 또한 그 때문일 것이라고 생각해본다.

일제 때 창경원장을 지냈다는 하군下郡이라는 일본인의 글이 생각난다. 그 사람의 수렵기에서 읽은 것인데 당시 일본 엽사들이 사냥을 나갈 때면 저들의 엽복 위에다 우리네의 흰 두루마기를 구해 입고 머리에는 흰 무명 수건을 둘러쓰고 심지어는 엽총까지도 흰 천으로 둘둘 감아 들고 다녔다고 한다. 그리고는 '예로부터 이 나라에서의 흰색은 향토색처럼 되어 있어 야생의 조수마저도 흰 색깔과 친근해 흰빛을 보면 좀처럼 놀라는 기미가 없기 때문'이라고 그 까닭을 밝혀놓고 있다.

'조수마저도 친근해 했던 흰색'의 백의는 이제 지리산 청학동에나 가야 찾아볼 수 있게 됐고 백의민족이라는 자긍심도 우리 마음속에서 사라진지 오래이다. 하기야 지구촌이니 국제화니 하는 말들이 난무하고 있는 이 시대에 백의를 찬양했다가는 정신 나간 사람으로 취급되기 십상이다. 물론 백의를 고집하거나 찬양하려고 이런 얘기를 꺼낸 것이 아니다. 그러나 백설로 인한 백의의 연상은 내게 있어서는 자연스러운 것이었다.

어쨌든 지금 우리는 우리 조상들처럼 순백의 색깔을 좋아하지도 않는 듯하며 그것을 숭상하는 마음은 더더욱 없게 된 듯하다. 그 까닭이 흰옷을 입지 않게 되었기 때문만은 아닐 테지만 흰옷이 사라진 것과 세상이 혼탁해진 것과는 이상하게도 시기적으로 맞아 떨어지는 듯하다.

눈발이 끊어져 길이라도 터놓을 양으로 다시 바깥으로 나갔더니 어느새 도둑고양이와 까치들이 눈밭에다 발 도장을 찍어놓았다.

설니홍조雪泥鴻爪, 소식蘇軾의 시구에서 연유한 이 말은 '눈 위의 기러기 발자국이 눈 녹으면 자취도 없이 사라지듯' 인생무상 또한 그와 같다는 비유이다.

눈이 내리는 걸 봐도 전과는 달리 덤덤하고 눈 덮인 세상을 봐도 그저 길 틔울 생각부터 드는 것은, 설니홍조의 무상함을 절실하게 깨닫게 된 나이 탓인지 아니면 제아무리 순백의 세상으로 보이지만 그 밑에 감춰진 지저분하고 더러운 것이 없어지지 않았듯이 감춰진 세상의 혼탁함에 속지 못하는 얄미운 계산 탓인지 모를 일이다.

꽃과 벌

대추나무가 한 그루 서 있다. 울 안에 있는 나무다.

5년 전, 남이 살다 내놓은 집을 샀기 때문에 정확한 나이는 알 수 없으나 짐작으로 한 스무 살 쯤 되지 않았을까 싶다.

울 안에 있는 여러 나무들 가운데 유일한 이 유실수는 내게 특별한 나무가 되었다. 가을에 열매를 수확할 수 있는 나무여서 이 대추나무는 내게 '대추待秋' 나무가 된 것이다. 다시 말해 가을을 기다리게 하는 나무가 된 것이다. 대추를 수확해서 돈을 만들겠다는 뜻이 아니다. 거둬들인다는 뿌듯함을 느끼게 하는 그 자체가 기분 좋은 것이다. 그러나 애초에 대추나무를 심은 사람은 나와 같은 생각으로 심지는 않았을 것이다.

옛날부터 우리 선조들이 울 안에 대추나무를 심은 것은 자손이 번창하기를 염원하는 뜻에서였다. 열매가 수도 없이 달리기 때문이다. 또 대추나무는 목질의 단단하기가 다른 나무와 비교할 수 없을 정도이다. 그래서 단단하고 야무진 사람을 일러 '대추나무 방망이 같다.'고 하고 '대추씨 같다.'고도 했다.

지금도 혼례 때 폐백을 받는 자리에서 시부모들이 며느리가 된 새색시에게 대추를 던져주어 그것을 치마폭으로 받게끔 하는 것을 종종 보게 된다. 단단하고 야무진 아들을 많이 두라는 주술적인 행위이다.

대추가 이렇듯 우리의 민속과 깊은 관계가 있기 때문에 우리 집의 대추나무를 심은 분의 뜻을 그쪽과 연관시켜 짐작하게 된 것이다. 그 뜻이야 어쨌든 간에 울 안에 있는 대추나무 덕에 나는 가을이면 수확의 즐거움을 누리게 됐으며 뿐만 아니라 대추나무를 가까이서 관찰할 수 있게 되었다.

대추 꽃은 다른 꽃들이 다 지고 난 뒤, 여름이 돼야만 뒤늦게 꽃을 피운다. 물론 잎이 나는 것도 늦다. 대추나무의 그런 생리를 모르는 사람들은 혹 죽은 나무가 아니냐고 묻기도 한다. 대추나무에 대해 잘 몰랐던 나도 이사 온 첫해는 그런 생각을 품었었다. 그런데 봄이 다 가도록 죽은 듯 음흉을 떨고 있던 나무에 잎이 돋기 시작했고 초여름에 꽃이 피었던 것이다. 얼핏 보면 좁쌀들이 뭉쳐 있는 듯한 황록색의 자잘한 꽃들은 볼품이 없는 대신 그 향기는 여간 아니다. 그 짙은 향기로 무수한 벌떼를 불러들여서, 나무 밑에 서 있으면 벌떼의 날갯짓 소리에 넋을 잃을 정도이다.

이사 온 첫해는 대추가 무척 많이 달렸었다. 가지가 꺾어질 지경이었다. 그런데 그 이듬해에는 열매가 그다지 많지 못했다. 해거리를 하는 것이겠거니 했다. 그런데 그 다음 해에도 역시 대추가 많이 달리지 않았다. 이렇듯 해마다 열매가 부실해 시집을 보내볼까 싶기도 했다.

우리 민속에 '대추나무 시집보내기'라는 것이 있다. 한문으로 가조수嫁棗樹라고도 하는 이것은 V자 꼴로 갈라진 대추나무 가지에다 단옷날 밤에 돌을 끼워놓는 행위를 말한다. 그러면 대추가 많이 달린다는 것이다.

그러나 그럴 필요가 없었다. 해마다 대추가 부실하게 달리는 까닭을 알아낸 것이다. 가지가 찢어질 지경으로 달리던 대추가 눈으로 셀 수 있을 정도로 줄어든 까닭은 벌떼가 찾아오지 않기 때문이었다. 대추 꽃이 한창일 때 넋을 빼놓을 정도로 윙윙대던 벌떼의 날갯짓 소리가 들리지 않게 되어 그것을 깨닫게 된 것이다. 꽃은 흐드러지게 피어 그 향기가 진동을 하건만 벌은 이 가지 저 가지에서 너 댓 마리만 날고 있을 뿐이었다.

벌떼가 줄어든 까닭을 어렵잖게 짐작할 수 있었다. 농약이나 소독약 또는 벌이 살 수가 없는 여러 공해 요소 때문이었다. 생태계의 조화가 깨진 것이었다.

꽃이 흐드러지게 피고 그 꽃들이 짙은 향기를 뿜어낸들 그게 무슨 소용인가. 꽃을 찾는 벌이 없는데 그 꽃에서 어찌 열매를 기대할 수 있겠는가.

이 가을의 문턱에서 대추나무를 바라보는 마음은 착잡하다. 착잡하다기보다 절망스럽다고 함이 옳다. 생태계의 조화가 깨지는 이 시대, 우리 인생의 꽃이 열매를 맺지 못하게끔 하는 독소들은 또 얼마나 많은가.

거둬들일 것이 없는 가을, 이 절망스러움을 어찌해야 하는가.

우리는 모두가 그 해답을 알고 있다. 그러나 행하지 않아 이 지경
에 이른 것이다.

네 개의 수레바퀴

원효대사는 그의 명저 《기신론소起信論疏》에서 네 개의 수레바퀴를 보시布施, 애어愛語, 이행利行, 동사同事 등의 네 가지 덕에 비유해 설하였다. 그리고 그 큰 수레(一大乘)의 목적지가 곧 저 언덕(彼岸)이라고 했다.

그러니까 수레가 저 피안의 언덕에까지 다다르려면 그 바퀴들이 잘 굴러야만 한다.

인색한 이기주의를 마음속에서 죽이고 탐욕을 부리지 않는 보시, 거짓과 모함을 하지 않고 오직 자비로운 마음에서 우러나는 애어, 누구에게나 참된 이익을 주는 이행, 남과 더불어 참된 기쁨과 슬픔을 나누며 같이 일하는 동사, 이 네 개의 수레바퀴가 잘 굴러야만 올바로 피안에 도달할 수가 있다는 것이다.

유독 '애어愛語'의 바퀴에 대해 오래 생각하게 된다. 참으로 세상은 많이도 시끄럽다. 그 많은 말들을 모두 한 그릇에 담는다면 그 그릇은 얼마나 커야 할까. 그 시끄러운 말들을 무게로 달 수 있다면 얼마나 될까. 아마도 이 세상에는 그 말들을 담을 그릇도, 그 말들을 달 저울도 없을 만큼 무한히 크고 무거울 것이다. 그리고 그 많은 말

중에 애어는 얼마나 될까. 남을 이롭게 하는 말은 따뜻하고 푹신한 솜과 같고 사람을 상하게 하는 말은 가시덤불이나 찬 얼음과 같다는 말이 있는데 따뜻하고 푹신한 솜 같은 말은 과연 얼마나 될까. 애어야말로 한없이 푹신하고 따뜻한 솜 같은 것이어서 이 세상을 푸근하게 한다. 어느 누구든 그런 말은 아무리 많이 해도 손해를 보거나 해가 되지 않는 법이다. 물론 돈도 들지 않는다.

소크라테스는 이 돈 안 드는 말, 곧 칭찬의 명수였다. 어느 날, 변론가이며 소피스트로 유명한 트라시마코스가 '당신은 남에게 아무것도 가르쳐 주지 않고 남에게 배우고 다니면서도 그 사례를 조금도 하지 않는다.'고 비방했다. 그러자 소크라테스는 '아닌 게 아니라 내가 남들에게 배운다는 것은 맞는 말이야. 그러나 내가 사례를 하지 않는다는 것은 전혀 틀린 말이네. 나는 내가 할 수 있는 한 사례를 하고 있어. 내게는 돈이 없으니까 내가 할 수 있는 건 칭찬뿐이거든. 만약 내가 알고자 하는 것에 대해 누군가가 옳은 말을 한다면 내가 얼마나 아낌없이 칭찬을 하는지 자네도 두고 보면 알 것일세.'라고 대답했다.

플라톤의 《국가》에 나오는 이 이야기는 소크라테스가 칭찬에 인색하지 않았음을 분명하게 보여준다.

옳은 말과 행동, 훌륭한 사람과 의로운 사람, 좋은 일과 꼼 받을 일에 대한 칭찬이 인색함은 물론, 오늘 우리 시대는 애어愛語의 극심한 가뭄을 타고 있다. 나도 그 가뭄 조장에 큰 몫을 한 사람 중의 하나다.

아버님과 만취재

서울 생활이란 자칫하면 달력으로만 새로운 계절을 맞고 보내기 십상이다. 실은 나도 재작년까지는 그렇게 계절감이 없는 생활을 했었다. 춥고 더운 날을 빼면 봄이 오는지 가는지, 가을이 오는지 가는지 통 계절의 변화를 느낄 수가 없었다. 그렇게 30년쯤을 서울생활에 젖어 있다가 재작년부터 나는 서울에도 봄, 여름, 가을, 겨울이 뚜렷하다는 것을 실감하게 되었다. 북한산의 동쪽 발치에다 거처를 옮긴 덕이었다. 그 위치를 좀 더 자세히 설명하자면 4·19공원묘지에서 좀 올라가 아카데미하우스 못 미치는 곳인데 이곳은 원래 산기슭이었던 곳을 택지로 조성한 마을이라 지금도 동네 곳곳에 노송들이 서 있다.

우리 집 울 안에도 두 그루가 있고 울 밖이긴 해도 뒷문 앞과 대문 앞에도 각각 한 그루씩 서 있다. 이 소나무들 스치는 바람소리만으로도 계절의 변화를 알 수 있지만 마당에서도 이른 봄부터 늦가을까지 숱한 산야초가 싹을 틔우고, 꽃을 피우고 그리고 또 잎을 지우곤 하기 때문에 나는 답답한 서울살이를 탈피할 수가 있게 된 것이다.

내가 이곳으로 이사한 직후 아버님께서 다니러 오셔서 울 안의 소나무랑 목련, 후박, 주목 등을 살피시며 아주 흐뭇해 하셨다. 서울의 찌든 냄새에서 풀려나 공기 좋고 조용한 곳에다 거처를 옮기게 된 아들의 처지가 당신의 마음을 그렇게 흐뭇하게 만들었을 것이다. 모르면 몰라도 아마 내가 큰돈을 벌어 강남인가 하는 곳에다 고래등같은 집을 사서 옮겨 앉았다 해도 그토록 흐뭇해하시지는 않으셨을 것이다.

그날 나는 내가 쓴 수필 한 편을 아버님께 보여 드렸다. 그 내용은 소나무를 예찬한 것이었다. 늦도록 푸르른 소나무를, 늙어도 그 절조를 잃지 않는 선비에 비유한 한시가 거기에 인용돼 있었는데 그 내용은 다음과 같은 것이다.

지지간송반 遲遲澗松畔
울울함만취 鬱鬱含晚翠

'저 시냇가의 소나무는 더디고 더디게 자라지만 무성하고도 늦도록 푸르도다.'라고 번역이 되는 시였다.

내 수필을 다 읽으신 아버님께 나는 말씀드렸다.

"서재에 만취당이란 이름을 붙이면 어떻겠습니까?"

"만취당 보다는 만취재가 좋겠다."

이렇게 대답하신 아버님께선 며칠 뒤 '만취재晚翠齋'라는 편액을 쓰시고 또 그것을 표구까지 하셔서 당신께서 직접 가지고 오셨다. 그리고는 그 1년 뒤에 별세하셨다. 80 노령이시긴 해도 무척 건강이 좋으셨던 분이 그야말로 거짓말처럼 돌아가신 것이다.

사실 아버님의 80 평생이야말로 '늦도록 푸르름을 잃지 않으신 생애'였다. 불의와는 절대로 타협하지 않으신, 조금도 남에게 해를 끼치지 않으신, 돌아가실 때까지 그 절조를 잃지 않으신, 그야말로 '소나무 같은 삶' 바로 그것이었다. 내 서재에 '만취'라는 이름을 붙이려 한 것도 또 아버님의 친필로 그 편액을 만들려 한 것도 실은 아버님의 그러한 삶을 본받기 위함이었다.

귀뚜리가 가을을 재촉하면서부터 만취재의 모든 나무들도 잎을 떨구기 시작했다. 후박, 목련이 잎을 떨구기 시작했고 진달래며 산당화도 잎을 떨구기 시작했다. 그렇듯 모진 비바람도 견딘 나뭇잎들이 산들바람에도 맥없이 잎을 지우기 시작한 것이다. 이제 멀지 않아 만취재의 모든 나무들이 앙상한 가지로만 서 있게 될 것이다. 그러나 소나무만은, 아니 만취재의 노송들은 겨우내 푸르게 서서 눈과 바람을 견딜 것이다. 아버님은 우리 곁을 떠나셨어도 그 푸르른 삶이 우리에게 남아서 마치 한 그루 소나무처럼 눈과 바람을 견디게 할 것이다.

서울살이 40년

‘충청’하고도 ‘북도’ 출신인 나를 친구들은 골샌님이라고 놀린다. 말이 좋아 골샌님이지 촌놈이라는 얘기다. 그런 내가 서울과 인연을 맺게 된 것은 대학 진학 때문이었다. 그 해가 1958년이니 나의 서울살이가 자그마치 40년이나 된다. 대학 4년은 서울살이가 아니라고 한다면 군대 복무 기간까지 합해서 뺀대도 30년 넘는 세월이 내 서울살이다. 강산이 세 번이나 바뀌고도 남는 세월이니 결코 짧다고 할 수가 없다.

그런 세월을 사는 동안 서울은 차츰차츰 바뀌었고 나는 그 바뀐 서울에 정이 떨어졌다. 그런데도 아직 서울에 살고 있으며 아마도 서울에서 삶을 마감할지도 모른다. 왜냐하면 그동안 고향은 타향처럼 돼 버렸으며 이제 내려간다 해도 내게 밥을 벌 터전을 내줄 곳도 또한 그런 사람도 없을 테니까. 그러니 ‘서울이 좋아, 서울이 좋아!’ 하고 서울에게 비위를 맞추며 살아야 하는데 나는 그러질 못한다. ‘서울이 좋다지만 나는야 싫어……’ 하는 유행가를 흥얼거리는 것으로도 만족치 못해 ‘서울이 좋다지만’이라는 소설까지 썼다. 서울 얘기가 나오는 다른 작품도 여러 편 있지만 서울의 치부를 이만치 까발린 작품은 없다. 6백매 가량 되는 이 연작소설이 어떤 작품인가를 밝히기 위해서는 줄거리를 소개하는 것보다 그 작품이 수록된 중편집(1991년 아카데미 발행)의 서문을 옮겨 적는 것이 더 나을 것 같다.

이 세상에서 우리나라의 서울 같은 곳이 또 있을까? 이 많고도 많은 사람, 이 많고도 많은 집, 이러한 과밀 도시가 이 세상에 또 있을까 싶다. 이렇듯 많고 많은 사람들이 모여 살기 때문에 여러 가지 바람직하지 못한 현상들이 생긴다. 그 중에서도 숱한 사람들이 지독한 이기주의자로 변한다는 것이 가장 큰 문제라고 생각한다. 《당근》('홍당무'라고 번역된 것은 잘못이다)이라는 작품으로 우리에게 친숙한 프랑스 작가 르나르는 일기에 '나는 점점 이기적으로 변하고 있다. 왜 그런지 자꾸만 그렇게 돼가고 있다. 하지만 그럴 적에도 남을 행복하게 하기 위해서 봉사해야 한다는 것, 또한 거기에서 자기의 행복을 느끼게 된다는 것을 잊어서는 안 된다.'라고 적고 있다. 서울 사람들은 대부분이 남의 행복을 위해 봉사하고 그로 인하여 자기의 행복을 얻으려는 사람들이 아니다. 때문에 '서울에는 이웃집이 많으나 이웃은 없다'는 말이 생겨난 것 같다.

르나르는 또 그의 일기에 '사람들은 흔히들 세상일이 마음대로 되지 않는 법이라고 말한다. 그러나 따지고 보면 실은 사람들이 일이 되도록 노력하지 않는다는 말이 더 옳은 말이다.'라고 적어 놓았다.

나는 정을 나누며 살 줄을 모르는 서울의 어떤 골목 사람들의 애기를 〈서울이 좋다지만〉에 썼던 것이다. 서울 사람들은 정이 많은 사람이며 모두들 남에게 인정을 베풀며 산다는 얘기를 듣게 된다면 그때의 서울은 교통지옥도 아니고 매연 구덩이도 아니며 수돗물 때문에 난리를 피우는 곳도 아닐 것이다.

즉 내 소설 〈서울이 좋다지만〉은 서울에 살고 있는 우리가 서울을 어떻게 만들었으며 또 어떻게 만들고 있는가를 반성하자는 뜻에서 쓴 소설이라고 할 수 있다. 더 넓게는 이 시대의, 우리나라 사람들의 삶에 대한 얘기이다. 그런데 어떤 딱한 독자(물론 아는 사람이다)가 서울을 욕한 사람이 왜 서울에서 살고 있느냐는 투로 비아냥대며 마치 나를 배반자로 취급한 일이 있었다. 물론 내가 반격하지 않았을 리 없다.

'서울이 좋다며 올라와 사는 사람, 서울이 좋다고 하니 올라와 사는 사람들의 대부분이 서울에 오기 전에는 인정 많은 사람들이었는데 그 사람들이 1~2년만 서울살이를 하면 어떻게 되는지 알아? 서울살이에 실패하지 않기 위해 모래밭 같은 가슴이 돼버리잖아! 누가, 무엇이 그들을 그렇게 만드는지 반성할 때가 된 거야. 서울이 좋다지만 이러저러한 많은 점들을 고쳐야 한다는 얘기야.'

정도定都 육백 년을 넘긴 이 시대에 서울에 사는 모든 이들이 서울이 좋다지만 이러저러한 점들이 나쁘다는 것을 제대로 인식하여 그것들을 고치지 않는 한 '서울이 좋다지만 나는야 싫어!'라는 불평은 지구촌 구석구석까지 확산될 것이다.

이것이 둔하디둔한 촌놈인 내가 서울살이 40년에 얻은 결론이다.

삼층 누각

대학교 입학시험으로 떠들썩하던 무렵, 나는 텔레비전 화면을 통해 낯익은 부처님을 뵙게 되었다. 서울신문에 연재하고 있는 '신동국여지승람新東國輿地勝覽'의 취재 때문에 찾아 뵌 적이 있는 부처님이었다.

높은 산꼭대기의 거대한 화강암에 조각된 부처님은 소발素髮에 육계肉髻가 뚜렷하고 세련된 눈, 코, 입 등의 표현이 두둑한 얼굴과 잘 조화되어 친근감을 느끼게 했다. 이런 훌륭한 조각 솜씨 때문에 국보로 지정되어 있는 부처님인 것이다.

이 부처님이 그곳에 모셔진 것은 신라 선덕여왕 때라고 한다. 그런데 세간에 널리 퍼져 있는 소문으로는 그 부처님께서는 누구나 자기의 소원을 정성껏 빌기만 하면 그 사람에게는 한 가지 소원을 꼭 이룰 수 있게 해 주신다고 하며 또 그 부처님이 향하고 계신 남쪽 사람들에게는 특히 그러한 불력이 한층 더 크게 미친다는 것이었다. 때문에 그 영검하신 부처님을 찾아와 소원을 빌기 위해 여느 날에도 수많은 사람들이 몰려드는 것이었다. 길이 멀고 산이 높아도 아랑곳없다.

그 숱한 사람들이 소원을 이루기 위해 켜 놓은 초에서 흘러내린 촛농을 여느 날에도 한 가마니가 넘게 긁어낸다는 것이 그곳에서 일하는 분의 얘기다. 여느 날도 그런 판인데 초파일이라든지 입시 철이 되면 그 촛농이 몇 가마니가 될지 짐작하고도 남음이 있다.

그날, 텔레비전 화면에도 그 부처님이 계신 산꼭대기는 그야말로 인산人山이었다.

흔히들 많은 사람들이 모이면 그것을 과장하여 송곳 하나 꽂을만한 빈 데가 없다고 표현하지만 그날 그곳은 정말로 입추의 여지가 없었다. 모두 입학시험을 앞둔 학생들의 부모, 형제 그리고 가족의 일원임에 틀림없었다.

텔레비전의 화면을 보면서 나는 쓴웃음을 짓지 않을 수 없었다. 영검하신 부처님을 찾아가 자기의 자식이나 또 누구누구가 합격되기를 비는 것은 좋은 일이나 과연 저 사람들이 잘 되라고 빈 그 많은 학생들이 다 입학시험에 합격될 것인가 싶었기 때문이다. 높은 산꼭대기까지 올라온 사람들이니 정성껏 빌지 않을 수가 없었을 것이며 또 그들은 모두 '누구나 자기의 소원을 정성껏 빌기만 하면 그 사람에게는 한 가지 소원은 꼭 이룰 수 있게 해 주시는 영검한 부처님'이라고 굳게 믿고 있을 것이다.

그런데 저 많은 사람들 중에 진심으로 부처님을 공경하여 그 가르침을 실행하려고 애쓰는 사람이 과연 얼마나 될까, 생각을 하고 있노라니 불현듯 오래 전에 읽은 어리석은 부자의 얘기가 떠올랐다.

옛날, 인도에 게으르고 어리석은 한 부자가 있었다. 어느 날, 그는 이웃 마을에 사는 부잣집 잔치에 초대받아 가게 되었다. 그가 초대되어 배불리 먹고 논 곳은 그 집의 3층 누각이었다. 그 누각은 웅장하고 화려할 뿐만 아니라 사방으로 내려다보는 경치 또한 장관이었다. 그래서 샘이 난 부자는 집으로 돌아오며 계속해서 중얼거렸다.

"내 재산이 그놈보다 많으면 많았지 결코 적지 않아. 나는 그놈보다 훨씬 좋은 3층 누각을 지을 수 있어!"

그는 걸음을 재촉하여 집으로 돌아오는 길로 대목을 불렀다. 그리고는 자기가 보고 온 이웃 마을 부잣집의 3층 누각을 설명하기 시작했다. 그러자 대목이 말했다.

"그 누각은 제가 세운 것입니다."

"그렇다면 잘 됐네. 내가 돈을 그 사람보다 많이 줄 테니 그보다 훨씬 좋은 삼층짜리 누각을 지어 주시게."

대목은 어렵지 않다고 대답하고 나서 이튿날부터 인부들을 데리고 와 일을 시켰다. 어떤 사람은 땅을 파기도 했고 어떤 사람은 벽돌을 찍어 내기도 했다. 또 어떤 축들은 재목을 운반하기도 했다. 인부들은 대목의 지시에 따라 각기 맡은 일에 열심이었다. 그렇게 공사가 시작된 지 며칠 뒤, 어리석은 부자가 현장에 나와 보고는 깜짝 놀라 대목에게 소리쳤다.

"여보시오. 내가 원하는 건 삼층 누각이오!"

"알고 있습니다. 지금 삼층 누각을 짓고 있는 겁니다."

"아니, 그렇다면 이 아래층은 뭐며 또 그 위에 이층은 왜 올렸소? 난 아래층과 그 위에 올린 이층은 필요 없소. 삼층 누각만 필요하단 말이요.”

“난 아래층과 이층을 올리지 않고는 삼층 누각을 지을 재주가 없소. 그런 재주를 가진 사람에게 일을 시키시오!”

화가 난 대목은 인부들을 데리고 사라졌다. 이런 광경을 본 동네 사람들은 모두 배를 틀어잡고 웃었다.

이 우화는 삼보三寶를 공경치 않고 게으름을 피우고 지내다가 도道의 결과만을 구하려는 어리석음을 경계하기 위한 비유의 설법인 것 같다.

어느 곳에 영검한 부처님이 계신다는 소문에 혹하여 합격, 성공, 축재, 완쾌 등을 빌기 위해 그곳을 찾는 불자들 중에 과연 참된 불자가 얼마나 될까. 부처님의 가르침을 실행하려는 노력을 게을리 하다가 아들이 시험을 치게 됐다든지 집에 누가 병이 났다든지 또 남편이 사업에 실패를 했다든지 하여 다급해지면 그제서야 영검한 부처님이 계신 곳을 찾아 헤매는 어리석음이야말로 아래층과 이층을 올리지 않고 삼층 누각만 지으려는 우화 속의 그 부자와 뭣이 다른가. 또 그런 어리석은 사람들을 모으기 위해 부처님을 파는 절이 없다고 말할 수 있는가.

사실 이런 문제는 어제 오늘의 일이 아니다. 그러나 우리 모두가 깊이 생각하고 반성해야 할 시급한 문제라고 생각된다. 하기야 이것이 불교계에만 국한된 일은 아니다. 그러니 거기에 문제의 심각성이 있는 것이다.

어쨌든 집착이나 편견 따위의 세속적인 얽매임에서 벗어나게 하고 이타심으로 밝은 세상을 만들게 하려는 부처님의 가르침을 우리는 늘 마음 깊이 지녀야 한다.

무진등無盡燈은 하나의 등불로써 수많은 등에 불을 붙일 수 있는 그런 등불이다. 즉 한 사람의 법法으로 백 사람, 천 사람을 교화하여도 다함이 없는 것의 비유이다.

금년은 신미년, 양羊의 해다. 양의 해를 맞아 우리 모두 마음속에 양의 기름으로 만든다는 밝은 초, 양지초를 지니도록 노력하는 해가 되었으면 싶다. 양각등羊角燈을 지니도록 노력했으면 싶다. 양각등은 양의 뿔을 고아서 얇고 투명한 바람막이를 만들어 등피를 씌운 등을 말한다. 양지초와 양각등에다 무진등으로부터 불을 붙여 마음을 밝히는 해가 되었으면 싶다.

문득 법구경의 한 구절이 생각난다.

만일 자기의 잘못을 숨기고
남의 허물만 들추려 한다면
그 마음의 더러움은 더하고 또 자란다.

스스로 부끄럽고 부끄러워진 마음으로 나는 합장을 한다.

예기치 못한 수확

얼마 전, 나는 중국의 천진(텐진), 북경(베이징), 장춘(창춘), 연길(옌지)을 거쳐 백두산 천지를 보고 왔다. 그 여행 중에 여러 가지 보고 들은 것이 많지만 전혀 예기치 못했던 수확도 있었다. 그 수확을 애기하자면 장춘의 '호국반야사'에 들르게 된 애기부터 해야만 한다.

우리를 태운 차가 호텔을 떠나 장춘시를 관통하여 달리기 시작하자 안내인(젊은 여성이었다)이 애기를 쏟아놓았다.

장춘은 '봄이 길다'는 뜻이지만, 봄, 가을이 거의 없다는 것, 길림성의 도읍으로 인구가 80만 명인데 자전거는 70만 대나 되니 젖먹이와 어린애를 빼면 한 사람 앞에 자전거가 한 대꼴이 된다는 것 따위였다. 그러나 그녀는 왼쪽 차창 밖을 가리키며 말했다.

"왼쪽에 보이는 빨간 집이 장춘에서 제일 큰 절입니다."

우리의 절과는 사뭇 달랐지만 그래도 절의 분위기는 풍겼다. 단청은 없고 지붕만 빼고는 온통 빨간색 일색인데 그 빨갛고 육중한 대문 위에 '호국반야사護國般若寺'라는 현판이 걸려 있었다. 그녀는 계속해 말했다.

"늙은 스님, 한두 사람만 빼고 스님들이 출퇴근을 합니다. 국가로부터 월급을 받는 스님들입니다. 출근 시간은 아침 8시고 퇴근 시간은 저녁 6시입니다. 출퇴근을 할 때는 스님 옷을 입지 않고 사복을 합니다. 머리는 깎았지만 밤에는 무청에 가서 춤도 춥니다."

일행들이 와르르 웃음보를 터뜨렸다. 무청이란 우리의 댄스홀과 같은 곳이었기 때문이다. 그러는 동안 차가 이미 호국반야사에서 상당히 떨어진 곳을 달리고 있었기 때문에 안내인은 화제를 바꾸었다. 나도 더 이상 절 내부에 궁금증을 품고만 있을 수가 없었다. 그런데 백두산에서 돌아오는 길에 우리 몇 사람은 예기치 않게 장춘에서 하루 더 묵게 되었고 그 덕에 호국반야사를 구경할 기회가 생겼다.

문을 열지 않는 날이라는 것을 안내인이 사정사정하여 우리는 절 안으로 들어갔는데 그때 한 스님이 우리를 안내하기 위해 앞장을 섰고 우리 뒤에는 절의 잡부인 듯한 사내 한 사람이 붙었다. 그런데 그 사내는 스님의 설명이 끝나기가 바쁘게 뭔가 열심히, 스님보다도 훨씬 더 길게 얘기를 늘어놓곤 했다. 아마도 스님의 설명을 보충하는 모양이었다. 그러나 안내인은 불교에 관한 것이나 또 그 용어를 우리말로 바꾸기가 힘에 벅찬지 별로 통역을 해 주지 않았다. 때문에 우리는 귀머거리처럼 건성으로 절 구경을 해야만 했다. 다행히 대웅전이나 사천왕을 모신 전각 등은 우리의 것과 비슷해 그냥 내 나름대로 이리저리 추리할 수가 있었다.

그런데 그때 갑자기 스님이 잔뜩 화가 난 얼굴로 우리를 두고 어디론가 사라지고 말았다. 나중에 알게 된 일이지만 잡부인 듯한 그 사내가 자꾸만 우리에서 설명을 해 주는 것이 심히 못마땅해서 그랬다는 것이었다. 그래도 그 사내는 계속해서 아주 열심히 그리고 뭔가 자세하게 설명했다. 사람 좋아 뵈는 그 얼굴에 웃음을 가득 띠고.

어쩔 수 없이 우리는 그 사내의 뒤를 따라 절 안을 돌아다녔다. 그러다가 우리나라의 절에서 보지 못했던 한 전각에 이르게 되었다. 그곳은 우리네 항간에서 흔히들 '배불뚝이 화상'이니 '배꼽화상'이니 하고 부르는 그 화상和尙이 모셔진 곳이었다. 받침대에는 미륵보살이라는 팻말이 붙어 있었다. 불교에 지식이 없는 나로서는 고개를 갸웃하지 않을 수가 없었다.

'미륵보살이라니?'

나는 다시 한번 고개를 갸웃거리며 내 책상 위에 얹어 놓아둔 배불뚝이 화상을 떠올렸다. 몇 년 전 한·중 작가회의 때 대만(타이완)의 한 문인으로부터 받은 선물이었다. 한 손으로 쥐어도 능히 감출 수 있는 그 조그만 배불뚝이를 내가 좋아하는 까닭은 그 화상이 '이 세상의 모든 괴로움과 온갖 화나는 일을 전부 삼켰기 때문에 그토록 배가 불러 있고 그 부른 배를 옷이 가려주지 못해 배꼽을 드러내놓고 있으며 또 언제나 그렇게 크게 웃고 있다.'는 얘기 때문이다. 그렇지만 나는 어째서 배불뚝이 화상을 중국인들이 미륵불로 모시는지 그 까닭을 알 수 없었던 것이다.

나는 중국 여행을 끝내고 돌아와 내 책상 위의 배불뚝이 화상을 보며 그때 화가 나서 어디론가 사라진 호국반야사의 스님과 그를 화나게 한 잡역부 같은 사내의 웃는 얼굴을 그려보곤 했다. 국가에서 주는 봉급을 받고 출퇴근하고 퇴근 후에는 사복 차림으로 춤추러 다니는 그 스님은 과연 배불뚝이 화상의 배가 왜 그렇게 부르며 왜 그렇게 크게 웃고 있는지 그 까닭에 대해 알고 있을까 하는 생각도 들었다. 수도승답지 않게 화를 낸 것으로 미루어 아마도 그는 그 까닭을 모르고 있었을 것이라는 생각이 들었다. 그 스님의 설명이 틀리거나 부족한 게 있으니까 그 잡역부 사내는 스님이 화를 내도 여전히 웃어대며 우리에게 열심히, 그리고 자세한 설명을 했을 것이라는 생각이 들었다.

이 글을 쓰는 동안에 불교 사전을 통해 그 화상이 배불뚝이 화상이 아니라 '포대화상布袋和尚'으로 불린다는 것을 알게 되었다. 그리고 왜 포대화상으로 불리게 됐는지 그 까닭도 알게 되었다.

그분은 지팡이 끝에 늘 큰 자루를 매달고 다니며 무엇이든 구걸을 했으며 구걸한 물건이나 음식이 남으면 그 자루 안에 담고 다니며, 천민들처럼 아무 데서나 쓰러져 자곤 했기 때문에 그런 이름이 붙었다는 것이다. 이 포대 화상은 중국의 명주 봉화현 사람으로 그렇게 늘 태평하게 웃으며 구걸로 일생을 마쳤는데 그 때와 장소는 916년 3월, 명주 앙림사 동쪽 행랑채 반석 위라고 했다. 그리고 중국 사람들은 그가 미륵보살의 화현이었다고 굳게 믿는다는 것이었다.

이런 얘기로 나는 비로소 왜 중국 사람들이 그토록 포대화상을 떠받드는지 그리고 또 어째서 미륵보살로 절에 모시는지 그 까닭을 알 수 있을 것 같았다.

우화 두 편

대개 성질이 급한 사람은 게으름을 피우지 않는 법인데 나는 성질이 급한데다가 게으름까지 심해서 어릴 때부터 자주 어른들에게 야단을 맞곤 했다. 그런데 지금까지도 그러한 나쁜 점을 고치지 못하여 여러 가지로 손해를 보는 수가 많다.

그럴 때마다 나는 '고치지 못한 나쁜 점'을 후회하면서 웃어른들께 들었던 얘기를 되살리곤 한다.

그 중 하나가 아버님께 들은 얘기이다. 그것은 '조장助長'이라는 단어를 생겨나게 한 고사다.

옛날 중국의 송나라에 어떤 성질 급한 사람이 있었다. 그는 자기가 심은 곡식이 빨리 자라지 않는 것을 안타까워하다가 하루는 들에 나가 그 싹들을 잡아당겨 키를 키웠다. 하루종일 그런 일을 하고 돌아온 그는 식구들에게 말했다.

"오늘은 너무 피로하구나."

식구들은 피로에 지친 그에게 물었다.

"무슨 일을 하셨기에 그렇게 피곤해 하십니까?"

"나는 싹이 자라는 것을 도와주었다."

그 말에 식구들은 깜짝 놀라 들로 나가 보았다. 들에 심은 곡식들은 모두 땅 속에서 뿌리가 끊겼기 때문에 비들비들 마르기 시작하고 있었다.

이 고사는 맹자가 그 제자 공손추에게 '호연지기浩然之氣'를 설명하면서 예를 든 얘기로 《맹자》에 실려 있다.

어쨌든 아버님께서는 그 성미 급한 사람의 얘기로 내 급한 성격을 고쳐 주려던 것이었는데 나는 아직도 어릴 때 아버님께서 들려주신 이 얘기를 떠올리며 후회하는 경우가 많다.

내가 존경하는 분 중에 민병산 선생님이 계신다. 문필에 종사하는 그 분은 나와 동향이기도 하기 때문에 나의 성격적인 결함을 비교적 잘 알고 계신다.

내가 결혼도 하기 전이니까 벌써 20년 가까이 지난 옛날의 일이다.

그 무렵 어느 날, 민 선생님이 찻집에서 내게 우화 하나를 들려주셨다. 내 게으른 습벽을 고쳐 주려는 의도였음에 분명한 그 우화는 옛날 페르시아의 제밀이라는 왕의 얘기였다.

새파랗게 젊은 왕은 어느 날, 여러 학자들을 불러 모아 놓고 이렇게 명령했다.

"이 세상은 참으로 넓고, 따라서 이곳저곳에 많은 사람들이 자리잡고 있소. 나는 그 여러 나라의 역사를 알고 싶소. 왜냐하면 그들에게 우리나라가 침략당하지 않으려면 그들의 역사를 알아야 하기 때문이오. 또 여러 나라의 정치적인 장, 단점을 아는 것은 나라를 다스리는 내게 꼭 필요한 지식이기도 하오. 그러니 그대들은 곧 세계의 역사를 자세히 엮어 그 책을 내게 가지고 오시오.”

학자들은 부지런히 자료를 모아 세계 역사책을 편찬했다. 20년의 세월이 흐른 뒤에 이룩된 그 역사책은 낙타 한 마리에 5백 권씩, 열두 마리가 실어 날라야만 했다. 그러자 왕이 말했다.

“바쁜 내가 언제 그 많은 책을 다 읽을 수가 있겠소! 좀 간추려서 다시 엮어 오시오.”

왕명에 의해 그 방대한 책을 간추리는 데 다시 20년의 세월이 흘렀다. 이번에 왕에게 바치게 된 책은 낙타 세 마리에 실린 1천 5백 권이었다.

“내 나이 벌써 황혼기에 접어들었소. 그러니 언제 그 책을 다 읽겠소? 다시 대폭적으로 줄여 오시오.”

다시 10년이라는 세월이 흘렀다. 세계의 역사책은 5백 권으로 줄어 있었다. 왕은 백발을 쓸어 넘기며 말했다.

“내 기력으로는 그것도 읽어 낼 수가 없소. 더 간략하게 줄여 오시오.”

다시 5년이 지나고 그 역사책은 두꺼운 한 권의 책으로 엮어졌다. 그러나 그때, 이미 왕의 목숨은 거의 다 끊어져 가고 있었다. 운명 직전에 있던 왕이 그 책을 가져온 학자에게 말했다.

"결국 나는 세계의 역사를 모르고 이 세상을 하직하게 되었구려!"

왕은 이 말을 남기고 눈을 감았다.

민 선생님이 들려주신 이 얘기도 내가 지금까지 자주 떠올리지 않을 수 없는 얘기이다. 왜냐하면 게으름을 피우다 때를 놓치고 일을 그르치는 경우가 많기 때문이다.

나는 위에 소개한 두 가지 얘기를 내 아이들에게 들려 줄 나이가 되었다. 그러나 나는 이런 얘기를 내 아들이나 내게 배우는 학생들에게 들려주는 동안 얼굴을 붉히지 않을 수가 없다. 아직도 나는 그 나쁜 습벽을 고치지 못했기 때문이다. 이 글을 쓰면서도 나는 역시 부끄러움을 떨쳐 버릴 수가 없다.

미나리 향

나는 육식보다 채식을 훨씬 더 좋아한다. 고기도 먹어 본 사람이 먹는다는 속담처럼 어릴 때 고기를 별로 먹지 못하고 자랐기 때문인지도 모른다. 친구 중에 무던히도 고기를 밝히는 한 친구가 있어 언젠가 한 번 '왜 그리 고길 좋아하느냐?'고 물었더니만 대답 왈, 어릴 때 고기 못 먹은 한을 풀려고 그런다는 것이었다. '한을 푼다'는 것은 우스개였지만 아주 엉뚱한 대답은 아니었다. 우리가 자랄 때는 그토록 돈도 또 고기도 귀했었다. 그러니 그 친구 말마따나 나도 고기에 한이 졌다고 우스갯소리를 할 수 있는 처지다.

그러나 실은 고기 몇 점만 씹어도 속이 느글거리는 게 내 식성이다. 그러니 자연 내가 즐겨 찾는 것은 야채류이다. 야채 중에서도 쑥갓이나 미나리 또는 취나물 같은 산채가 나는 좋다. 이 중에서도 미나리를 더 좋아한다.

봄이 되면 김치에 군내가 배면 어머님께서는 나박김치를 담그시느라 늘 바쁘셨다. 그 얼큰한 나박김치를 떠먹다 씹히는 미나리 향. 그야말로 일미가 아닐 수 없다. 이런 맛들은 미나리의 향이 부리는 조화가 아니면 어림도 없는 것이다. 나뿐만 아니라 아마 미나리를 싫어하는 사람은 아무도 없을 것이다. 그런데 유독 미나리를 좋아하신 분이 있다. 우리 단편 문학계의 거장, 난계蘭溪 선생이시다. '갯마을' '박학도' '개개비' '후조' 등 우리 문학사에 길이 남을 작품을 쓰신 고 오영수 선생님의 호가 난계이다.

나는 선생님 생전에 몇 번 댁으로 방문했던 일이 있는데 선생님께선 그때마다 이런저런 말씀 끝에 꼭 당신의 고향인 언양(울산광역시 울주 지역의 옛 지명)의 미나리 자랑을 덧붙이시곤 했다. 나중에 안 일이지만 선생님께선 만나는 사람마다 그런 자랑을 하셨던 것이다. 좀 결례되는 표현인지는 몰라도 선생님의 그 미나리 자랑은 과히 병적이라 할 정도였다. 말만으로는 부족하셔서 글로도 다음과 같이 자랑을 늘어놓으셨다.

...... 언젠가 나의, 내 고향 미나리 자랑이 역겨웠던지 익살맞은 친구가 까짓 미나리 따위야 어디든 흔해 빠졌는데 여북 자랑거리가 없으면 미나리 자랑일까 하고 퉁을 먹인 적이 있다. ...... 내 고장은 수원水源이 가까워 물이 좋다. 게다가 땅이 사질이라 주야 무시로 흐르는 물에서 거의 자생하다시피 자란 내 고장 미나리의 그 독특한 감미와 향취는 딴 어느 곳에서도 찾아볼 수 없다. 이른 봄, 미나리가 두세 잎쯤 돋았을 때 뿌리째 뽑아 깨끗이 씻어 초고추장에 날로 먹는 것이 진미다. 그러나 듬성듬성 썰어서 생선회 밑에 받치면 운치가 그만이고 전골에 섞으면 천하일품이다. 파와 함께 전을 부치면 적 중 백미요, 살짝 데쳐서 기름장에 무치면 그야말로 선미다.　　　－〈고향에 있을 무렵〉

그렇다. 언양의 미나리는 딴 어느 곳의 미나리와는 다르다. 깨끗한 물에서 자란 청정 야채라는 점이 여느 미나리와는 다르다. 사실 내 고향의 미나리꽝 물은 우물가에서 그릇 씻고 빨래한 물, 돼지우리나 외양간에서 흘러나온 물, 수채에서 흘러나온 구정물이 한데 섞인 더러운 물이다. 그런 물에서도 미나리는 아주 잘 자라는 것이다.

어쨌든 나는 선생님의 그 미나리 자랑을 몇 번씩이나 되풀이해 들은 뒤, 내가 지은 '한국의 오 헨리'라는 별명을 '미나리 선생'으로 바꿨다. 호를 '난초 계곡'으로 지으신 선생님에게 미나리 선생이라는 별명을 붙인 자체가 불경죄에 해당될 일이지만 나름대로의 작호변作號辯이 없는 게 아니다.

미나리는 예로부터 근채라 하여 야채 중에서도 으뜸으로 쳐왔다. 그 까닭은 첫째, 응달에서도 별 탈 없이 잘 자라며 둘째, 가뭄을 타지 않는 강인한 성품을 지닌 데다 셋째, 더러운 물에서도 꿋꿋하게 그리고 싱싱하게 살기 때문이다. 이런 세 가지를 근채삼덕芹菜三德이라 예찬해 왔고 이 때문에 옛날 한 충성된 신하가 임금에게 미나리를 바쳤는데 그로 말미암아 생긴 근성芹誠이라는 말을 지금은 '정성된 마음'을 뜻하는 말로 쓰고 있는 것이다.

선생님의 인품에서 미나리의 삼덕三德을 느낀 것은 당신을 아는 모든 이들의 공통점일 것이다. 또 선생님의 모든 작품들에서 미나리의 향을 느끼게 되는 것도 그 작품의 독자들이 갖게 되는 공통점일 것이다.

이렇듯 선생님께선 더러운 물로 차 있는 미나리꽝 같은 이 혼탁한 세상에서 늘 푸르른 맘으로 꿋꿋하게 사셨으며 더러운 물을 정화시키는 힘을 가진 미나리의 뿌리처럼 당신의 작품으로 독자들의 심성을 정화시켜 온 것이다. 더러운 물을 빨아먹어 물을 정화시켰으면서도 그 몸은 독특한 감미와 향취를 지니고 있는 것처럼, 선생님의 작품 소재는 주로 진흙탕 같은 세속에서 취해지지만 그것을 읽으면 읽을수록 그윽한 향취를 느끼게 되는 것이다.

이것이 내가 선생님에게 '미나리 선생'이라는 별호를 붙인 변이다. 그런데 온갖 구정물이 다 모인 미나리꽝과도 같은 이 세상을 정화시키려는, 미나리와도 같은 사람은 자꾸만 줄어드는 것이 요즘 우리의 현실이 아닌가 싶다. 세상이 혼탁할수록 그것을 정화시키려는 미나리 같은 사람들이 자꾸만 늘어나야 함에도 불구하고 현실은 그와 반대니 참으로 안타까운 노릇이 아닐 수 없다.

마음속의 돼지 저금통

또 다시 새 달력을 걸게 되었다. 물론 달력의 열두 달은 365일, 각기 자신의 나이에 365라는 숫자를 곱하면 그것은 자기가 태어나 살아온 날의 수가 된다. 누구든 100살까지 살아도 36,500일 밖에 살 수 없다.

따지고 보면 인생이란 그렇게 짧은 것이다. 그 짧은 인생을 아무렇게나 살고 싶은 사람은 아무도 없을 것이다. 누구나 보람 있는 삶이기를 원할 것이다. 그러나 우리들은 앞길이 늘 창창하기나 한 것처럼 느끼고 살아간다. 어떤 사람들은 인생이 짧다는 것을 느끼고 '노세노세 젊어서 노세!' 하는 생각들로 살아가기도 한다.

말하자면 인생을 낭비하고 있다는 얘기이다. 실은 나도 그런 편에 속하는 사람이다. '젊어서 노세'를 외치는 입장은 아니지만 그만큼 게으름을 떨면서 인생을 낭비해 빈 쭉정이 인생이 되고 만 것이다.

중국의 고전에 《염철론鹽鐵論》이라는 책이 있다. 바닷물에 소금기가 많지만 사람들이 소금을 만드는 노력을 안 하면 절대로 소금을 얻을 수가 없으며, 산에서 쇠가 나지만 광석을 캐다가 제련하지 않으면 결코 쇠를 뽑아 낼 수 없다는 것이 주 내용인데, 그 책에는 이런 얘기가 소개되어 있다.

옛날 어느 고을에 게으르기 짝이 없는 한 과부가 살고 있었다. 그런데 그녀는 밥을 해 줄 사람이 없어 그야말로 굶기를 밥 먹듯 하며 살아가고 있었다. 이웃에서 그녀가 굶고 지낸다는 것을 알고 찾아가 동정하여 말했다.

"우리 집에 조가 있으니 가져다 찧어서 밥을 지어 먹어요. 그렇게 굶고 어떻게 살우?"

이 말에 과부는 귀찮다는 듯이 얼굴까지 찡그리며 말했다.

"찧지 않은 조라면 우리 집 광에도 있다구요."

과부는 자기 집에도 조가 있지만 그것을 찧어 좁쌀을 만들고 또 그 좁쌀로 밥을 짓는 것이 귀찮아 굶고 지냈던 것이다.

이런 얘기 때문에 유속불식有粟不食 무익어기無益於饑 즉 '아무리 조가 많아도 그것을 먹지 않으면 주림을 면할 수 없다.'는 고사성어가 생기게 된 것이다. 아무리 자원이 풍부하다 해도 그것을 활용할 수 있는 지혜와 노력이 없다면 그것은 창고 안에 그득한 조가 저절로 밥이 되지 않는 것과 같다는 얘기이다.

어쨌든 우리는 알면서도 행하지 않고, 또는 게을러서 행하지 않기 때문에 가정적으로나 사회적으로나 국가적으로 큰 손해를 보는 일이 적지 않게 일어나고 또 그 때문에 특히 작년에는 큰 사고들이 계속해서 우리의 가슴을 아프게 하였다.

그 중에서도 특히 가슴 아팠던 일은 잘못된 교육 때문에 부모가 자식에게 살해당한 사건과 성수대교의 가운데 토막 붕괴 사건이었다. 부모를 살해하는 짓이 천벌을 받을 범죄라는 것을 몰랐을 리 없고, 다리가 끊어지면 그 위에 있는 차와 사람이 강물에 빠져 대형 참사가 일어난다는 것을 몰랐을 리가 없는데도 돈에 눈이 뒤집혀 무참하게 부모를 살해했으며, 다리가 붕괴되어 수많은 인명을 희생시켰던 것이다.

이런 대형 사고들이 꼬리를 물고 일어나는데 어떻게 외국 사람들에게 한국을 자랑할 수가 있겠는가? 세금 도둑질을 어떻게 했으며 그 도둑들을 왜 여태 그냥 놔뒀었는지 그런 것들을 구경하러 오라고 외국인들을 불러들이란 얘기인가? 참으로 한심한 일이 아닐 수 없다. 한심할 뿐만 아니라 앞으로도 이렇듯 끔찍한 살인사건들과 부정부패, 부실건설로 인한 대형 참사가 일어나지 않으리라는 보장이 없어 불안하기 짝이 없다.

건설한다는 것. 새로운 건물, 새로운 것들, 새로운 세계를 건설한다는 것은 힘들지만 그만큼 중요한 일이 아닐 수 없다. 결코 쉽게 생각하고 쉽게 지으려는 생각은 떨쳐 버려야 한다. 더군다나 그것이 우리의 자녀, 우리의 다음 세대를 건설하려는 어린이에 관한 것이라면 그 중요성은 두말할 나위가 없다. 탈무드에 이런 이야기들이 나온다.

'어린아이(Banim)들은 다름 아닌 건설자(Bonim)다. 왜냐하면 그들은 가족의 미래뿐만 아니라 사회, 국가의 미래도 건설할 수가 있기 때문이다.'

그렇다. 어린이들은 장차 나라를 세워 나갈 건설자인 것이다. 그

런 건설자들에게 올바른 교육이 행해지지 않는다면 그 나라의 장래
는 부실 공사를 일삼는 자들에 의해 멸망의 길로 치닫게 될 것이 뻔
한 노릇이다.

탈무드에는 또 자녀 교육의 중요성이 다음과 같이 밝혀져 있기도
하다.

'자녀에게 벌을 주지 않으면 매우 탈선하기 쉽다. 왼손으로는 밀
어 쫓아내고 오른손으로 가깝게 끌어 당겨라……. 어린 시절의 교육
은 무엇과 같은가? 그것은 깨끗한 종이에 씌워진 잉크와 같으며 노
년기의 교육은 더러운 종이 위에 씌워진 잉크와 같다.'

탈무드에 나오는 이 얘기의 의미를 모르는 사람은 아마 아무도 없
을 것이다. 하지만 누구나 아는 것임에도 불구하고 그것을 행하는
사람들이 적을 따름이다.

금년은 을해乙亥, 돼지띠의 해이다. 우리 모두 제각기 마음속에
커다란 돼지 저금통을 하나씩 마련하기로 하자. 그리고 하루하루 그
속을 채우기로 하자. 돈으로 채우자는 것이 아니다. 우리들이 여태
까지 뻔히 다 알고 있으면서도 행하지 않은 사소한 일들. 폐휴지 모
으기, 쓰레기 줄이기, 물과 전기 아껴 쓰기, 줄서기……. 이런 조그
만 일부터 하루 한 가지씩 실천하여 그 실적을 마음속의 돼지 저금
통에 채워 넣자는 것이다. 그러면 내년 이맘때는 개인적으로, 사회,
국가적으로 돼지꿈을 꾼 기분으로 다시 새로운 해의 첫 발을 내디딜
수가 있을 것이다.

우리들의 바투보기 눈

어떤 일이든 일이 다 끝난 뒤에 쓸데없는 짓거리를 할 때 '상여 뒤에 약방문'이란 얘기를 한다. 누구다 다 한 번쯤은 써 본 속담일 것이다. 그런데 아마도 요즘처럼 이 속담이 자주 쓰인 때도 별로 없으리라는 생각이 든다. 기차를 비롯해서, 여객기, 여객선의 사고, 교량 붕괴 사건, 세도稅盜 사건......

이런 사건들의 소식을 접한 많은 사람의 입에서 '상여 뒤에 약방문'이라는 속담이 흘러나왔었다. 이들 숱한 대형 사고들 모두가 충분히 예방할 수 있었는데도 그러질 않아 터진 인재들이었기 때문이다.

금년에도 벽두부터 물난리가 터졌다. 여태까지는 주로 홍수로 인한 물난리였는데 금년에는 가뭄 때문에 물난리를 치르고 있다. 작년 여름부터 가물었던 탓이다. 작년 여름부터 턱없이 비가 모자랐으니 미리 대비했더라면 피해를 줄일 수도 있었으련만 그러질 못해 많은 지역에서 식수조차 없어 난리가 난 것이다. 전국의 저수지들이 바닥을 드러낸 뒤에야 절수운동을 벌인다, 관정사업을 한다, 어쩐다 하고 야단법석을 떨고 있는 것이다. '물 쓰듯 돈을 쓴다'는 말이 '돈 쓰듯 물을 쓴다'는 말로 바뀌었는데도 많은 사람들은 아직도 물이 귀한 줄을 모르고 있는 것 같다.

목욕탕 같은 데를 가보면 그런 사람들이 많다. 곳곳에서 먹을 물 때문에 아우성을 쳐대건만 내가 알 바가 아니라는 투다. 비누질을 할 때 수도꼭지를 잠가 두면 그것이 곧 절수건만 계속 헛물을 틀어 놓고 있는 사람들이 대부분이다. 그렇게 물이 헛되이 흘러도 내 집의 수도 계량기와는 아무런 관계가 없다는 뱃심인 모양이다. 심지어는 목욕을 끝내고 나가면서도 물을 잠그지 않는 사람이 적지 않다. 헛되이 쏟아지는 물을 뻔히 보면서도 내가 틀어 놓은 것이 아니니 상관할 일이 아니라고 꼼짝도 않는 사람들은 또 얼마나 많은가.

이런 일들은 비단 목욕탕에서만 목격할 수 있는 일이 아니고 또 물에 관한 일만도 아니다. 내 몸, 내 처자식만을 생각하는 사람들의 차마 눈 뜨고 볼 수 없는 짓거리들을 도처에서 얼마든지 목격할 수가 있다. 참으로 한심한 세상이 아닐 수 없다. 그렇듯 한심한 세상을 만드는 모든 사람에게 들려주고 싶은 얘기가 있다. 탈무드에 나오는 이야기이다.

아득한 옛날 코니라는 사람이 있었다. 원래 코니는 지붕을 씌운다는 뜻인데 그의 직업이 그러했으므로 사람들이 코니라고 불렀다. 그 코니가 어느 날 길을 가다가 다리도 쉬고 점심도 먹을 겸 한 마을에 들렀다가 카롭나무의 묘목을 심는 사람을 보게 되었다. 코니가 그 사람에게 물었다.

"카롭 나무는 70년이 지나야만 비로소 열매를 맺기 시작하는 나무가 아니오? 당신은 그 열매를 따 먹을 수가 있으리라고 생각하시오? 당신이 그렇게 오래 살 수 있을 것 같소?"

나무를 심고 있던 사람이 대답했다.

"나는 이 세상에 많은 카롭나무가 있다는 것을 알고 있소. 우리 선조들이 나를 위해 카롭나무를 심은 것처럼 나도 내 후손을 위해 이 카롭나무를 심고 있는 것이오."

코니는 그 말을 듣고 점심을 먹은 뒤 식곤증으로 그 자리에 누워 잠이 들고 말았다. 그런데 그가 잠자는 동안 동굴이 둘러싸서 그의 모습을 감추어 준 덕분에 70년 동안 깊은 잠에 빠질 수 있었다. 그러나 잠에서 깨어난 코니는 잠깐 동안 눈을 붙인 줄로만 알고 있었으므로 눈앞에 펼쳐진 광경에 놀라지 않을 수가 없었다. 자기가 잠들기 직전에 심은 나무가 아름드리로 자라 있었고 어떤 사람들이 그 나무에서 카롭을 따 먹고 있었기 때문이었다.

코니가 그에게 물었다.

"당신은 누가 그 카롭나무를 심었는지 아십니까?"

"우리 조상님께서 심으셨습니다."

그 대답을 들은 코니는 다시 한번 깜짝 놀라 집으로 달려갔다. 그러나 자기 집에는 아내도 아들도 없었다. 동네 사람들로 모두 낯선 사람들뿐이었다. 그 사람들에게 물어보니 그들은 한결같은 대답을 보냈다. 코니라는 사람이 오래 전에 살았었다는 얘기는 들었으나 자기들은 본 적이 없으며 다만 그의 아들만 알고 있는데 그도 늙어서 죽었다는 얘기였다. 그리고 지금은 그의 아들(코니의 손자)만 남았다는 것이었다. 코니는 자기가 70년 전에 지붕 씌우는 일을 했던 코니라고 밝혔으나 듣는 사람마다 그를 미치광이로 취급할 따름이었다.

우리나라에도 비슷한 실화가 있었다. 저 유명한 송강 정철의 고손자 정호의 일화이다. 그는 영조 1년(1725년)에 우의정에 올라 좌의정을 거쳐 영의정까지 지냈는데 늙어 벼슬을 내 놓은 뒤에는 충청도 충주로 내려가 농사일을 거들며 지냈다.

그 무렵 어느 날, 그가 배나무를 심고 있는데 참판 벼슬에 있는 이형좌라는 이가 놀러 왔다가 그 모습을 보고 말했다.

"대감께선 언제 그 열매를 자시려고 그토록 헛땀을 흘리십니까?"

80세의 고령에 땀을 흘리며 헛일하는 것을 비꼬는 말이었다. 그러나 정호는 아무 말 없이 계속해 배나무만 심었다. 그렇게 심은 배나무는 해를 거듭할수록 무럭무럭 자랐으며 드디어는 첫 수확을 거두기에 이르렀다.

그해, 가을에 마침 이 참판이 놀러 왔는데 정호는 그에게 배를 대접했다. 배를 먹으며 이 참판이 정호에게 물었다.

"이렇게 맛있는 배는 난생 처음입니다. 어디서 사셨습니까?"

정호가 빙그레 웃으며 대답했다.

"맛이 있다니 정말 기쁘오. 그 배는 내가 심은 나무에서 딴 것이오. 어느 해던가 이 참판도 내가 배나무 심는 걸 보셨잖소? 내 자손들이 대를 물려가며 이렇듯 맛있는 배를 먹을 수가 있게 됐으니 기쁘기 그지 없소이다."

정호의 말에 이 참판의 얼굴은 삶은 게처럼 빨갛게 물들었다.

정호는 이 참판이 다녀간 몇 달 뒤, 89세로 세상을 떠났다.

위의 두 이야기는 당장의 자기 이익에만 눈이 어두워 먼 장래를 내다보지 못하는 이들 때문에 나라의 장래까지도 점칠 수 없게 된 요즘의 우리들이 다 같이 되새겨 볼만한 얘기라고 생각된다.

술에 대하여

나를 아는 사람 중에는 나를 술꾼으로 아는 이들이 많다. 그러나 그들은 나를 모르는 것이다. 사실 나는 술꾼이 못된다. 술꾼이라면 술자리를 즐길 뿐만 아니라 술을 잘하는 사람을 뜻한다. 두주불사에 청탁불문, 장소불문에다 혼자서도 즐길 수 있어야 술꾼 자격이 있는 것이다. 그런데 나는 두주불사도, 청탁불문도, 장소불문도 아니다. 허름한 실비집이 아니면 술맛이 나질 않고 비싼 술과 안주도 목으로 넘기기 어렵다. 또 혼자서는 전혀 마시지 못한다. 술을 배운 지 40년 가까이 되는 데도 혼자서 마셔본 적이 없다. 한번은 혼자 마셔 볼 양으로 포장마차에 들어갔다가 소주 두 잔을 마시는 동안에 어찌나 내 신세가 처량하고 외롭게 느껴지던지 도저히 참을 수가 없어 주인을 살살 꾀어 대작을 했다. 그러니까 나는 마음에 맞는 사람들과 어울려 이런저런 얘기를 나누며 떠들썩하게 노는 그런 '분위기를 마시는 것'이지, 술을 마시는 게 아닌지도 모른다. 그러니 술꾼 될 자격이 없다. 그런데도 어떤 사람은 나를 알코올 중독자로 알기도 한다. 이런 오해들은 물론 다 내 탓이다. 나는 술판이 벌어졌다 하면 우선 신이 난다. 그래서 말이나 행동에 조심성이 없어지고, 그런 술 취한 모습을 남들에게 자주 보이는 편이다. 술꾼이나 알코올 중독자로 오해받게 되는 것이 그러한 자업자득이니, 그냥 웃어넘길 수밖에 없는 노릇이다.

내가 그렇듯 자주 술을 마시게 된 이유는 직장 때문이었다고 할 수 있다. 1962년에 시작한 직장 생활이 1982년에 끝나게 되었는데, 그 20년 동안 나는 신문사, 잡지사, 출판사에서 밥을 벌었다. 요즘 젊은이들은 믿지 않겠지만, 그때는 실업자들이 득시글거렸던 때라 사람값이 값이 아니었다. 휴가는커녕 토요일조차 없었으며, 일요일도 못 쉬는 날이 태반이었다. 또 설렁탕 값에도 미치지 않는 야근비를 주고 툭 하면 야근을 시키기 일쑤였다. 게다가 월급은 쥐꼬리였고, 그러니 자연 동병상련의 직장 동료들과 어울려 화가 나서 마셨는데, 번듯한 술집은 생각할 수가 없었으려니와 싸구려 집에 가서도 거의가 외상술이었다. 이런 술자리가 오래 계속되다 보니 '어릴 때 굽은 길맛가지'가 되어 이제는 고급 술집에 들어가면 엉덩이가 붙질 않고, 비싼 술이나 안주는 우선 혀한테 부터 욕을 먹는 처지인 것이다. 왁자지껄, 시끌시끌한 것이 내 귀를 아주 편케 해 주는 분위기인 것이다.

그런데 1982년에 글로만 먹고 살겠다는 결심을 하고 2년쯤 집에 있게 됐다. 그땐 술을 끊은 것이나 다름없이 지냈다. 스트레스를 해소할 일도 없었으며, 어울려 떠들 동료도 없었기 때문이다. 고작해야 어쩌다 글 쓰는 친구들과 어울렸을 뿐이다. 그런데 1984년부터 여러 대학에 시간 강사로 출강하다 보니 학생들과 술자리를 할 기회가 많게 되었다. 아니, 지금 내 얘기가 왜 이렇게 샛길로 빠졌는지 모르겠다. 아마 술 얘기를 늘어놓다 보니 술자리에서처럼 두서없이 지껄이게 된 모양이다. 어서 가닥을 잡아야겠다.

어쨌든 이러한 주력酒歷 때문에 나에게 이상한 편견이 생겼다. 술 못하는 사람을 좋게 보지 않게 된 것이다. 술 못하는 사람들이 들으면 펄펄 뛸 얘기지만, 그 이유를 밝힌다면 그들에게는 융통성이 없고, 농담을 농담으로 들을 귀가 없으며, 늘 완전 무장한 병사와 같이 굳어져 있다는 점 때문이다. 사람이 서로 친해지려면 상대에게 허점도 좀 보이고, 실수도 해야 하는데, 술 못하는 사람들에겐 그런 점들이 없다고 보는 것이 편견이긴 하겠지만, 어쨌든 나의 생각인 것이다.

나는 술을 '사교라는 기계의 윤활유'로 보는 입장이다. 옛날부터 우리네 조상은 술을 일컬어 '백약지장百藥之長'이라 했는데, 서양의 탈무드에도 '술은 모든 약의 우두머리'라는 똑같은 말이 있다. 물론 적당량의 술이 그렇다는 얘기이다. 술이 지나치면 약이 아니라 독이 된다. 이왕에 탈무드 얘기가 나왔으니, 거기에 나오는 재미난 얘기 한 토막 소개하겠다.

이 세상의 첫 농군인 노아가 포도밭을 일구고 있을 때 사탄이 찾아가서 물었다. 지금 하고 있는 일이 뭐냐고. 노아가 포도를 가꾼다고 말하곤, 이어서 이 포도는 싱싱한 것이든 말린 것이든 단 맛이 나며 술을 빚어 마시면 마음이 아주 즐거워진다고 말했다. 그러자 사탄이 양, 사자, 돼지, 원숭이를 차례로 끌고 와 죽여 그 피를 포도밭에 뿌렸다. 그래서 포도주가 핏빛이 된 것인데, 그 때문에 그 포도주는 조금 먹었을 땐 양처럼 순하나 약간 취하면 사자같이 강해져 이 세상에 자기와 필적할만한 사람이 없다고 허언을 하게 되며, 좀더 취하면 오물 속에서 뒹구는 돼지처럼 되며, 완전히 취하면 원숭이처럼 춤추며 만인 앞에서 음탕한 말을 하고 자기가 한 일도 깨닫지 못하게 된다.

이 얘기에는 술의 속성이 잘 나타나 있고, 또 어떻게 보면 과음을 경고한 내용 같기도 하다. 중국에서도 옛날 은나라의 강숙은 백성들이 너무 술에 빠져 있어 그로 인한 폐단을 막기 위해 훈계를 했다. 그것이 곧 《서경書經》에 나오는 주고酒誥다.

'이 세상 어떤 것이나 과해서 좋은 것은 없다. 술 또한 마찬가지다.'

특히 직장인의 경우, 스트레스 해소를 위한 술이어야지, 그 술 때문에 일에 지장이 있다면 그것은 큰 문제다. 일이란, 양식을 얻기 위해서뿐만 아니라 사회 질서 유지에 할당된 자기 몫에 공헌하는 것이기도 하기 때문이다. 이렇듯 신성한 노동에 지장을 주는 음주라면 아무런 의미가 없다. 그래서 나는 나 나름대로 음주의 원칙을 정해 놓고 있다. 술을 즐겁게 마시고, 또 깬 뒤에는 후회하지 않아야 된다는 것이다. 그러자면 남에게 피해를 주지 않게끔 해야만 한다. 물론 잘 지켜지는 것은 아니나, 그렇게 되도록 노력을 하고는 있다.

요즘 오랜만에 만나는 사람들로부터 건강이 어떠냐는 인사를 많이 받게 된다. 그때마다 내 대답은 '아직은 술을 마시고 있다.'이다.

이 세상을 하직하는 날까지 나는 술자리의 재미를 누리고 싶다. 그러기 위해서 나는 내가 세워 놓고 있는 음주 원칙을 철저하게 지킬 작정이다.

술 얘기를 쓰다 보니 정말로 술이 취해 횡설수설한 것 같은 글이 되고 말았다. 술자리에서 들은, 취한 얘기로 치부해 주었으면 싶다.

공짜로 뿌려대는 종이

남에게 공짜로 주면서도 눈총을 받는 사람들이 있다. 외출하면 하루에도 몇 십 명씩 그런 사람들을 보게 된다. 지하철 입구나 버스 정류소 같은 번잡한 곳만 골라서 서 있는 사람들이다. 그렇잖아도 혼잡한데 줄줄이 늘어서서 보행을 방해하니 짜증스럽기 그지없다. 그들은 대부분 남녀 아르바이트 학생 아니면 부녀자들이다.

그들이 행인들에게 나눠 주는 것은 광고 전단이다. 극장 프로 또는 상품 광고가 대부분이고 술집 등 유흥업소의 개점을 알리는 전단일 경우도 많다. 전동차에서 시달리다 겨우 빠져 나오는 바쁜 걸음을 멈춰 서게 만드는데 짜증스럽지 않을 사람이 어디 있겠는가.

이렇듯 짜증난 사람들에게 쥐어 주는 전단이 옳게 제 구실을 할 수 없는 것은 당연하다. 억지로 떠맡기다시피 하니까 받긴 했어도 눈 한 번 주지 않고 그 자리에서 바닥에 버리거나 가까운 쓰레기통에 집어넣는다.

그런 전단들을 30분만 참고 모은다면 아마 책 한 권 분량은 족히 될 것이다. 받는 즉시 버려지는 광고 전단들이 전국적으로 따지면 얼마나 될까. 참으로 한심한 일이 아닐 수 없다. 지질紙質도 좋고 인쇄도 대부분이 원색 인쇄인데 그런 것을 제작하기 위해 들인 돈이 아깝기 짝이 없다. 받는 즉시 버리는 그것들을 뿌리기 위해 또 사람을 사는 것 아닌가 말이다. 전단을 만드는 광고주들은 쓰레기통마다 넘쳐흐르는 그것들이 눈에 띄지도 않는 모양이다. 그것들이 폐지로 모아져 재활용될 수 있다면 좀 덜 안타깝겠는데 전혀 그렇게 되지도 않는다. 낙엽이나 쓰레기와 함께 쓸려 어느 쓰레기 매립장으로 가거나 불에 태워지기 마련인 것이다. 비나 눈에 녹아 흔적이 없게 되기도 한다. 종이, 인쇄비, 인력의 낭비가 삼박자를 이루며 나라를 좀먹는 현장이 바로 그 전단 배포현장인 것이다.

'나라를 좀먹는 현장'이라는 표현에 거부 반응을 일으킬 사람도 없지 않을 것이다. 그러나 종이에 주렸던 시대를 살아 본 나로서는 그보다 더 과격한 표현을 할 수도 있다. 종이에 주렸던 시대, 그 시대는 먹을거리가 없어서 배를 주렸던 바로 그 시대다. 그때는 어찌나 종이가 귀했던지 공책은 물론 교과서도 마분지로 찍어 냈었다. 그 농도가 짙지는 않지만 회색과 갈색의 중간쯤 되는 색상의 종이인데다 면이 거칠거칠할 뿐만 아니라 지푸라기, 나무껍질, 은박지 조각 등 무수한 잡티들이 상처의 딱지처럼 다닥다닥 붙어 있으니 인쇄발이 잘 받을 리가 없다. 나중에야 그 종이가 짚을 주원료로 하고 거기에 폐지를 넣어 만든 것이라는 걸 알게 됐지만, 그 당시에는 한자의 뜻대로 말똥으로 만드는 종이인 줄로만 알았다.

어쨌든 종이가 얼마나 형편이 없었으면 말똥 종이로 불렀겠는지, 마분지 세대가 아니라도 어렵잖게 짐작할 수 있을 것이다. 종이가 귀한 줄을 알고 또 고마움도 알고 있는 학생들이 종이 아까운 줄을 모르는데 나는 열이 난다. 그래서 오래 전부터 강의 틈틈이 종이에 대한 얘기를 해오고 있다. 1991년 한 해 동안 우리나라에서 사용한 종이의 양이 무려 492만 톤에 달하는데 종이 1톤을 생산키 위해 베어야 하는 소나무는 30년생 17그루라는 것, 그런 나무들이 우리나라에 있을 리 없기 때문에 수요의 80퍼센트를 외국에서 수입해야 된다는 것, 이웃 나라 일본에서는 일찍이 수입 종이의 양을 줄임은 물론 삼림 자원을 아끼기 위해 종이 사용량의 절반 이상을 폐지로 충당하고 있다는 등의 얘기들이다.

나만 알고 있는 것이 아니라 신문, 텔레비전, 라디오를 통해 익히 알고들 있는 얘기이기 때문에 귀를 기울이지 않는다. 그러나 나는 나대로 그냥 얘기로만 끝내지 않는다. 시험 때마다 한쪽 면이 백지인 광고지나 폐지를 준비해 오도록 한다. 그런 종이가 아니면 답안지로 인정치 않는다고 엄포를 놓으며.

그래도 내가 요구한 폐지를 준비해 오지 않는 학생들이 적지 않다. 그냥 하는 소리로 알기도 하고 아예 관심이 없어 내 지시를 귀에 담지 않는 학생도 있으며 깜빡 잊은 학생들도 있다. 그리고는 전년도에 내게 배운 제 선배들의 얘기를 듣고 '이크, 그게 아니구나!' 하고 문구점에서 백지를 사다가 멀쩡한 종이를 폐지로 만드는 것이다. 한쪽 면에다 마구 낙서를 해 놓고 '나도 한쪽 면을 이용할 수 있는 이면지를 준비해 왔노라.'는 것이다.

양면을 다 사용할 수 있는 멀쩡한 종이에 낙서를 해 이면지로 만

들고 앉아서 시험 답안을 작성하는 그 뻔뻔한 얼굴을 보노라면 그야
말로 서글프기 이를 데 없다. 폐지를 이용하기 위해서 일부러 폐지
를 만드는 그런 학생보다는 준비해 온 폐지에 답안을 작성하고 나서
'폐지도 이렇듯 보람되게 쓸 수 있구나.' 하고 깨닫는 학생이 더 많을
것이라며 서글픈 마음을 달랠 수밖에.

이 지구상의 자원은 한정된 것인데 종이 아낄 줄 모르는 사람이
각 나라마다 득실댄다면 우리는 머지않아 종이에 주리는 뼈아픔을
겪게 될 것이 아닌가. 만약 마분지도 귀해서 난리를 치게 되는 시대
가 또다시 온다면 어쩌나 하는 생각은 순전한 기우일까. 제발 기우
로 끝났으면 좋으련만.

어느 경관의 아내

나에게 배우는 학생들은 주간반과 야간반으로 나뉜다. 주간반 학생들은 이른 시간에 강의가 들었거나 강의가 잇달아 있으면 아침, 점심을 못 먹기 일쑤다. 또 야간반은 주로 직장이 있는 학생들이어서 퇴근하기가 바쁘게 눈썹이 휘날리도록 달려와야만 지각을 면하기 때문에 저녁을 거른 채 늦은 밤까지 강의를 들어야 한다. 그래서 나는 강의 시간중에 빵이라든지 과자 또는 우유나 음료수 따위를 먹도록 권장(?)한다. 또 대한민국에서 제일 편한 자세로 강의를 들으라고도 한다. 물론 잡담은 엄금이다. 그러므로 학생들이 먹고 마시고 해도 강의실 분위기가 엉망으로 되진 않는다.

사실 나는 학생들이 돌부처처럼 굳은 자세로 앉아 있는 것보다는 그런 자연스런 수강 태도를 더 좋아한다. 그러나 많은 사람들은 내 강의를 듣는 학생들의 그런 태도를 보면 적잖게 놀랄 것이다. 아마 학생들을 버릇없이 가르친다고 욕바가지를 퍼부을 사람도 있을 것이다. 그러나 나는 내 방침을 고칠 생각이 없다. 가끔 의경이나 군인들을 대상으로 강연을 하는 일이 있는데 그때마다 그들의 부동자세에 가슴이 답답해져 말을 제대로 할 수 없는 것이 나다. 그런 내가 어느 날, 강의실에 들어서다가 깜짝 놀란 일이 있다.

개강한 지 며칠 되지 않은 어느 날, 강의실에 들어서려니 전체 학생들이 빵과 음료수를 먹으며 왁자지껄 떠들어대고 있었기 때문이다. 교탁 앞에는 빵과 음료수 캔이 얼마씩 남아 있는 상자 두 개가 놓여 있었다. 마치 빵집에 들어선 기분이었다.

교단으로 올라서며 어찌된 일이냐고 물었더니 한 학생이 대답 왈 '왕언니'가 개강 파티를 열어 주었단다. 요즘 대학생들의 개강파티라면 저녁 시간에 학교 주변의 술집에서 여는 게 상례인데 강의 시간 직전에 강의실에서 빵과 음료수로 아주 조촐한 개강 파티를 연 것이 하도 기특해 왕언니가 누구냐고 물었다.

알고 보니 왕언니란 그 반의 최고령자인 주부 학생에게 붙여준 애칭이자 존칭이었다. 경제적인 여유가 있으면 딸뻘인 같은 반 학생들에게 빵과 음료수를 사 줄 수도 있는 일이지, 생각하며 강의를 시작했고 틈틈이 그 왕언니를 관찰했는데 그녀의 화장이나 옷차림 모두가 돈 많은 주부로는 보이지 않았다. 설사 돈이 많다 해도 그렇게 파티를 열어 주는 것이 결코 쉬운 일이 아니므로 참 고마운 마음씨구나 생각하며 강의를 끝낸 뒤 왕언니와 가까운 자리에 있는 몇몇 학생들을 불러내어 점심을 샀다.

점심을 먹으며 이런저런 애기를 나누다가 알게 된 것은, 왕언니가 40대 초반의 주부로 시를 공부하기 위해 문예창작과에 입학하게 됐으며 아들이 금년에 대학에 입학했다는 사실이었다.

"부군은 뭘 하시오?"

"경찰공무원입니다."

나는 다시 한 번 놀라고 말았다. 경찰관에 대해서 잘은 모르지만 박봉의 고된 공무원이라는 것쯤은 알고 있었기 때문이다.

박봉으로 아내와 아들을 대학에 보내고 있는 그 경관도 물론 대단한 사람이지만 그의 아내인 왕언니 또한 대단한 사람이 아닐 수 없다. 남편의 박봉으로 가정을 꾸려 나가며 자기 자신과 아들의 학자금을 마련하려면 얼마나 알뜰해야 하는지 냉큼 짐작이 되지 않았다. 그야말로 '손톱 여물을 썰어야만 가능'한 일일 것이다. 그런 주부가 한반 학생들에게 개강 파티까지 열어 주다니. 정말로 아름다운 마음씨가 아닌가. 사실 빵 3~40덩이와 음료수 3~40캔을 돈으로 따진다면 물론 큰돈은 아니다. 더구나 요즘같이 돈이 우습게 되어 있는 세상에선.

매일같이 보도되고 있는 재벌의 이야기, 쓸개 빠진 정치인들과 그 주변의 추접스러운 무리들……. 뇌물로 뿌린 돈이 몇 십 억이요 몇 백 억이며 그냥 떡값으로 돌렸다는 돈이 5천만 원이네, 몇 억이네 하는 판에 그 빵 값이나 음료수 값은 돈이랄 수 없는 액수라고도 할 것이다. 그러나 박봉의 경찰 공무원 아내, 더구나 대학생 아들을 둔 대학생 주부에게는 확실히 만만찮은 돈이다.

점심을 마치고 학교로 올라오면서 나는 속으로 중얼거렸다.

'왕언니는 분명히 좋은 시를 쓸 거야.'라고.

그날 나는 모처럼 만에 아주 즐거운 점심시간을 보냈다.

민병산 선생님의 붓글씨

우리 집 액자들 중 송나라의 대문장 당경唐庚의 '고연명古硯銘'이 담긴 게 있다. 내용을 간추리면 '벼루, 붓, 먹은 그 성질이나 하는 일이 거의 같고 또 모두 사람들로부터 사랑을 받는다. 다만 수명이 서로 달라 붓과 먹은 짧으나 벼루는 몇 대를 이어 누린다. 그 까닭은 붓이 날카롭고 먹 또한 버금가게 날카로우나 벼루만은 아주 둔하기 때문이다. 또 쓰임새로 따져도 붓이 가장 많이 움직이고 먹이 그 다음이며 벼루는 움직이는 법이 없다. 나는 벼루처럼 둔하고 정적靜的으로 살지언정 붓이나 먹처럼 날카롭고 동적인 생활로 생명을 단축시키지 않겠다.'는 것인데 이 글을 붓글씨로 써서 내게 알려 주신 분은 고향의 대 선배인 민병산 선생님이다.

벼루의 인생에 비유하며 처세와 양생을 논한 이 글은 급박하게 돌아가는 이 어지러운 시대를 살고 있는 모든 이들이 새겨둘 만한 내용일뿐더러 내 개인적으로는 종종 나의 삶을 반성케 하는 좌우명 구실도 하고 있다. 실은 후자의 목적으로 민 선생님께서 내게 이 글을 써 주신 것이라고 생각되지만……

내가 선생님과 인연을 맺게 된 것은 고등학교 때로, 그때 선생님께선 우리 문학 서클 행사 때마다 나오셔서 아주 귀한 말씀을 해 주시곤 하셨다. 또 상경하셔서도 통산 2년쯤 같은 방에서 기거하기도 했었다. 그렇듯 가까이서 모시고 보니 선생님의 그 검소하심과 때 묻지 않은 인품이 더욱 돋보였다.

원래 선생님은 청주에서 첫손가락으로 꼽히는 부잣집 장손이셨으나 유산에 관심이 없으셔서 당신께서 보시던 책 보따리에 조부께서 쓰시던 벼루 하나를 달랑 넣어 가지고 상경하여 독신을 고집하며 하숙과 매식으로 평생을 사셨다. 선생님의 수입은 신문, 잡지에 쓰신 칼럼과 위인전기의 고료와 이따금 생기는 번역료가 전부였다. 그렇기 때문에 늘 지갑이 얄팍했으나 간혹 양이 많은 번역 일거리 같은 것이 생기면 주위의 어려운 문인들과 나눠 하셨고 또 주머니에 돈이 생기면 당신께서는 술 한 잔도 못 하시면서도 실비집으로, 가난한 주위의 문인들을 데리고 가 술자리까지 베풀어 주시곤 했다.

선생님의 일과는 매일같이 헌 책방을 뒤지며 각 분야에서 성공한 분들의 전기류의 위인전을 사 모으시는 것이었다. 언젠가 기회가 닿으면 당신께서 책임 편집한 전기 전집을 내시겠다는 뜻을 품고 계셨던 것이다. 그렇게 모으신 전기, 위인전의 장서는 엄청난 것이었다. 그런데 사글세방을 전전하시다 보니 그것들을 끌고 다닐 수가 없어 친지의 지하실에 맡겼었는데 그 장서들이 한꺼번에 증발(이렇게 밖에는 설명한 길이 없다)해 버린 것이었다. 평생의 사업이 이렇듯 물거품이 되어 버렸으니 그 마음이 얼마나 아프셨겠는가.

그 뒤로부터 헌 책방에 들르시는 일을 끊고 조부로부터 물려받은 단 하나의 유산인 벼루에다 먹을 갈기 시작하셨다. 그리고는 밤이 이슥하도록 붓글씨를 쓰시며 아린 마음을 달래셨는데, 그렇게 쓴 글씨들을 시내에 나와 바둑집 또는 찻집이나 밥집에서 만나는 주위 사람들에게 나눠 주시곤 했다. '고연명'을 비롯해 '습득고연拾得古硯' 등 내가 지니고 있는 선생님의 글씨들도 그렇게 받은 것이다.

선생님께서 붓글씨에 담으신 글들은 동서고금의 명문, 잠언, 우화, 시가 등이 총망라되어 있었다. 아마도 민병산 선생님을 아는 사람 중에 그 붓글씨를 얻지 못한 사람은 아무도 없을 것이다. 전기를 통해서가 아니라 어쩔 수 없이, 붓글씨로 많은 사람들에게 진실된 삶이 어떤 것인가를 일깨우려 하셨던 것이라고 생각된다.

그러나 1988년 9월 19일에 선생님은 타계하셨다. 그 날이 바로 회갑을 맞으시는 생신 전 날이어서 선생님의 타계가 더욱 거짓말처럼 느껴졌다.

항상 젊은이들에게 수재가 되기보다 참다운 인간이 되기를 바라셨던 선생님은 음으로 양으로 내게 큰 영향을 끼치신 '인생의 스승'이셨다. 지금도 인사동이나 관철동에 나가면 찻집, 술집, 밥집의 벽에 걸린 선생님의 붓글씨를 어렵잖게 보게 되는데 그때마다 선생님의 생전 모습이 떠올라 나는 그 앞에서 많은 것을 생각하게 된다.

믿지 못할 믿는 사람들

아무리 생각해 봐도 아리송하기만 하다. 어째서 모든 것들이 다 발전하고 있는데 사람과 사람의 관계만은 바람직하지 못한 쪽으로 변모해 가는지 알 수가 없다. 수돗물이 먹을 만하다고 강변하는 사람들을 믿을 수가 없고 자식들의 교육을 맡고 있는 이들을 믿을 수가 없으며, 심지어는 이 세상에 아무도 믿을 사람이 없다고 해도 이 사람들만은 믿어야 한다고 말할 수 있는 종교인들조차 믿을 수가 없는 세상이 됐다.

종교 얘기가 나왔으니 말인데 요즘처럼 '광신'이라는 낱말이 사람들의 입에 자주 오르내린 적도 없을 것이다. 광신은 물론 종교에 국한시킬 낱말은 아니다. 이성을 잃을 정도로 어떤 것을 무비판적으로 믿는 것을 광신이라고 하는 것이니까 보다 폭넓게 쓰여져야 하는 낱말이긴 하다. 그러나 요즘 사람들의 입에 오르내리는 광신은 종교에 국한된 낱말이 되어 버렸다.

신문, 잡지 등의 지면이나 텔레비전의 화면을 통해서 미친 종교인들의 미친 짓거리들이 꼬리를 물고 소개되기 때문일 것이다.

가까운 예로 우선 재작년의 휴거 사건이 그랬고 또 몇 달 전, 한 승려가 쇠파이프로 살인한 사건을 들 수가 있다. 이런 끔찍한 사건의 보도를 전하노라면 요즘 이 시대가 '광신자의 전성시대'라는 생각이 들 지경이다.

사실 그런 끔찍한 사건이 아니더라도 많은 사람들이 그들 광신자들 때문에 크고 작은 피해를 보고 있다. 전동차 안에서 고래고래 소리치는 광신자들 때문에 눈살을 찌푸려보지 않은 사람이 드물 것이며 광신적인 전도 때문에 초인종을 떼어 버리고 싶은 생각을 품어 보지 않은 사람도 드물 것이다.

자기네들의 사후 세계를 보장받기 위해 남들에게 그런 피해를 주어도 되는 것인지 알 수가 없다. 광신적인 어떤 종교의 전도꾼들이 매일이다시피 우리 집 초인종을 눌러대니 나도 그들의 피해자임이 분명하다. 이 전도꾼들 때문에 생각이 흐트러지기도 하고 책을 밀쳐 놓게도 되며 쓰던 원고를 더 계속하지 못하게도 되니 결코 가볍다고 할 수가 없는 피해자인 셈이다.

다른 동네는 어떤지 몰라도 우리 동네에는 가족 단위의 전도꾼들이 많이 온다. 한창 일할 나이의 젊디젊은 전도꾼들도 자주 온다. 자기네 사후를 보장받기 위해 이 사회 구성원으로서의 소임을 저버려도 되는 것인지, 아니면 그래야만 사후 세계를 보장받을 수가 있는 것인지 아무리 생각해도 알 수가 없다.

할아버지, 할머니, 며느리, 손자가 한 팀이 된 전도꾼들을 보고 있노라면 디어도어 드라이저의 작품 《아메리카의 비극》 첫머리에 나오는 장면이 연상되어 입맛이 쓰다. 주인공 클라이드 그리피스는 전도꾼인 부모에 이끌려 억지로 이 거리 저 거리를 헤맨다. 그의 부모들은 따로 생업이 없기 때문에 그야말로 아사만을 면할 뿐 사람다운 삶을 누리지 못한다. 그렇게 어린 시절을 보낸 클라이드 그리피스는 가난한 가정에 반발하여 부의 세계를 꿈꾸다 결국은 살인자가 되어 꽃다운 나이에 전기의자에 묶여 사형을 당하고 마는데, 우리 동네를 누비고 다니는 그 전도꾼들의 손에 이끌려 다니는 어린이들 중에 그토록 비참한 인생을 살게 되는 아이가 없으리라는 보장도 없고 보니 참으로 한심하기 짝이 없다.

정확히 9년 전에 나는 이런 어처구니없는 일을 당한 적도 있다. 그때 나는 ㄷ신문에 칼럼을 쓰고 있었는데 어느 날, 칼럼 때문에 혼쭐이 났다.

당시, 서울시에서 사직공원에 단군전을 새로 짓고 성역화하려는 계획을 발표하자 그것을 두고 어떤 종교 집단에서 크게 반대하고 나섰었다. 그 이유인즉 '시민의 세금으로 특정 종교가 섬기는 인물의 성전을 건립하는 것은 부당하며 만약 자기네 종교를 믿는 학생들이 참배하게 될 경우 우상 숭배를 조장할 우려가 있기 때문'이라는 것이었다. 그래서 나는 칼럼에 그런 반대는 부당하다고 밝히며 그 이유를 들었다.

단군은 특정 종교가 섬기는 인물이 아니며 우리의 개국시조라는 것, 또 '사직社稷'이라는 낱말은 옛날부터 토지신과 곡신을 뜻하는 것으로 사직단은 임금이 백성을 위해 그 신들에게 제사를 지냈던 곳이니 그렇듯 성스러운 곳에 우리 겨레의 시조요 우리나라의 건국이

념인 '홍익인간'을 선포한 단군의 제전을 세우는 것은 당연한 일이다. 왜냐하면 그것을 반대하는 그들 종교 집단의 구성원들도 모두 우리 겨레의 하나이기 때문이다.

이러한 요지의 칼럼이 발표되지 전화가 빗발치듯이 걸려 왔다. 전화의 내용은 무지막지한 욕설과 폭언, 협박들이었다. 내게만 그런 전화가 걸려 온 게 아니고 그 칼럼이 실린 ㄷ신문사로도 왔다고 한다. 나의 칼럼 집필을 중단시킬 것과 그렇게 하지 않을 경우, ㄷ신문의 불매운동을 대대적으로 벌이겠다는 협박이었다.

참으로 어처구니가 없는 일이었다. 자기네와 다른 의견을 가졌다고 해서 그런 상식 이하의 행동을 하는 종교인이라면 그들을 어찌 종교인이라고 할 수 있으며 따라서 어찌 믿을 수 있을 것인가 싶었다. 광신자들의 미친 짓거리가 아니고 뭔가 싶었다. 얼마 전 장승배기의 장승이 수난당한 기사를 읽었다.

옛날부터 장승이 서 있던 곳이어서 마을 이름이 장승배기가 된 그곳에 세운 장승을 우상 숭배라 하여 철거를 요구했던 어떤 종교집단에서 저지른 것인지 어쩐지는 알 수 없으나 장승이 잘려 쓰러졌다는 것이다.

어떤 종교를 믿든 참다운 종교인이라면 자기네 교리와 경전에 따라 베풀고 사랑하여 많은 이들을 선도해야 할 소임이 있는 게 아닌가. 그럼에도 '믿지 않는 사람들'보다 더 못한 행동들을 서슴치 않으니 어찌 그런 사람들을 '믿는 사람들'이라고 믿으며 따를 수가 있겠는가.

　어떤 종교를 믿는 자들이건 믿는 사람답게 행동해야만 그들을 믿고 따르는 사람들이 많아질 것이며 또 그것이 진정한 포교이며 전도가 아닐까 싶다.

두더지 혼인

‘두더지 혼인’이라는 말이 있다. 자기보다 썩 나은 상대를 골라 혼인하려고 애를 쓰는 어리석음을 일컫는 말이다. 혹자는 그것이 왜 어리석으냐고 항변을 할지도 모른다. 또 그 항변이 당연한지도 모른다. 그러나 그런 항변에 앞서 잠깐만 내 얘기를 귀를 기울여주면 고맙겠다.

고리기경호藁履其經好라는 말은 짚신도 제 날이 좋다는 얘기이다. 바꿔 말하면 걸맞은 사람끼리 짝을 맺음이 마땅하다는 뜻으로, 남녀가 결혼함에 있어 짝을 맺을 때는 반드시 걸맞은 사람끼리 짝을 맺어야 마땅하다는 얘기이다.

이 속담은 《순오지旬五志》라는 책에서 옮겨 놓은 말이다. 이 책은 조선조 효종 때에 홍만종이라는 학자가 저술한 것으로 주 내용은 송강 등의 시가를 평론한 것이며 그 책의 부록에 약 130여 종의 속담이 수록되어 있는데 앞의 속담은 거기서 나온 것이다.

얘기가 너무 딴 길로 들어섰는데 ‘두더지 혼인’이라는 말과 ‘짚신도 제 날이 좋다’는 이 속담으로 우리의 선인들이 지녔던 확고한 결혼관을 알 수가 있다. 하기야 선인들이 혼인을 인생의 대사라 해서 아주 중요한 것으로 생각해 왔다는 것은 다른 문헌이나 또 다른 속담으로도 얼마든지 증명할 수가 있다.

우선 생각나는 대로 적어 보면 '혼인에 반간 놓은 놈은 만장 가운데서 총을 놓아 죽여라.'라는 속담을 들 수 있다. 인생의 대사인 혼인 일에 이간질을 하고 방해를 하는 자는 죽여 쌀 만큼 나쁘다는 뜻으로 풀이된다. 이 속담으로도 우리는 두말 할 것 없이 우리의 선인들이 혼인을 얼마나 중대하게 생각했었는지를 알 수가 있다. 물론 나는 처가의 덕으로 신간 편하게 먹고 살 생각을 하고 있는 사람들을 좋지 않게 생각한다. 남이야, 돈이 많고 지체가 높은 집안을 처가로 삼든 말든 무슨 상관이며, 처가 덕 보겠다는 사람들을 싫어한다는 나의 말 자체가 혼인에 반간 놓는 짓이라고 생각할 수도 있겠지만 나의 진의는 '떳떳한 혼인'에 있다.

사실, 말이 나왔으니 말이지만 요즘 물질문명이 발달한 탓인지 혼인이라는 것을 너무 안이하게만 생각하는 사람이 많다. 아니, 너무 소홀하게 생각하고 있는 것 같다. 엄격히 따져 처가 덕을 염두에 두고 있는 사람이 있다면 그 사람은 결코 진정한 의미의 혼인을 생각하고 있다고 말할 수 없다. 그건 혼인이라는 비단 보자기 속에 싸인 걸레 조각같이 지저분한 자기 잇속일 뿐이다. 왜냐하면 그런 사람들은 밤낮없이 어떻게 하면 돈이 많든지 빽과 연줄이 단단한 집안의 딸을 꾀어서 아내로 삼을 수가 있을 것인지 그것만을 생각하고 있을 테니까 말이다. 서로 사랑을 나눌 수 있는 그런 배우자의 선택이 중요한 것이 아니라 배우자가 될 여자의 집안에 있는 돈이거나 그 집안사람들이 어깨 위에 얹고 다니는 세력에만 온 정신이 집중되어 있는 것이 어찌 떳떳한 것일까. 거기에다 어떻게 결혼이라는 이름을 붙일 수가 있겠는가.

이 세상에는 처가의 덕으로 높은 지위를 얻은 사람이 많고 또 처가의 덕으로 재벌이 된 사람도 많으며 그리고 처가의 덕으로 자신의 학문을 이룩하여 성공한 사람도 적지 않다. 또 그렇듯 처가의 덕을 본 사람을 과소평가 할 수도 없는 것이며 그래서도 안 될 일이긴 하다.

사람이란 세상살이를 하다보면 남에게 도움을 줄 경우도 있고 또 남의 도움을 받는 경우도 생기게 마련이다. 또 그렇게 하여 한세상을 살아가는 것이다. 그러니 어쩌다 부유한, 권력을 가진, 명망이 있는 처가를 갖게 되어 그 처가의 도움으로 성공을 했다 해서 그것이 흉이 될 아무런 까닭이 없는 것이다. 오히려 도움을 받아 그만큼 자신의 생활이 충실해지고 성장, 발전하는 것은 아름다운 세상살이일 수도 있다.

다만 문제가 되는 것은 여우와 같이 간사한, 늑대와 같이 음흉한, 소도둑처럼 시커먼 뱃심으로 돈 많은 집의 처녀, 지위가 있는 집안의 딸이 아니면 결혼을 하지 않겠다고 버티는 그런 부류들이 문제인 것이다.

만약 그런 부류들의 그러한 계획이 성공하여 드디어 그들이 처가의 덕으로 출세를 하고 성공도 하고 또 억수로 돈을 벌어들였다고 하자. 그러나 그들의 그 재산, 그들의 그 지위, 그들의 그 명예…….

이렇듯 화려해 보이는 성곽이 얼마나 오래 지탱될까? 모르면 몰라도 아마 그것은 오래지 않아서 모래성의 결과로 바뀌고 말 것이다.

원래는 남자와 여자가 한 몸이었다는 희랍 신화가 있다. 한 몸뚱이로 붙어 있던 남과 여는 그것이 불편하여 절반씩 몸을 가르게 되었다는 것이다. 이렇게 몸을 가르게 된 남녀가 서로 자기 몸에서 떨어져 나간 절반의 몸을 찾아 다시 완전한 한 몸뚱이를 이루기 위해 결혼이라는 절차를 마련한 것이라는 그 신화는 그럴싸하다.

물론 이 얘기는 신화이긴 하지만 우리 인간에게 있어선 아주 엄숙한 얘기인 것이다. 결혼이란 그야말로 인간의 대사 중의 하나다. 그 희랍 신화는 이러한 결혼의 절대 절명을 상징하는 것이며 결혼의 신성함을 나타내는 것이기도 하다. 그런데 이러한 결혼을 부와 명예 혹은 성공 따위의 목적으로만 생각한다면 그야말로 그것은 인생의 무덤을 파는 격이 아닐까?

젊고 용기 있고 실력 있는 사람이라면 무엇 하러 그런 무덤을 파겠는가? 처가의 덕을 먼저 생각하는 사람들은 이 세상에서 가장 무능력한 자들이 아니면 물질 만능주의의 노예라고 할 수 있다.

결혼이란 사랑하는 남녀가 결합되어 그 날부터 새롭게 펼치는 자신들의 인생을 공동으로 성실하고 아름답게 수놓아 가는 것이라고 말할 수 있다. 그런데 이러한 결혼을 권력의 줄을 붙잡기 위해 혹은 축재의 터전을 마련키 위한 또는 출세의 지름길을 안내받기 위한 그런 한 방편으로 생각한다면 그 사람은 결혼으로 인생의 무덤을 파는 사람이 아닐까. 그렇지 않고서야 어떻게 남이 이룩해 놓은 부나, 남이 얻어 놓은 지위나, 남이 따 놓은 명성에 의존하여 살아갈 생각부터 하는가.

문득 잔두지연棧豆之戀이라는 말이 생각난다. 말이 적은 콩을 탐내어서 마구간을 떠나지 아니한다는 뜻이다. 한평생을 처가의 덕으로 그 그늘에 안주하겠다는 생각을 버리지 못하는 것은 잔두지연과 조금도 다를 바가 없다.

우리는 단 한 번밖에 혜택받지 않은 이승의 삶을 행복되고 보람되게 살 필요가 있다.

여태까지 횡설수설 떠들고 나니 '솥은 부엌에 걸고 절구는 헛간에 두어야 한다.'고 말한 꼴이 되고 말았다.

순수했던 선물의 시대

중학생 때 어떤 선생님에게 들은 우스갯소리이다.

미국의 어떤 사람이 추수감사절이 임박했을 때 자기 친지에게 칠면조를 한 마리 선사했다. 그런데 그 칠면조를 받은 사람은 그때 이미 추수감사절 때 쓸 칠면조가 마련되어 있었기 때문에 그 선물이 소용없었다. 그래서 그는 선사받은 칠면조를 자기 친구에게 선물했다. 그런데 그도 역시 추수감사절 준비가 끝났으므로 그 칠면조가 필요 없었다. 집안에 칠면조를 키울 공간도 없고 해서 그도 그것을 다른 사람에게 선물했다. 그리고 그 칠면조는 몇 사람을 더 거친 뒤, 원래의 주인에게로 돌아왔다. 주인은 깜짝 놀랐고 칠면조는 반가워서 어쩔 줄을 몰랐다.

내용은 이렇게 확실한데 그때 선생님께서 왜 이런 얘기를 들려 주셨는지 전혀 기억할 수가 없다. 다만 짐작으로만 '모든 것에는 때가 있다.'는 교훈성을 떠올릴 뿐이다. 글쎄, 목이 비틀려 추수감사절 식탁에 오르는 것만 면한, 억세게 재수 좋은 칠면조의 행운을 얘기했던 것일까? 어쨌든 나는 이 얘기를 종종 떠올리게 된다. 그리고 상대방에게 아무런 소용도 없는 선물이 당하게 되는 푸대접이 어떤 것인가를 생각하게 된다.

아무리 작은 물건이라도 그것이 상대에게 반가운 선물이 되기를 바라는 것은 선물하는 모든 사람들의 한결같은 마음일 것이다. 내게 있어 참으로 힘든 일 중의 하나가 선물할 물건을 고르고 사는 일이다. 도대체 무엇을 사야 상대방에게 소용이 될지 종잡을 수가 없으려니와 또 품목이 결정됐다 하더라도 그 물건이 과연 좋은 것인지 나쁜 것인지, 진짜인지 가까인지 식별한 능력도 없다. 아마도 물건을 자주 사지 않는 데다 혹 상점에 가는 일이 있어도 고르지 않고 덥석 집어서 돈을 치르곤 하는 습성 때문일 것이다. 따라서 나는 상품의 정보에 어둡고 또 상품을 고르는 안목이 없기 때문에 가짜를 사거나 바가지를 쓰는 일이 너무 많다. 내가 쓰는 물건이면 그래도 괜찮지만, 남에게 선물한 물건이 '바가지 쓴 가짜'라면 어쩌나 싶어 선물할 상품을 고를 땐 겁부터 내는 것이 바로 나다.

무엇을 기념하는 날이나 또 명절 같은 때 홍수처럼 쏟아져 나오는 똑같은 선물 세트. 그런 것을 선물했다가 앞에서 얘기한 칠면조처럼 빙빙 돌다가 다시 내게로 돌아오면 어쩌나 싶은 것도 내가 선물할 때 나는 생각 중의 하나이다.

선물과 관련된 얘기로 또 한 가지 잊혀지지 않는 얘기가 있다. 누군가 꾸며냈기 십상인 꽁트 같은 얘기지만 얼마든지, 현실성이 있는 얘기이다.

어떤 사람이 높은 사람에게 케이크를 선물했다. 그 케이크를 가져온 사람이 돌아가자 높은 사람은 화를 벌컥 냈다.

"빌어먹을 놈! 다른 케이크와 맛이 다르니 꼭 먹어 보라고? 야, 이 녀석아! 내가 케이크 못 먹어 죽은 귀신이 붙은 사람인줄 아냐!"

높은 사람은 그 사람이 들고 온 케이크도 다른 데에서 들어온 케이크들과 함께 취급하여 여기저기에다 그냥 선심을 썼다. 그런데 준 사람이 특별한 맛이 있는 케이크니까 꼭 먹어 보라고 한 그 케이크 속에는 황금으로 만든 묵직한 행운의 열쇠가 들어 있었다. 선물의 탈을 뒤집어 쓴 뇌물이 쓰레기처럼 버려졌다는 풍자이다.

사전에 따르면 선물이란 '존경이나 친근 또는 애정의 뜻을 나타내기 위해 남에게 주는 물건'을 뜻하고 뇌물이란 '자기의 개인적 이익을 얻기 위해 일정한 직무에 있는 사람을 매수할 목적으로 주는 부정한 돈이나 물건'을 뜻한다고 되어 있다. 이렇게 엄연히 다른 두 가지를 우리들은 왜 그렇게 혼동하는 것일까. 선물과 뇌물을 혼동하며 살다니, 참으로 기막힌 일이 아닐 수 없다.

지난 2월 5일자 홍콩의 중국계 신문인 '문회보'는 '남한 사회 뇌물 분위기 성행'이라는 제목의 기사에서 '한국 사회는 뇌물을 주지 않고는 관청의 민원이 해결될 수 없을 정도로 부정부패가 만연되어 있다.'고 지적하고 여러 계층의 공무원들을 비난했으며 어떤 공무원들은 기업인들의 황제로까지 군림하고 있다고 밝혔단다. 뿐만 아니라 이 기사에서는 '가장 청렴해야 할 교육계마저도 배금주의 사상이 만연되어 교수나 교장 선생들도 돈을 받는다.'고 보도했다는 것이다.

맨처음 이 소식은 내게 분노를 일으키게 했으나 '아니 땐 굴뚝에서 연기가 났으랴' 싶어 스스로 풀이 죽고 말았다. 더구나 그 기사에는 '다이아몬드, 골동품, 골프 회원권 등이 뇌물의 전달 방법으로 선호되고 있다.'고까지 밝혀져 있다. 언제나 남의 눈에 우리의 이런 추악한 꼴이 보이지 않게 될 것이며 또 그것이 남의 신문에 보도되지 않을지 한심스럽기만 하다.

선물이라 할 때의 '선膳'은 반찬을 뜻하는 글자이다. 혹은 음식을 뜻하기도 한다. 때문에 '선복膳服'이라고 하면 음식물과 옷을 뜻하며 '선제膳帝'라고 하면 옛날 궁중에서 요리를 맡아 했던 벼슬아치의 우두머리를 뜻한다. 남에게 선사하는 물건이라는 뜻의 선물만 뺀다면 '선膳'자가 들어가 있는 단어는 모두가 음식과 관련이 있는 것이다. 하지만 실은 '선물'도 이 음식 때문에 생긴 말이다.

옛날 이웃끼리 특별한 반찬, 별미 음식을 만들었을 때 서로 나누어 먹었던 아름다운 풍습이 바뀌고 발전하여 선물이 됐다고 보여지는 것이다. 남에게 맛을 볼 수 있게 해준 음식이니 각별한 맛이 있었던 것이 선물이라는 뜻도 된다.

그런데 요즘 특별한 반찬이나 별미 음식이 아니라 그것이 얼마나 큰 것이냐, 얼마나 비싼 것이냐로 선물의 좋고 나쁨이 결정되고 또 그것이 발전하여 아예 뇌물이 되어 버렸다. 자칫하면 사전에, 선물과 뇌물이 비슷한 말 혹은 동의어라고 풀이되는 시대가 올 것만 같아서 걱정이다.

특별한 반찬을 만들면 나누어 먹고, 별미 음식을 만들면 서로 주거니 받거니 했던 그런 순수했던 선물의 시대, 그런 정다웠던 시대가 그립다.

고무지우개

옛날과 달리 요즘 문방구에 가 보면 질 좋고 디자인도 세련된 각종 문구들이 다양하게 진열돼 있어 내가 학생이던 때와는 격세지감을 느끼게 한다. 지우개 하나만을 예로 들면 고무지우개를 비롯하여 흡사 페인트를 칠하듯 하는 '화이트' 그리고 화학 약품을 응용해 만든 액체 지우개 등 다양하고 그 질 또한 우수하다.

내가 초등학생이던 해방 직후에는 고무고우개가 고작이었다. 그것도 요즘의 고무지우개와는 비교도 할 수 없을 만치 형편없는 저질의 것이어서 잘 지워지지도 않을 뿐만 아니라 지운 자리가 새까맣게 되곤 했다. 그러나 그나마도 살 돈이 없거나 또 사려고 해도 물건이 없어 대부분의 학생들은 검지에 침을 발라 지울 곳을 살살 문질러 종이를 얇게 한 겹 벗기는 방법을 쓰곤 했다.

어떻게 나온 얘긴지는 모르나 고무를 석유에 담가 놓으면 지우개가 된다고 해서 떨어진 고무신의 밑창을 잘라 그렇게 하기도 했다. 그러나 석유에 담갔던 고무조각은 지우개가 되지 않았다. 그걸로 문지르다 멀쩡한 공책만 찢기 일쑤였다. 물론 공책 또한 마분지, 속칭 '말똥 종이'라 일컫는 아주 형편없는 종이로 만든 것이었다.

어찌 그뿐인가. 연필심에는 모래가 박혀 칼끝처럼 공책을 잡아먹었고 너무 흐려 글씨를 알아 볼 수 없을 지경이어서, 한 자 쓰고 침한 번 묻히곤 했었다. 크레용은 또 어떠했나. 갑 속에는 분명 열두 색이 잘 구비되어 있었으나 도화지 위에 문지르면 양초 문지르는 것이나 다름 없지 않았던가. 잉크를 찍어 쓰는 펜촉(철필)은 우리나라에서 생산되지 않아 전량을 외국에서 수입해 온다는 애기까지 있었다. 그런 판국이니 도시 같은 곳에 친척이 산다든지 하여 외제(주로 일제) 학용품을 선물받으면 그 기쁨은 견줄 데가 없고 자랑은 그것을 다 쓸 때까지 계속되기 마련이었다. 예를 들어 잠자리가 은박된 일제 '톰보우' 한 자루만 생겨도 잠을 설칠 지경이 되는 것이었다. 그 연필을 아끼고 아껴서 쓰다가 손에 잡을 수조차 없게 난쟁이가 돼버리면 이번에는 그놈을 헌 붓 대롱 같은 데다 끼워 키를 키워 놓고는 끝까지 썼다. 하기야 꼭 외제가 아니라도 그렇게 끝까지 알뜰하게들 썼었다. 그러니 연필 꽁무니에 고무지우개가 달린 것이 생겼다 하면 어떠했겠는가. 그야말로 신주 단지 위하듯 했던 것이다.

그 무렵 다른 지방에서는 어떻게 불렀는지 모르지만 내가 자란 곳에서는 고무지우개를 그냥 '고무'라고 했었다. 나는 지금도 그때의 버릇대로 고무지우개를 그냥 고무라고 할 때가 많다. 그 고무 때문에 한번은 강의실이 웃음바다가 됐던 일이 있었다.

하루는 출석을 부르다가 체크를 잘못하였다. 다행히 연필로 체크를 했기 때문에 고무지우개로 지우면 되었다. 그래서 맨 앞의 학생에게 '고무' 좀 달라고 했다. 그러자 그 학생은 의아한 눈으로 날 쳐

다만 볼 뿐 고무를 빌려 줄 생각조차 않는 것이었다.

"고무 좀 줘."

내가 다시 말했다. 그러자 그 학생이 반문했다.

"고무요? 무슨 고무 말씀입니까?"

"무슨 고무냐구? 지우는 고무!"

"아, 지우개요."

그제서야 내가 말한 고무가 무엇을 뜻하는지 알아듣고 모두들 박장대소를 하는 것이었다.

그 날, 그 고무가 빌미가 되어 내가 초등학교에 다닐 때 썼던 문구들의 얘기를 요즘의 문구들에 비교해 가며 얘기해 주었다.

"우리나라에서 요즘 1년에 사용하는 종이가 얼만지 아니? 5백만 톤을 웃돈대. 그런데 종이 1톤을 생산하기 위해 드는 나무는 30년생 소나무 열일곱 그루라더라. 그러니 우리나라에 무슨 나무가 그렇게 많아 그걸 다 자급자족 하느냐 말이다. 80퍼센트를 외국에서 수입하는 거야. 가까운 일본은 우리보다 훨씬 부자인데도 종이 사용량의 반 이상을 폐휴지로 충당한다더라. 제발, 종이며 연필 같은 학용품 좀 아껴 써라. 그게 애국이야! 요즘 너희들이 쓰는 문구의 대부분이 외제라는 것에도 기가 질린다! 이제 우리나라에서 생산되는 문구들이 외제 못잖게, 또 어떤 것은 외제보다 훨씬 더 질이 좋은 데도 우리 제품을 안 사 쓰고 외제를 사서 쓰는 이유가 도대체 뭐냐? 지금부터 그렇게 외제만 찾으면 그게 버릇이 되어 나중에 바늘까지도 외제가 아니면 안 쓰게 되고 전기밥통까지도 외제 밥통을 사 쓰는, 인간 밥통이 된단 말이야. 제발 애국심 좀 가져라! 우리 외채가 1천억 불이고 금년 국제 수지 적자가 230억이래.”

이런 요지로 잔소리(학생들이 생각하기에는)를 늘어놓았다. 그런 잔소리를 안 할 수 없는 것은 학생들의 문구에 대한 태도 때문이었다. 빈 강의실에 들어가 보면 멀쩡한 볼펜, 수성 펜, 샤프, 연필, 지우개들이 마구 버려져 있어 주워 보면 반도 쓰지 않은 것이 태반이고, 어떤 것은 새것이나 다름없는 것들도 많았다. 고무지우개도 마찬가지였다. 밤톨 크기 만한 것에서부터 여덟 귀퉁이 모난 부분만 겨우 닳은 새것들에 이르기까지 그 버려진 수효가 만만치 않았다. 나는 버려진, 그러나 얼마든지 더 쓸 수 있는 각종 문구들을 주워 모으기 시작했다. 각종 필기구들이, 사발 아가리보다 더 큰 탁상용 필통에 가득 차다 못해 이제는 그야말로 입추의 여지가 없게 됐으며 고무지우개도 한 되쯤은 실하게 됐다.

하루는 동료 교수가 내 연구실에 들렀다가 고무지우개 모아 놓은 것을 보고 날더러 고무지우개 컬렉터냐고 농담처럼 물었다. 물론 나는 그것들을 일부러 수집한 것은 아니다. 그냥 버려져 있는 것이 아까워 주웠을 뿐이다. 그런데 요즘 그 고무지우개를 나는 아주 요긴하게 쓰고 있다. 중간고사, 기말고사 때 시험 감독을 하게 되면 주머니에 넣고 가서 지우개를 빌려달라며 답안지 작성에 여념이 없는 주위 친구들을 귀찮게 구는 그런 학생들에게 하나씩 선물(?)하는 것이다. 그런데 시험 시간에 남의 지우개를 빌리려는 학생도 많아, 버려진 지우개 줍는 일은 그런 대로 보람이 있다.

아버님의 용돈

아버님께서는 슬하에 9남매를 두셨다. 그런데 딸 둘은 아주 어린 나이에, 그리고 둘째 아들은 그의 나이 45세 때 세상을 떠나 당신의 말년에는 네 아들과 두 딸의 아버지셨다.

그 아들, 딸 중에 떵떵거리고 사는 부자는 없지만 그렇다고 속된 말로 자식 농사에 피농을 보신 것도 아니셨다. 모두 대학을 나와 열심히 제 삶을 살고들 있는 것이다. 그러므로 그 자식들이 풍족하다고 할 수는 없겠으나 그런대로 소일하실 수 있게끔 용돈을 드렸다.

하지만 아버님께서는 볼일로 밖에 나가셔서 때가 되어도 자장면 한 그릇을 사 잡숫는 법이 없으셨다. 꼭 집에 돌아오셔서 상을 차리게 만드셨다. 택시를 타는 법도 없으셨다. 아무리 피곤해도 꼭 버스나 지하철을 이용하셨다. 용돈을 드릴 때마다 맛있는 것도 사 잡숫고 택시도 타시라고 해 보지만 들은 척도 않으셨다. 무엇 때문에 그토록 용돈을 아끼시는 것일까 궁금했는데 1982년도에 그 궁금증이 풀리게 됐다. 그렇게 아낀 용돈이 당신의 할머님, 그러니까 내 증조모의 묘비가 된 것이었다. 그 묘비에는 아버님께서 직접 지으시고 쓰신 시구가 새겨져 있었다.

이병고로연　罹病苦老年

휼육실모손　恤育失母孫

홍은여산해　鴻恩如山海

영묘표일석　永墓表一石

병들어 늙은 몸으로 어미 잃은 어린 손자를 기르셨으니 그 큰 은혜 높고 바다처럼 깊어 그것을 영원히 잊지 않기 위해 빗돌을 세운다는 뜻이다.

그 비석을 세운 뒤에도 아버님께서는 여전히 용돈을 아끼셨다. 그런데 6년 뒤, 고등학생인 내 아이가 세상을 떠나자 아버님께서 그 무덤에 빗돌을 세워 주셨다. 역시 아버님의 글과 글씨로 된 것이었다.

미탄지서　未綻之逝

수불석재　誰不惜哉

유명일여　幽明一如

산원세한　散寃洗恨

피지도 못하고 스러졌으니 그 누군들 애석타 않겠는가만 원래는 삶과 죽음이 다르지 않은 것이라 했으니 부디 원통함을 날리고 한을 씻으라는 위혼비이다. 그리고 그 이듬해, 우리 선산 들머리에도 하나의 커다란 비석을 세우셨다. 물론 그 비석도 아버님의 글이 당신께서 손수 쓰신 글씨로 새겨진 것이었다. 그 내용은 다음과 같다.

　　명수유한　冥數有限　회한미진　悔恨未盡
　　미천적루　彌天積淚　하감면사　何敢免赦
　　항념선은　恒念先恩　불패전훈　不悖傳訓
　　역행덕업　力行德業　기망후예　冀望後裔

목숨은 한계가 있으나 회한은 끝이 없는 법
하늘까지 닿는 죄 어찌 용서받을 수 있으랴
늘 조상의 은혜를 생각하고 가훈을 어기지 말라
아무쪼록 자손들에게 이르노니 덕업을 쌓을지어다.

이 시는 매년 정초에 아버님께서 아들, 며느리들과 그리고 여러 손자, 손녀들을 앉히시고 들려 주시곤 했던 훈시이다.

이 훈시 중에 있는 전훈傳訓을 나는 가훈이라고 번역했으나 실은 조상 대대로 내려온 것으로 '선행에 힘쓰며 어려운 이웃을 돕고 박애의 미덕을 함양하라.'는 것이 그 골자이다.

아버님께서는 매년 정초에 그 훈시를 풀이해 들려주신 뒤, 당신께서 돌아가시면 빗돌에 새기라는 말씀을 덧붙이시곤 했었다.

당신의 자손들이 전훈에 거슬리게 살아 '명수유한 회한미진'의 처지에 놓이는 일이 없도록 하시려는 뜻일 수도 있으나 그보다는 당신의 자손들이 사람답게 살아나기를 바라신 뜻이 앞선 것이라고 생각된다.

어쨌든 아버님께서는 우리들에게 그 훈시비를 세우라고 말씀해 오셨는데 갑자기 생각을 바꾸어 당신께서 손수 세워 놓으신 것이었다. 그 까닭을 여쭈었더니 '너희들이 준 돈을 모았더니 충분히 비석을 세울 수가 있었다.'는 대답이셨다.

이 비석을 유언처럼 남기시고 아버님은 두 해 뒤, 세상을 떠나셨다. 여든의 연세였지만 술, 담배를 멀리 하셔서 깨끗하고도 정정한 말년이셨다.

아버님께서 묻히신 곳도 용돈을 아껴 당신께서 미리 치총置塚해 두셨던 바로 그곳이다.

잔은 채워야 맛이 아니다

술자리에서 자주 겪고 보게 되는 것 중의 하나가 술잔을 가득 채우는 일이다. 가득 채운 잔은 들기에 조심스러울 뿐만 아니라 엎질러 헛되이 버리게 되는 것이 아깝기도 해서 잔이 7~8할쯤 차게 되면 그만 따르게 한다. 그러나 아랑곳도 않고 '찰랑찰랑' 또는 '철철'이다. 따르는 쪽에서 그런 것을 염려하여 7~8할만 채우는 경우에는 잔을 받는 쪽에서 싫어하기도 한다.

전자일 경우는 '잔은 채워야 맛이고 계집은 품에 안아야 맛이다.'라는 말이 따르게 마련이고 후자일 경우에는 으레 '왜 잔을 채우다 마느냐.'는 핀잔이 쏟아진다. 대부분이 그렇게 잔을 채워 주고 또 그런 잔을 원하다.

이러한 만작滿酌의 풍조는 오래 전부터 내려온 것인 듯 한데 내 생각으로는 아마도 배 채울 것이 없어 늘 걸근댔던 시대의 유습이 아닐까 싶다. 그러한 유습이 불만의 시대로 이어져 더욱더 심해진 것이라는 생각이다. 정확한지는 모르지만 우리나라 술의 소비량은 70퍼센트가 불만에 찬 사람들이 팔아 준다는 얘기가 있다. 축배 보다는 횟술을 마시는 사람이 월등하게 많다는 얘기인 것이다.

불만은 마음에 뭔가가 차지 않았다는 얘기며 이런 사람들이 술을 따르게 되고 잔을 받게 되면 술잔이나마 철철 넘치게 해 보자는 보상심리 같은 것이 작용하는 모양이다. 만작滿酌은 만취滿醉로 이어지고 만취는 여러 가지로 후유증을 낳게 한다.

술뿐만 아니라 음식도 그렇다. 허리띠까지 풀어 놓고 만복滿腹 상태를 만들어야만 직성이 풀리는 사람들도 많은 것이다. 요즘 뷔페식당이 부쩍 늘어났고 앞으로도 계속 늘어날 전망인데 그 원인중의 하나는 우리가 생활에서 품게 되는 불만 때문이 아닌가 싶다. 이것저것 여러 가지 음식을 맛보는 게 아니라 이것저것으로 배를 잔뜩 채우자는 사람들을 흔히 볼 수 있다. 이러한 불만에 의한 만작과 만복은 건강 문제와도 직결되어 좀 과장해서 말한다면 지니고 있는 꿈을 실현하기도 전에 인생을 망치게 한다.

꿈을 지니고 산다는 것은 참으로 보람 있고 아름다운 삶이다. 그러기 때문에 누구나 자기가 지닌 꿈을 실현시키기 위해 애쓴다. 그러나 애쓰는 만치 이룰 수 없는 게 바로 '꿈'이라는 것이다. 그 양과 질은 물론이려니와 시기도 뜻대로 할 수 없다. 그리고 그렇게 되는 것이 우리네 인생인데 많은 사람들은 그 꿈을 뜻대로 이루기 위해 수단과 방법을 가리지 않는다.

꿈 얘기를 하다 보니 '황량몽黃梁夢'의 고사성어가 생각난다. 인생이 덧없고 영화가 얼마나 허망한 것인가를 말하는 고사성어이다. 우리가 참된 삶을 살려고 노력해야만 일생을 허망하게 보내지 않게 된다는 교훈이기도 하다.

꿈을 지니고 살아야 함은 물론이지만 그것이 헛된 꿈을 좇는 삶이어서는 실패한 인생이 된다. 요즘 그런 실례가 신문이나 텔레비전을 통해서 얼마나 많이 그리고 얼마나 실감나게 전해지고 있는가.

한 할머니가 꿀을 먹으려고 꿀 항아리 뚜껑을 열어 보고 숟가락을 잊고 와서 그것을 가지러 간 사이, 항아리 주둥이에 묻은 꿀을 빨아 먹고 있던 파리가 욕심을 내어 속으로 들어갔다가 꿀에 붙어 나오질 못해 죽고 말았다. 죽은 파리를 본 할머니가 '잠시 동안의 단맛 때문에 목숨까지 바치다니. 미련한 놈'이라며 죽은 파리를 욕했다.

또 한 여우는 목동이 점심을 숨겨 두는, 입구가 좁은 굴을 발견하고는 혼자서만 배불리 먹을 욕심으로 아무에게도 알리지 않고 들어가 목동의 점심을 깡그리 먹어치웠다. 그러나 배가 잔뜩 불러진 여우는 좁은 입구를 빠져 나올 수가 없어 결국은 목동에게 잡혀 죽는 신세가 되고 말았다.

이 두 얘기는 다 이솝우화이다.

우리는 앞에 소개한 황량몽의 고사성어나 뒤의 이솝우화 모두 학생 때부터 이미 잘 알고 있는 이야기다. 그러나 사회에 나오면 까맣게 잊고 산다. 사회가 그것을 잊게 만들기 때문이다.

'어떻게든 많은 돈을 빨리 벌자.'

'어떻게든 남보다 빨리 출세하자.'

수단과 방법을 가리지 않고 돈과 명예와 지위를 얻으려는 풍조가 만연돼 있는 사회에서는 황량몽의 고사성어나 이솝의 우화 따위를 생각할 겨를도 없을 뿐더러 그것들을 생각하면 생각하는 만치 손해를 보기 때문이다. 정도를 걸으며 꿈을 키워 나가고 또 실현시키려는 사람은 바보, 천치로 취급 받는 사회요 그런 시대이기 때문이다. 그런 시대, 그런 사회에서 만족하며 사는 사람이 과연 몇이나 될까.

두말 할 것도 없이 대부분이 불만을 지니게 되고 그 사람들은 인생에 회의를 느끼게 되는 것이다. 그래서 그 불만의 해소책으로 술잔을 기울이게 되는 사람이 늘어나는 것이 아닌가. '술잔이라도 꽉 꽉 채우자.'는 것은 불만에 대한 무의식적인 보상심리의 작용이 아닐까 싶다.

잔은 가득 채우지 않는 것이 좋다. 조심스럽게 잔을 들 필요가 없으며 허비하는 술도 없게 되니까. 또 허리띠를 풀고 앉아 배를 잔뜩 채우지 않는 것이 좋다. 차근차근 꿈을 키워 나갈 수 있는 건강을 위해서.

만작, 만복의 '만滿'자는 '가득 찰 만'이다. 만개滿開는 꽃이 활짝 피어 있는 상태이고, 만월滿月은 더 이상 커질 수 없는 보름달이다. 만발한 꽃은 낙화의 무상을 눈앞에 둔 것이며 보름달은 이제 기울기 시작할 수밖에 없는 상태인 것이다.

피는 꽃, 크는 달은 희망이요 지는 꽃, 기우는 달은 몰락의 상징이 아닌가. 뭔가 앞으로 더 채울 수 있는 공간이 있는 항아리처럼 여유가 있는 삶이 멋있는 인생이 아닐까 싶다.

나의 웃음

입춘을 맞아 대문에 붙이는 춘방春榜의 대표적인 글귀는 '소문만 복래笑門萬福來'이고 웃음과 관련된 대표적인 속담이랄 수 있는 것은 '웃는 낯에 침 뱉으랴.'가 아닐까 싶다.

우리 고전 중에는 해학적인 작품이 많고 사전에 나온 웃음의 종류나 웃는 모습에 대한 낱말들도 좀 과장해서 말한다면 부지기수랄 수가 있다. 소리 없이 입만 예쁘게 벌리고 부드럽게 웃는 모습 한 가지만 예를 들더라도 '뱅실거리다, 방싯거리다, 방긋거리다, 방글거리다, 벙싯거리다, 봉싯거리다, 벙긋거리다' 등 정신없이 많다. 그렇다면 우리 조상들은 예로부터 웃음을 중히 여겼을 뿐만 아니라 잘 웃는다고 짐작할 수가 있다. 그런데 언제부터 우리네의 얼굴에서 웃음이 사라진 것인지 알 수가 없다. 숱한 난리를 겪어야만 했던 수난의 역사 탓인지, 잘못 소화시킨 유교적 근엄 탓인지, 그도 아니라면 산업화로 인해 웃을 여유가 없어 바빠 살아야 하는 때문인지 도시 그 까닭을 헤아릴 수 없다. 아니면 그 모든 원인들 때문에 지금 우리네의 얼굴에서 웃음을 볼 수가 없게 됐는지.

70년대 우리나라를 처음 방문한 한 외국 기자의 입에서 나온 우리나라 사람들에 대한 첫 인상은 '굳은 얼굴' '화난 얼굴'이라는 것이었다. 그 때문은 아닐 테지만 그 무렵 스마일 운동이라는 것이 벌어진 일이 있었다. '스마일 운동본부'가 생기고 웃는 얼굴이 도안된 스마일 배지를 달고 다니고들 했다.

그때 나는 그 운동에 박수갈채를 보냈었다. 많은 주위 사람들의 굳어 있는 얼굴들을 떠올릴 수 있었기 때문이다. 특히 우리 집안 어른들의 근엄한 얼굴들을. 그 어른들의 입에서는 툭하면 '웃음 끝에 눈물 흘린다'거나 '사내자식들이 왜 그리 웃음이 헤프냐'는 등의 호통이 떨어지곤 했었다. 아마도 이런 호통은 우리 집안에서만 들을 수 있던 것이 아니었을 것이다. 어떤 가정이나 마찬가지였을 것이다. 가정에서뿐만 아니라 심지어는 결혼식장에서도 신랑, 신부의 웃음은 금기시되어 왔다. 그들에게 최고로 행복한 날임에도 '웃으면 딸을 낳게 된다.'는 협박성 농담을 서슴치 않았던 것이다.

이러한 가정적, 사회적 분위기 때문에 많은 사람들의 얼굴이 굳어졌다고 생각되는데 나 또한 그런 축에 속하는 한 사람이다. 멀쩡한 정신으로는 잘 웃지를 못한다. 웃을 일이 있어도 나도 모르게 참아진다. 그러나 실은 나처럼 웃음을 좋아하는 사람도 드물 것이라고 생각한다.

사실 나는 웃고 떠들기 위해 술자리를 만들거나 끼는 경우가 많다. 물론 힘들고 속상한 일 때문에 술을 먹는 경우도 있지만 되도록이면 홧술을 먹지 않겠다는 것이 내 생각이다. 그러니 대부분의 술자리에서 나는 술을 마신다기보다 웃고 떠드는 그런 분위기를 마신다고 표현하는 것이 옳을 것이다.

이렇게 웃음을 좋아하면서도 내 얼굴은 늘 수피처럼 굳어 있는 모양이다. 특히 강의할 때라든가 무언가를 강조하기 위해 힘주어 말할 때면 근엄하다 못해 무서움을 느끼게끔 얼굴이 험하게 되는 모양이다. 학생들에게 종종 그런 소리를 듣게 되어 알 수가 있는 것이다. 뿐만 아니라 여행 때 찍힌 내 자신의 모습을 보고도 짐작할 수가 있다. 술을 한잔 했을 때 찍힌 사진은 웃는 얼굴이지만 맨 정신일 때 찍힌 사진은 마치 화가 나 있는 것을 기념하는 사진 같다.

여행 사진 얘기가 나왔으니 말인데 재작년 포츠담에 들렀을 때는 이런 일이 있었다.

호영송 형이 나와 유재용 형을 세워 놓고 기념사진을 찍으려고 하는데 우리 또래로 보이는 미국 여자들이 옆에 있다가 내게 뭐라고 말을 걸었다. 알고 보니 웃으라는 것이었다. 그리고는 연신 '치즈'를 연발해 댔다. 내 얼굴이 얼마나 굳어 있었으면 그랬을까 싶어 고맙다고 인사를 한 뒤 '치즈'에 '김치'로 응수하며 웃었었다. 덕분에 그 사진은 말짱한 정신일 때 찍힌 것이지만 웃는 얼굴의 사진으로 남게 되었다. 그래서 요즘은 카메라 앞에만 서게 되면 그때 그 미국 여자들의 충고를 떠올리며 웃으려고 노력을 한다. 또 남들과 얘기를 나눌 때에도 '웃는 낮에 침 뱉으랴.'는 속담을 떠 올리며 얼굴을 굳히지 않으려고 노력한다. 서로 웃는 낮이면 부드럽게 해결됐을 일이 별달리 나쁜 감정이 없으면서도 굳은 표정으로 얘기를 했기 때문에 그 결과가 좋지 않았던 일들이 얼마나 많았을까 싶기 때문이다.

그래서 요즘은 혼자 있을 때도 종종 웃는 표정을 지어 보지만 잘

안 된다. 거울 속의 내 얼굴은 '고기도 먹어 본 놈이 먹을 줄 안다.'는 속담만을 상기시킨다. 그러나 나의 웃음 연습은 계속될 것이다. '일소일소一笑一少 일노일노一怒一老'가 옛날부터 웃음을 중시한 우리 선조들이 행한 엔돌핀 생산의 최고 방법이었다고 생각되기 때문이다.

반야심경 般若心經

고등학교 1학년 때의 일이다. 문학에 관심이 있어 어울려 다니던 우리에게 하루는 3학년 선배 한 분이 나타났다. 그때 그 선배가 어째서 하필이면 우리에게 접근하게 됐는지 자세한 것은 모른다.

그러나 그가 우리를 용화사라는 절로 인도하기 위해, 순전히 그 목적 하나만으로 접근했던 것만은 확실히 기억할 수 있다. 그리고 우리는 우리대로 아무런 주저도 없이 그 선배의 권유를 받아들인 것도 확실하다. 그러니까 그때의 상황을 '무언가에 씌웠다.'라는 속된 말로 표현하지 않는다면 '어쩔 수 없는 인연'이었다고 밖에 달리 말할 수가 없는 노릇이다.

선배의 권유대로 우리는 일요일을 맞아 우암산 기슭에 터 잡고 있는 용화사로 올라갔다. 그리고 우리 신참 세 명은 대학생과 고등학생들이 30여 명쯤 되는 모임의 말석에 끼게 되었다. 정확히 말하자면 청년 불교회의 법회에 참석하게 된 것이다.

넓적한 막대로 손바닥을 딱딱딱 치는 스님, 도저히 알아들을 수도 없는 소리로 웅얼웅얼 소리를 맞춰 하는 암송, 말은 알아듣겠는데 그 뜻은 아리송하기 만한 강의……. 도대체 내가 뭣 하러 여기에 왔나 싶어 두 친구를 바라보니 그들 역시 난감한 표정이었다.

나중에야 알았지만 손바닥을 딱딱 때린 것은 죽비였고 이상한 가락에 맞춰 암송한 것은 '반야심경'이었다. 우리는 법회가 끝나고 선배로부터 반야심경이 인쇄된 종이 한 장씩을 받게 되었다. 불경인데, 그 안에 불교의 모든 것이 다 들어 있는 유명한 경전이니 외우라는 것이었다.

우리는 첫머리에 특별히 큰 글자로 박힌 제목을 가리키며 무슨 뜻이냐고 물었다. 그러자 선배는 그냥 무조건 외우라고 했다. 뜻도 모르는데 외우면 무슨 소용이 있냐니까 선배는 웃으면서 '글 모르는 할머니들도 다 외운다.'고만 했다.

셋이 머리를 맞대고 있는 실력, 없는 실력을 다 짜내어 해석해보려 했으나 캄캄절벽이었다. '마하반야바라밀다심경摩訶般若波羅密多心經'을 '마가반약파라밀다심경'으로 읽는 주제이니 해석이 될 리 없었다. 그래서 무슨 주술문이겠거니 하고 착착 접어 주머니에 넣고 말았다. 그리고 일주일이 지나 다시 일요일이 되었는데 절에 같이 갔던 친구가 찾아왔다. 절에 가자는 것이었다. 별로 달갑잖은 반응을 보이자 두세 번만 더 나가 보자는 것이었다.

그런데 이상하게도 우리의 법회 참석은 두세 번으로 끝나지 않았다. 나는 그 까닭을 지금 생각해도 알 수가 없다. 어쨌든 그렇게 우리는 석 달인가 넉 달인가 법회에 참석했는데 그 무렵 청년회의 모든 회원들에게 무료로 책 한 권씩이 배부되었다. 철필로 원지의 초를 긁어내 글씨를 만들고 그 위에 인쇄 잉크를 묻힌 롤러를 굴려 밑에 깔린 종이에 글자가 박히게 해서 만든, 등사본이었다.

책 제목은 우리가 뜻도 모르고 암송했던 ‘반야심경 해설’이었다. 그런데 그 책은 인쇄 안 된 곳이 많았고 또 오자도 많아 스님의 지시에 따라 써 넣고 고치고 하며 강의를 들었다. 그 강의 첫 시간에 우리는 ‘마하摩訶’가 ‘한없이 크다’는 뜻이며 ‘반야般若’와 ‘밀다密多’는 각기 ‘피안’ ‘도달’의 뜻임을 알게 되었다. ‘심경心經’이 ‘마음 닦는 법을 가르치는 심장같이 중요한 경전’을 뜻한다는 것도 알게 되었다.

그렇게 강의가 시작되어 한 권을 다 마쳤을 때 나는 그 형편없는 등사본이 엄청난 것을 담고 있는 책이라는 것을 알게 되었다. 그래서 스님의 강의 내용을 되새기며 몇 번이고 반복해 읽으면 차츰차츰 이해되는 부분이 늘어날 것 같아 소중하게 보관했다.

그런데 생각대로 되지는 않아 그 책을 한 번도 펼쳐 보지 못한 채 고등학교를 졸업하게 되었다. 그래도 나는 반야심경 해설을 서울까지 가지고 왔다. 나는 또 불교 재단에서 설립한 동국대학과 인연을 맺게 되어 교양 필수인 불교 문화사와 불교학 개론 강의를 듣게 되었다. 불교에 대한 나의 관심은 더욱 짙어졌다. 그런데도 등사본인 반야심경 해설은 다시 읽지 못한 채 대학을 졸업하게 됐으며 군대 생활을 마치고 나서 그 책을 찾았으나 어디로 갔는지 찾을 길이 없게 되고 말았다. 그런 채로 세월이 흐르고 그리고 나는 용화사 법회 때마다 암송했던 반야심경까지도 외울 수 없게 되었다.

30년쯤 전 어느 날, 청계천 헌 책방을 기웃거리다 윤주일 씨의 《반야심경 강의》라는 4×6판짜리 얇은 책을 발견하게 되었다. 물론 두말 않고 사서 돌아오는 길에 버스 속에서 다 읽었다. 그 뒤에도 반야심경에 관한 책이 눈에 띄는 대로 사들여 지금 내 서가에는 역해자가 다른 네 권의 반야심경이 꽂혀 있게 되었다. 살 때마다 읽었으니 고등학교 때의 등사본으로 읽은 것까지 친다면 적어도 다섯 번은 읽은 셈이 된다.

이렇게 말하고 보니 마치 전식득지轉識得智라도 겨냥하고 있다는 투가 되었는데 그게 아니라 나도 모르게 반야심경을 보면 역해자가 누구든 간에 그냥 사게 되고, 산 책이니 다시 읽게 되었을 뿐이다. 그렇다고 인생의 목적지가 어딘지, 우리가 어떻게 살아야만 하는 것인지에 대해 알게 된 것도 아니다.

그러한 문제의 해답서라고 알려진 반야심경을 다섯 번이나 읽었는데도 나의 삶은 참으로 엉망진창인 것이다. 아마도 내 속에 부처님의 말씀을 냉큼 받아들이지 못하게 하는, 또는 그 말씀을 이해하지 못하도록 훼방하는 무슨 균 같은 것이 우글우글한 모양이다.

그러나 그나마도 다행한 것은 그 독서 때문에 부처님의 말씀에 귀 기울이고 싶은 마음이 아주 없어지지는 않았다는 점이다. 그 증거는 불교서적을 취급하는 서점 앞을 그냥 지나치지 못한다는 것이다. 그 때문에 내 서가에 한 권, 두 권 불교서적이 늘어나고 있다. 그 책들을 지금 당장에 읽어 내지 못한다 할지라도 언젠가는 단정히 앉아서 차근차근 읽어 나갈 수 있는 날이 있을 것이라고 나는 믿기로 했다.

무엄하게도 불력을 자력에 비유한다면, 지금의 나는 그 자장권의 제일 바깥쪽에서 바르르 떨고 있는 아주 미세한 쇳가루라는 생각을 갖게도 되는데 내가 그 자리를 얻게 된 것도 실은 반야심경 때문

이라고 생각한다. 서두에 얘기했던 그 볼품없는 등사본의 '반야심경
해설' 말이다.

계절의 바퀴를 굴리며

옛날 진나라에 범씨 성을 가진 세도가가 있었다. 그가 권세를 잃게 되자 그의 집에 밤마다 도둑이 들어 값진 물건을 모조리 훔쳐 갔다. 그렇게 되어 빈집이 되었을 때 한 어리석은 도둑이 뒤늦게 그 집으로 숨어들었다.

그 도둑은 집안 구석구석을 다 뒤졌으나 이미 훔쳐갈 만한 물건은 하나도 남아있지 않았다. 그런데 그 도둑의 눈에 번쩍 띄는 것이 하나 있었다. 그것은 집 뒤꼍에 매달린 커다란 종이었다. 그 종을 훔쳐다 팔면 돈이 될 것 같아서 도둑은 그것을 훔치기로 했다.

그러나 종이 너무 컸기 때문에 훔쳐갈 수가 없었다. 도둑은 오랫동안 궁리를 거듭한 끝에 종을 깨뜨려 그 조각을 조금씩 지어 나르기로 했다. 그는 종을 깨기 위해 큰 망치를 가져왔다. 그리고는 힘껏 쳤다.

그러자 종이 요란한 소리로 울기 시작했다. 도둑은 순간적으로 당황했다. 다른 도둑들이 그 소리를 듣고 달려와 빼앗아갈까 봐 두려웠기 때문이었다. 그래서 그는 두 손으로 자기 귀를 재빨리 틀어막았다. 그리고는 흡족한 웃음을 날렸다. 자기의 귀에 종소리가 들리지 않았으므로 남의 귀에도 그 소리가 들리지 않을 것이라고 생각되었기 때문이다.

이 어리석은 도둑 때문에 생긴 말이 엄이도종掩耳盜鐘이다. 자기의 잘못된 행동을 나무라는 충고하는 소리를 듣지 않으려는 사람, 자기의 잘못이 남의 입을 통해 들려오지 않는다고 자기가 하는 일이 모두 옳다고 생각하는 사람, 귀를 가리고 종을 훔친다는 말은 이런 어리석은 사람을 빗대어 하는 말이다.

꿩이 포수의 총에 맞지 않기 위해 온몸을 다 드러낸 채 바위틈에 머리만 쑤셔 박는 경우가 있는데 그 또한 귀 막고 종을 훔치는 도둑과 다를 바가 없는 어리석음이다. 자기 눈에 포수가 보이지 않는다고 포수도 자기를 못 볼 줄 아는 어리석은 도둑. 이 세상에는 꿩처럼 눈을 가리고 사는 사람과 그 도둑처럼 귀를 막고 사는 사람이 얼마든지 있다. 아니, 내가 그런 부류 중의 하나다.

톨스토이는 사람들의 이러한 어리석음을 경계하기 위해 그의《인생독본》에서 뉘우친다는 것은 자기의 죄와 자기 약점의 모든 것을 인정하는 행위라고 말했다. 그리고 후회는 자기 내부의 온갖 나쁜 것을 질책하는 일이고 넋을 정화하는 일이며 선을 받아들이도록 준비하는 일이라고 말했다.

그리고 다음과 같은 내용의《탈무드》를 소개했다.

'아직 힘이 있을 때 뉘우치는 것이 좋다. 뉘우친다는 것은 곧 자기의 넋을 정화하고 선한 생활에 대해서 준비함을 의미하는 것이다. 그러므로 생명의 힘이 미처 우리들을 저버리기 전에 뉘우치는 것이

좋다. 등잔불이 미처 꺼지기 전에 기름을 부어야 한다.'

5월은 '어린이날', '어버이날', '스승의 날'이 모여 있는 달이며 그래서 청소년의 달이자 가정의 달이요, 사은의 달인 것이다. 이러한 5월을 나는 뉘우침의 달로 정해야겠다.

청소년기로 접어든 아들의 아버지로서, 노부모를 모신 아들로서, 여러 스승님의 제자로서, 어쩌다 뒤늦게 젊은이들 앞에서 백묵으로 글씨를 써야 되는 노릇도 하고 있지만 어쨌든 그들을 가르치는 사람으로서, 제 노릇을 다하는 떳떳한 입장이어야 하기 때문이다.

내 잘못을 돌이켜 볼 수 없는 눈이라면, 내 잘못에 대한 애기를 들을 수 없는 귀라면 그것은 어리석은 꿩의 눈이나 어리석은 도둑의 귀와 조금도 다를 바가 없기 때문이다.

5월의 달력 위에는 '어린이의 날', '어버이의 날', '스승의 날'이 모여 있다. 그래서 우리는 5월을 청소년의 달이요, 가정의 달이요, 사은의 달이라고 한다.

내 마음의 5월에도 여러 가지 노릇들이 꿈틀거린다. 그 노릇들을 옳게 행사하기 위하여 내 가슴속의 5월을 뉘우침의 달로 정한다. 아니 내 가슴 속에는 언제나 5월의 달력만을 걸어 두기로 한다. 내 마음의 등잔불에 심지가 다 타버리는 그날까지 늘 뉘우침의 기름을 붓는 일에 게으름을 피우지 않기로 한다.

무용지용

　요즘 군에서 제대한 조카들의 얘기를 들어보면 참으로 세상이 많이 바뀌었구나 하는 생각이 든다. 60년대 초에 군대 생활을 한 나로서는 그런 놀라움이 더욱 크다. 하기야, 나보다 먼저 군대생활을 한 형들이나 아저씨들도 우리 때의 군대생활에 대한 얘기를 듣고 그렇게들 말했다.

　세월 따라 이렇게 바뀌는 것이 당연한 일이고 또 우리는 그것을 발전이라고 말한다. 그러나 정도의 차이는 있겠으나, 군대라는 조직은 계급 조직이기 때문에 상급자의 명령을 어길 수는 없다.

　지금은 꼭 그렇지도 않은 모양이지만 우리 때에는 상급자의 명령이라면 그것이 아무리 부당하고 또 어처구니없는 명령이라 할지라도 그 명령을 어길 수가 없었다. 내가 훈련병 시절에 겪은 일들 중에 지금도 가끔 생각나는 일이 많은데, 그 중에서 두 가지만 소개하기로 한다.

　하루는 본부 중대로부터 갑작스레 이상한 명령이 하달되었다. 20분 이내에 빈 병(군대 용어로 공병) 하나씩을 들고 연병장에 집합하라는 것이었다. 갑자기 빈병을 어디서 주워온단 말인가. 할 수 없이 주보로 달려갈 수밖에. 그러나 주보는 그야말로 인산인해라 할만 했다. 사이다니 콜라니 하는 병에 든 음료수는 순식간에 바닥이 났고 대부분의 훈련병은 낙심한 얼굴을 하고 물러설 수밖에 없었다.

그런데 주보에서 빈병을 팔기 시작했다. 그 빈병의 값도 음료수가 든 것과 똑같은 값이었다. 그때까지만 해도 군대물이 덜 든 나로서는 공짜로 준대도 귀찮은 그 빈 병을 터무니도 없는 값으로 살 수가 없어서 불만을 털어 놓으며 빈손으로 연병장엘 나갔다. 그리고 나처럼 요령 없는 다른 훈련병들과 함께 엉덩이에 멍이 들도록 얻어맞았다. 그 뒤부터 빈 병만 보면 다람쥐가 도토리를 물어다 감추듯 연병장 끝의 풀숲에 감추고는 했다. 그 덕에 빈 병 때문에 어기적거리며 걸어야 하는 일은 없었다.

나는 논산훈련소에서 삼복三伏을 다 끼고 훈련을 받았었다. 때문에 담배를 주머니에 넣을 수가 없었다. 그 잘난 포장의 화랑담배가 땀에 흠뻑 젖어 피울 수 없게 되기 때문이다. 그래서 우리는 탄띠의 빈 주머니에 화랑 담배를 넣었다. 그것은 누가 가르쳐 준 것이 아니지만 총알을 넣는 그 빈주머니는 담배를 넣기에 알맞은 크기였으며 아무리 땀을 흘려도 끄떡없었다.

그런데 담배를 넣고 꺼내기에 제일 편리한 위치에 달린 오른쪽 옆구리쯤의 탄띠 주머니에 담뱃갑을 넣던 나는 그곳이 빈 주머니가 아님을 알게 되었다. 그 안의 내용물을 꺼내보니 구멍이 흙으로 채워진 단추들이며, 녹이 슨 안전핀, 크고 작은 못들, 철사 같은 것, 실…… 등의 잡동사니들이었다.

나에게는 필요 없는(그때 당장의 생각으로) 물건이었으나, 그것이 짐이 될 만치 무거운 것도 또 부피가 나가는 것도 아니었으며 그렇다고 버릴 곳도 마땅치 않았으므로 나는 그 옆의 빈 칸에 담배를 넣고 잡동사니들을 그대로 두었다.

그런데 며칠 후 우리는 훈련복 보수작업을 하게 되었다. 헌 군복을 한 벌씩 나눠 준 뒤 내무반장이 위엄을 부렸다.

"지금부터 여러분이 받은 군복을 보수한다. 떨어진 곳은 탄탄하게 깁고, 단추가 떨어져 나간 곳은 단추를 달아라. 요령을 피우고 적당히 하는 놈은 가만 두지 않겠다. 알겠나?"

우리들은 힘차게 복창했다. 그러자 내무반장이 소리를 질렀다.

"시간은 40분. 실시!"

그러자 몇 명의 동료들이 '천을 주십시오', '단추를 주십시오' 하고 말했다. 내무반장의 뱀 같은 눈이 그런 얘기를 한 몇 사람을 일으켜 세우더니 불문곡직, 뺨을 한 대씩 올려붙였다. 그리고 다시 소리를 질렀다.

"이 자식들아, 군대는 무에서 유를 창조하는 곳이야. 없으면 만들어서 해. 이 세상엔 불가능이라는 게 없어. 알았나?"

우리는 '알겠습니다'라고 내무반이 쩌렁 울리도록 복창했다.

"검사에 불합격받으면 죽었다고 복창한다. 알았나?"

"옛!"

우리의 작업은 그야말로 무에서 유를 창조하는 작업이었다. 나는 잠시 막막했으나 곧 탄띠 주머니에 든 헌 단추들을 생각하고 그 단추를 꺼내 달았다. 그리고 혹시나 싶어 탄띠 주머니를 다 뒤진 끝에 차곡차곡 접힌 천 조각들을 찾아낼 수가 있었다. 군복 보수작업을 무사히 마친 나는 기합의 대상에서 제외될 수 있었다.

내게 그 잡동사니 창고(그때로서는 보물창고였지만)를 물려 준 알 수 없는 선배의 고마움에 보답하기 위해 나는 내가 둘렀던 탄띠를 이어받을 후배를 위해 열심히, 아주 열심히, 그 창고를 채우기 시작했다. 천 조각이 보이면 천 조각을, 단추가 보이면 단추를……. 당장에는 필요 없겠지만, 언제 어디서 소용이 될지 모른다 싶어 이것저것 보이는 대로 주워 넣어 그 잡동사니 창고를 채웠다.

그 덕에 내무사열 때 복장불량으로 기합받는 일을 모면하기도 했고 총걸이(소총의 부속)를 잃어버리고 사색이 된 옆 친구를 도와줄 수도 있었다. 그 잡동사니들은 나와 나의 훈련동료들이 쓰고도 남았으므로, 뒷사람을 크게 도왔음이 틀림없다. 내가 둘렀던 그 탄띠를 두르게 된 나의 후배도 내가 누군지는 모르나 나에게 큰 감사의 마음을 품었을 것이다.

나는 지금도 그때의 일을 떠올리며 무용지용無用之用이란 말을 생각할 때가 종종 있다. 이 말은 장자의 '인간세人間世' 편에 있는 '인개지유용지용人皆之有用之用 이기지무용지용야而其知無用地用也'라는 구절에 연유한다.

사람들은 쓸모 있는 것의 쓸모만 알고, 쓸모없는 것의 쓸모를 모른다는 뜻이다. 내게는 쓸모없는 것이 다른 사람에게 유용하게 쓰이는 물건들이 우리 주변에는 얼마나 많은가. 과연 우리는 우리에게 쓸모가 없어졌다고 하여 남도 쓰지 못하게 마구 쓰레기통에다 버리 만치 부유한 나라에서 부유한 생활을 즐기는 입장인지 한번쯤 생각해 봐야 될 것 같다. 우선 폐지의 경우만 하더라도 신문에 끼어 온 숱한 광고전단, 사온 물건의 포장지, 아이들의 다 쓴 공책, 이제는 필요없게 된 해묵은 온갖 영수증…….

일일이 열거할 수도 없는 그 숱한 폐지들은, 모을 마음만 먹는다면 얼마든지 묵직한 폐지 뭉텅이들로 만들어 낼 수가 있다. 그리고 그것에는 남루한 강냉이 장수의 가위소리를 가볍게 해 주는 힘이 있다는 것을 깨닫는 기쁨도 우리의 가슴 속에서 자랄 수 있다.

무용지용은 장자의 시대에만 필요했던 말이 아니다. 요즘 우리에게 있어 더욱 절실한 말이다. 하찮은 일로 남을 도울 수 있는 마음은, 쓸모없는 것처럼 보이는 것이 실상은 보다 쓸모 있는 물건, 즉 무용지용과도 통한다.

우리의 마음속에는 이런 하찮은 일로라도 남을 돕겠다는 마음이 자란다는 것, 그것은 우리 자신을 그리고 우리 사회를, 더 나아가서는 우리나라가 자란다는 바로 그 얘기이다.

가을 단상

상큼한 바람이 인다. 그 바람을 타고 귀뚜리 소리가 들려온다. 그 소리는 우리의 가슴을 적신다. 아무리 귀를 고쳐 들어도 역시 귀뚜리 소리는 우리에게 슬픔만을 느끼게 한다. 물론 그 소리는 수컷이 자기를 알리기 위해 날개를 비비는 소리라지만 우리는 '귀뚜리의 울음'이라고 표현해 왔다. 하기야 우리는 새의 소리도 울음소리로 인식하고들 있다. 그렇더라도 어쩌다 새의 소리는 노래로 표현되기도 한다.

그러나 귀뚜리의 경우는 노래로 표현되지 않는다. 아니 그럴 수가 없는 것이다. 짧게 끊으며 내는 그 애처로운 소리를 어떻게 노래라고 말할 수가 있겠는가. 아니, 혹은 봄철에 그 소리를 듣게 된다면 노래소리로 들릴지도 모를 일이다. 그러나 귀뚜리란 놈은 땅속에서 알로 겨울을 나고 낙엽지는 가을이 되어야만 나타나 그렇게 우는 것이다. 때문에 우리들은 흔히 귀뚜리를 가을의 전초병이라 일컬어 온 것이다.

금년에도 벌써 그 전초병이 나타났다. 하늘은 높고 푸르르며 선들바람에 기온이 상쾌해졌다. 그래서 우리는 책을 찾아 들게 된다. 임어당의 글에 '사람은 모름지기 가을의 정기로 몸을 단련해야 하고 처세는 몸의 정기를 가지고 해야 한다.'는 구절이 있는데 이 역시 독서와 무관한 얘기가 아닐 것이다. 그의 독서법에도 밝혀져 있듯 '읽을거리를 즐기는 사람은 늘 사색과 반성의 세계로 드나들 수가 있기 때문'에 가을의 정기는 우리를 단련시킬 수 있는 것이리라.

또 가을은 우리들을 곧잘 산으로 유혹하기도 한다. 그 증거가 저 유명한 당나라 시인, 두목이 노래한 〈산행〉이다.

나를 이끌고
돌길이 자꾸 산 깊이 들어간다.

이윽고 흰 구름이 이는 곳
몇 채의 인가

나는
수레를 멈추고 앉는다.

아, 저녁 햇빛에
2월의 꽃보다도 붉은
만산의 가을!

(이원섭 역)

그렇다. 가을철은 산을 가까이 해도 좋고 책을 가까이 해도 좋다.

어쨌든 우리는 이 가을에 그 정기로 몸을 단련하고 그 몸의 정기로 보람된 생활을 엮어나가야 할 것이다.

다시 맞는 봄

매년 봄은 오지만 도시인들의 대부분은 매년 그 봄을 놓치기가 일쑤다. 매일같이 되풀이 되는 일상생활에 묻혀 지내다보면 이미 봄은 저만치 물러나 있게 마련인 것이다. 때문에 가련하게도 도시인들은 달력의 그림이나 텔레비전의 화면에 펼쳐진, 마치 조화와도 같은 향기 없는 봄만을 맞이하곤 할 뿐이다.

그러나 시골 사람들의 봄은 이와는 사뭇 다르다. 그들은 철만 되면 얼음이 풀리는 노래를 들을 수가 있고 물 오른 나뭇가지들이 아지랑이 속에서 꾸는 연보랏빛 혹은 연두빛의 부푼 꿈을 볼 수도 있다.

그때쯤 홋잎, 취, 고사리순을 뜯기 위해 짝을 지어 산으로 오르는 마을 처녀들의 발길은 가볍기만 하고, 이내 산과 들에서는 진달래랑 개나리가 흐드러지게 핀다. 또 마을마다에 살구꽃, 복숭아꽃이 초례청의 새색시처럼 환하여 사람들은 마치 봄 한철을 신방에 묻혀 있는 기분이기도 하다.

어디 그뿐이랴. 봄이 오면 그들은 군내 나는 김치에 물린 입을 냉이, 달래, 씀바귀, 쑥 따위의 상큼한 봄나물로 헹구고 겨우내 푸르름에 주렸던 눈을 새싹의 푸르름으로 씻게 되니 이 어찌 도시인들의 부러움이 아니랴.

하기야 도시에도 봄꽃이 있고 봄나물이 있기는 하다. 그러나 화원의 온실에서 철도 모르고 피워내는 꽃들과 비닐하우스에서 시도 때도 없이 길러낸 그것들에서 무슨 봄을 느낄 수가 있는가. 꽃에는 향기가 없고 나물에는 봄내음이 풍기지 않는데 어찌 그것으로 봄을 느낄 수가 있는가. 그저 봄에 핀 꽃이요, 그저 봄에 난 나물일 뿐이다.

《채근담》에 다음과 같은 글이 있다.

'산나물은 사람들에 의해 가꾸어지지 않고 들새도 사람들에 의해 길러지지 않지만 그 맛은 모두가 향기롭고도 뛰어나다. 우리도 세상의 법도에 물들지 않을 수 있다면 그 품위가 월등히 높고 각별하지 않겠느냐.'

사람의 손에 의해서 가꾸어지거나 길러진 것이 아닌 산나물이나 들짐승의 맛이 뛰어나듯, 사람도 자연과 더불어 산다면 그에 견줄 멋이 없다는 뜻이기도 하겠다.

물론 지금은 채근담이 씌여졌던 그 옛날과 판이하게 다르다. 그렇다고 해도 텔레비전 화면이나 달력의 그림으로나 봄을 맞이하고 보내며 향기 없는 꽃, 내음 없는 나물로 봄을 느껴야만 한다는 것은 그야말로 가련한 노릇이 아닐 수 없다.

산과 들에 나가 시냇물과 종달새의 노래도 듣고 그곳에 흐드러지게 핀 꽃향기에 취하기도 하며 봄내음이 물씬 풍기는 나물 반찬으로 입맛도 돋을 수 있는 생활, 자연의 의미와 신의 섭리를 깨달을 수 있는 자연 속의 생활, 이것이 도시인들에게는 무엇보다도 필요할 것 같다. 풍류 있는 생활이 도시인에게는 아쉽기만 하다.

내 고향의 술과 안주

장맛과 술맛은 물 따라 간다는 말이 있다. 그러니 청풍명월淸風明月에 산자수명山紫水明인 고장 충청도에 명주銘酒가 없을 수 없다. 여기에 두 가지만 소개한다면 청명주와 머루주다.

청명주淸明酒는 청풍명월의 뜻이 아니라 청명절에 먹을 수 있도록 그 석 달 열흘 전에 담가 익힌 술이라 하여 붙은 이름인데, 이 술은 중원군 가금면 창동리 갈마 마을의 김해 김씨 문중의 가양주로 '창동에서 마신 술은 문경새재를 넘어야만 깬다.'는 말을 낳게 했고 입에 짝짝 달라붙는 맛과 은은한 향기는 그 술을 진상주가 되게까지 했다. 이 술 역시 물이 조화를 부리는 것인지 수살매기(수구막이의 사투리. 골짜기의 물이 멀리 돌아 흘러서 하류가 보이지 않게 된 땅의 형세를 일컬음)의 물로 담가야만 한다고 한다. 이곳 수살매기란 창동에서 흐르는 산골 물과 달내(達川)의 합수 지점을 이른다.

또 머루주는 속리의 명주로, 그 재료가 속세를 벗어났다는 속리산의 깊은 골의 머루여서인지 딴 고장의 머루주와는 그 맛에 차이가 난다고 한다. 속리산의 갖가지 산채를 안주로 마셔 취하면 '도불원인道不遠人(도는 사람을 멀리하지 않으려 하나) 인원도人遠道(사람이 도

를 멀리하고) 산비이속山非離俗(산은 속세를 떠난 것이 아니련만) 속리산
俗離山(속세가 산을 떠나 있네)'이라고 읊은 최치원의 시정을 흉내내며
흥얼거리는 애교스런 주정쯤 나올 법하다. 그러나 창동의 청명주는
옛술이 되었고 속리의 머루주는 속세를 떠나야만 마실 수 있는 것.

요즘 지방에 '경월'이니 '대선' '보해' 따위의 소주들이 있듯 청주
에는 '시원' 소주가 그 고을의 맑은 물로 빚어진다. 또 청주의 올갱
이(다슬기)국이 이 고장의 명물 음식이 되어 있다. 올갱이 역시 오염
되지 않은 청주 근교의 맑은 냇물에서 줍는다. 그것을 삶은 국물에
된장을 풀고 그 알맹이를 일일이 따 빼어 넣고는 계절에 따라 부추,
시금치, 아욱 따위를 넣어 끓인 올갱이국은 구수하고 시원한 맛 때
문에 술국으로는 그만이지만 위장병과 정력에도 효험이 크다고 해
서 찾는 이들이 많다. 위장병과 정력 애기로 공연히 풍류를 깬 것 같
기도 하지만 어쨌든 요즘 이 고장에서 싼값으로 주흥을 돋울 수 있
는 방법은 '시원' 소주와 올갱이국 안주이다.

되감을 수 없는 연줄

한 소년이 빨리 어른이 되고 싶어 요술 할아버지를 찾아갔다.

"할아버지, 저는 빨리 어른이 되고 싶어요. 방법이 없나요?"

"방법이야 있지. 암, 있고말고."

요술 할아버지는 연과 연줄이 잔뜩 감긴 얼레를 주면서 말을 했다.

"이 얼레에 감긴 연줄을 푸는 대로 너는 자꾸자꾸 나이를 먹어 어른이 된다. 그러니까 네가 어른이 되고 싶은 대로 연줄을 풀어라. 그런데 한 가지 조심할 것은 이 얼레에 감긴 연줄은 한번 풀면 되감을 수가 없단다. 명심해라."

요술 할아버지에게 연과 연줄을 얻은 소년은 신이 나서 연을 날리기 시작했다. 연이 높이 오를수록 얼레에 감긴 연줄은 자꾸만 풀려나갔고 소년은 자꾸만 자꾸만 자라 어른이 되었다. 그래도 그는 계속 높이 높이 연을 올렸기 때문에 드디어는 머리가 하얀 할아버지가 되고 말았다. 그제야 소년은 아차 싶어 돌아가는 얼레를 멈추었으나 풀린 연줄은 되감을 수가 없어, 졸지에 아무것도 한 일이 없는 늙은이가 되었다.

나는 요즘 거울에 비치는 흰 머리를 보며 어릴 때 읽은 이 동화를 떠올리곤 한다. 어찌어찌 하다 보니 아무것도 이루어놓은 일이 없이 50을 코앞에 둔 나이가 되고 말았다. 공자가 천명天命을 알게 된 나이라 하여 지명知命으로도 불리는 그 나이를 눈앞에 둔 처지에 쭉정이 같은 인생이 되어 있으니 참으로 착잡하기가 이를 데 없다. 마치 신나게 요술 연을 높이높이 띄워놓고 아차 싶어 되감으려 해도 도저히 되감을 수 없게 된 것처럼. 그래서 누가 나이라도 물을까봐 두려워지고 또 피치 못해 대답을 해야 할 경우가 생기면 '토끼띱니다.'하고 얼버무려 버린다.

사람들이 태어난 해의 지지地支를 동물로 상징하게 된 것이 나처럼 나이를 얼버무리고 싶은 사람을 위한 것은 물론 아니지만 어쨌든 헛나이를 먹은 나로서는 나이를 숫자 대신에 동물로 애기할 수 있는 것이 다행인 경우가 더러 있다. 그러나 그것이야말로 눈 가리고 아웅 하는 격이다. 남이 모른다고 내가 나 자신의 나이를 모르지 않기 때문이다.

나는 오래 전부터 새 캘린더를 걸 때마다 나름대로 내 '쭉정이 인생'을 반성해 왔고 또 그렇게 된 원인을 따져보곤 했다. 그런데 매년 그 원인은 '게으름'과 '술'로 귀착되는 것이었다. 게으름을 피우는 것과 술을 마시는 것이 타성이 되었고 그렇게 그날그날 안일에 빠져 있는 동안 한 해가 훌쩍 날아가 버리곤 했던 것이다.

사람이 아무리 오래 살아도 백 살을 다 살지 못하는데 늘 천년 뒤의 걱정까지 품고 다녀서야 되겠느냐는 뜻으로 지은 '인생불만백人生不滿百 상회천세우常懷千歲優'라는 옛 시의 구절이 있다. 물론 나

같은 주제는 그렇듯 먼 훗날의 걱정은 물론 당장의 걱정도 않는 입장이니 이 시구가 지닌 본뜻보다는 '인생은 긴 것 같지만 백 살도 못 채우는 짧은 것이니 허송하지 말라'쯤으로 새겨도 무방할 것이다. 그래 매년 정초마다 그런 생각을 해왔었다. '인생불만백'만을 생각하고 그걸 내 나름대로 나 편하게 말이다. 그러다 신년회니 어쩌니 하고 술에 젖어 지내다 정월 보내고 그 작심삼일을 후회하며 신정은 망쳤으니 구정으로 신년을 삼자고 하다가 그 정월도 그렇게 보내는 동안 이월과 삼월이 훌쩍 지나가고....... 이러다가 결국은 낙엽이 지기 시작하면 개미를 부러워하는 베짱이 꼴이 되어 어깨에 힘이 빠지는 것이다.

살만한 집

3년 전에 나는 집을 옮겼다. 아니, 꽃철을 바로 눈앞에 두고 옮긴 그 집에서 목련꽃을 두 번 보고서 장마를 났으니 정확히 따진다면 2년 6개월 전이라 해야 옳다. 15년 가까이 살아온 동네를 떠나 북한산 동쪽 자락의 발치에다 마당이 있는 집을 마련해 옮겨 앉은 것이다. 집은 40평이 채 못 되지만 마당이 있어 커다란 대추나무와 목련, 후박 그리고 주목 등을 즐길 수 있다. 이 밖에도 사철나무를 비롯하여 진달래, 산당화, 장미 따위의 자잔한 꽃나무들도 여기저기에 알맞게 자리 잡혀 있어 꽃철이면 한층 더 즐겁다.

조그만 농짝 하나와 전지 한 장 넓이의 앉은뱅이 책상 하나를 놓고 나면 겨우 요 한 장밖에 깔 수가 없던 단칸 셋방에서 신혼살림이랍시고 소꿉장난처럼 살았던 때와 견주면 궁궐 같은 집에서 살게 됐다는 말이 허풍만은 아닌 것이다.

식구가 단출하여 한 사람이 방 한 칸씩 차지할 수 있는 공간적인 여유도 여유려니와 내가 이 집을 스스로 흡족하게 여기는 것은 담 안에 두 그루, 대문과 뒷문 앞에 각각 한 그루씩 서 있는 네 그루의 노송 때문이다. 담 안에 서 있는 두 그루의 노송은 물론이거니와 담

밖에 있는 두 그루의 노송 또한 나에게 저 오묘한 송뢰松籟의 운치를
가지껏 누리게 하는 것이다. 담 안에 있되 그것이 꼭 우리 식구들의
소유가 아니듯 비록 담 밖에 있는 소나무라 해도 그것은 우리 식구
의 소유가 되어 주는 것이다.

솔잎의 그 청청한 푸르름과 솔잎이 바람과 어우러져 들려주는 오
묘한 음악. 그것은 이웃집에서도 누릴 수 있는, 그들 소유의 악기이
기도 하다. 마치 푸르른 하늘과 거기에 둥실 떠 있는 구름, 비 개인
뒤 크게 한 발짝 성큼 다가와 서 있는 인수봉, 만장봉, 원도봉 따위
의 산봉우리들이 어느 누구의 소유가 아니듯이.

우리 동네는 원래 산자락에 매달렸던 솔밭이었는데 거기에 집들
이 들어선 것이라고 한다. 때문에 대개 집집마다 한두 그루씩의 노
송이 서 있다. 공터에도 골목에도 심심찮게 옛날 솔밭 때의 그 소나
무들이 서 있는 것이다.

우리 앞집 뒷마당엔 햇수를 가늠하기 어려운 늙은 참나무도 있다.
그 나무에는 까치들이 무시로 날아와 앉아 우짖는다. 그 나무 또한
담 너머 앞집 뒷마당에 서 있지만 앞집의 나무가 아니다. 무시로 날
아와 우짖는 까치떼가 앞집의 소유가 아니듯. 그 참나무나 까치들은
우리 식구들의 소유요 동시에 여러 이웃들의 소유가 되는 것이다.

임어당林語堂은 '생활의 지혜'에서 다음과 같이 밝혔다.

'경치가 극히 아름다운 산중에 세워진 집일 경우에는 한 조각의
토지를 자기 소유지로 하여 담을 두를 필요가 전혀 없다. 집을 나와
걸음을 옮겨 놓은 그곳, 산 위에 앉아서 바라보는 흰 구름과 하늘을

나는 새, 비폭飛瀑, 새들이 펼치는 자연의 교향악, 눈앞에 전개되는 모든 경치는 그 모두가 자기의 것이기 때문이다. 이 사람이야말로 진짜 부자다. 도회지의 어떤 백만장자도 따를 수 없는 부자다.'라고

그렇다. 임어당의 얘기대로 나는 가난한 문사가 아니라 어느 누구 못지않은 부자이다. 집 뒤로 북한산이 병풍처럼 둘러져 계절마다 각기 다른 아름다운 경치를 제공하고 또 동네는 동네대로 어디를 보아도 피곤한 눈을 씻어 주는 푸르름을 지니고 있다. 따라서 공기 또한 좋지 않을 수가 없다. 또 가까운 계곡들에서는 약수로 일컬어지는 맑은 자연수가 뿜어져 나오잖는가. 서울에 이만한 곳이 어디 그렇게 흔한가.

물론 이곳의 집값, 땅값은 강남 지역의 그것과는 비교가 되지 않는다. 강남의 붐(누구에 의해서 일어났는지는 모르나)을 타고 너도 나도 몰려가 이룩한 부의 상징 강남. 그 강남의 보통 아파트 한 채 값이면 우리 집과 같은 집은 너댓 채도 더 살 수 있었다. 강남 때문에 상대적으로 가난의 대명사처럼 된 강북, 물론 학군도 좋지 않다. 게다가 우리 동네는 풍치 지구로 묶여 있기까지 하여 집값도 묶여 있는 꼴이다. 증축, 개축이 제한되어 있고 신축은 아예 생각할 수조차 없기 때문이다.

그러나 그게 어떻단 말인가. 집 장사를 하려는 게 아니라 눈, 비, 바람을 가리고 겨울에는 추위를, 여름에는 더위를 떨치기 위해 마련한 집인데 값이 오르든 내리든 무슨 상관이란 말인가. 이 세상에서 살며 일하는 동안 건강을 유지하기 위해 마련한 집인데 나무가 많아

136

공기 좋고, 편하고 조용히 쉴 수 있으면 그만이지 않은가. 집값이 뛰는 재미에 1년에 몇 번씩 그 힘든 이사를 해가며 돈을 불리는 그 심사를 약지 못한 나로서는 참으로 이해할 수 없다.

내 서재의 창을 열면 바로 손에 잡힐 듯 가까운 담 밖에는 노송이 있다. 그리고 서재 안에는 작년에 돌아가신 아버님께서 80의 노필로 '만취재晩翠齋'라 써 주신 편액이 걸려 있다.

송나라의 범질이라는 이가 자기 자손들에게 올바른 삶을 가르치기 위해 지은 유명한 시 '지지간송반遲遲澗松畔 울울함만취鬱鬱含晩翠' 즉 '저 더디고 더디게 자라는 시냇가의 소나무는 무성하고도 늦도록 푸르다.'에서 따온 만취이다. 나는 이 편액과 함께 이 집을 대대로 물려주는 세거世居로 삼고 싶다.

이중환의 저 유명한 《택리지》에는 복거(살만한 곳을 가려서 정함)의 조건으로 첫째, 지리(토지의 상태) 둘째, 생리(땅에서 생겨나는 이익) 셋째, 좋은 인심 넷째, 산과 물이 있어야 된다고 밝혀져 있다.

내 동네, 내 집이 과연 이 네 조건에 맞는지는 알 수 없으나 요즘 서울에서 우리 동네, 내 집만치 주거 환경이 쾌적한 곳도 드물리라 싶다.

나는 우리 동네 땅값이 제발 백 년이고 천 년이고 오르지 않았으면 한다. 땅값이 오르면 사람 살기에 좋은 환경은 깨지기 마련이기 때문이다. 이 쾌적한 주거 환경이 훼손되지 않아 내 자손의 세거가 되었으면 싶은 것이다.

외로운 소나무

내게는 정해놓고 다니는 산이 있다. 원도봉이 바로 그곳인데 그 등산로 중간에 외따로 떨어져 홀로 서 있는 소나무가 있다. 문자 그대로 고송孤松이다.

산에 오르면 나는 언제나 그 소나무 밑에 앉아서 한참동안 가쁜 숨도 고르고 뻐근한 다리도 쉰다. 편히 앉을 수 있는 평평한 바위가 있고 또 거기에 앉으면 까마득한 아래로 서울 북쪽의 끝자락이 펼쳐지기도 하고 수락산을 한눈에 볼 수 있기도 해 아주 전망이 좋다. 그러나 내가 꼭 그 소나무 밑에 이르러 한참씩 쉬는 것은 편한 자리와 좋은 전망 때문만은 아니다. 그 소나무가 좋아서이다. 언제나 청청한 그 잎이 좋고 그 빽빽한 솔잎을 스치는 바람소리가 좋기 때문이다. 그 푸르름을 만취晩翠라 하고 그 오묘한 소리를 송도松濤 혹은 송뢰松籟라 한다. 늦도록 푸르다는 뜻이고 물결소리처럼 귀를 즐겁게 한다는 뜻이다. 그런데 사람들은 요즘 소나무를 망국수亡國樹라고 이름 붙여 천대한다.

우리 선조들이 귀히 여겼던 소나무가 나라를 망하게 하는 나무로 취급되어 천대받는 까닭을 나로서는 이해할 수가 없다. 떡을 빚어

솔잎을 깔아 쪄내어 송편이라 했고 또 날솔잎을 짓찧어 짠 물은 송죽松粥이라 하여 양생방養生方, 벽곡방辟穀方으로 먹기도 했다. 양생방이란 병에 걸리지 않도록 몸을 건강하게 하는 방편으로 먹는 음식이요, 벽곡방이란 고승들처럼 곡식 대신에 연명을 위한 방편의 음식이다.

어디 소나무가 그런 음식에만 쓰였는가. 소나무로 빚은 술은 또 얼마나 많았는가. 솔잎으로 빚은 송엽주松葉酒, 솔방울로 담은 송실주松實酒, 소나무 새순으로 담은 송순주松筍酒, 소나무 마디를 잘라다 넣고 담은 송절주松節酒가 있다. 동짓날 밤에 빚어서 소나무 밑을 파고 묻는 항아리에 소나무 뿌리를 넣어 이듬해 낙엽이 질 때 먹는다는 송하주松下酒는 또 얼마나 운치 있는 술인가.

소나무는 이렇듯 우리에게 실용적인 나무이다. 그러나 그보다는 우리의 정신적인 지주가 되는 나무여서 귀히 여겨왔던 나무이다. 소나무는 뜻이 굳은 절개의 상징이다. 송강의 시가에도, 애국가의 가사에도 그렇게 되어 있다. 세한삼우歲寒三友라 하여 대나무, 매화에 앞서 첫손가락으로 꼽혀온 게 바로 소나무이다.

'송백조松柏操'라는 말은 소나무와 잣나무처럼 사철 변치 않는, 뜻이 굳은 절개를 말함이다. '지지간송반遲遲澗松畔 울울함만취鬱鬱含晚翠'에서 만취는 노후에 이르러도 절조가 변하지 않는 숭고함을 비유하는 것이다.

이런 여러 이유 때문에 우리 조상들은 누구나 소나무를 귀히 여겼다. 송계松契, 송금松禁, 송속松贖 등의 낱말이 그것을 증명한다. 송

계는 소나무를 잘 가꾸고 보호하기 위해 모으는 계였고 송금은 소나
무 베는 것을 금하는 것이었으며 송속은 송금을 어긴 사람이 바치는
벌금제도였다.

경제수림조성 운운하며 소나무를 망국수로 몰아 마구 베어버리는
요즘, 송계니 송금이니 송속이니 하고 떠들다가는 나라 망칠 놈이
되어버리기 십상이다. 그러니 이제 얼마 안 있으면 우리들은 송편이
나 송순주 같은 멋스런 음식도 잃게 될 것이며, 저 오묘한 송뢰의 운
치도 누릴 수가 없게 될 것이다. 세한삼우도 세한이우가 될 것이며
송백조, 만취로 비유되는 절개를 지키려는 사람도 없어질 것이다.

등산길에 오른 나를 쉬어 가게 하는 그 소나무는 외따로 떨어져
있어 외로운 것이 아니다. 그 소나무는 결코 그 때문에 슬퍼하는 것
이 아니다.

제2부

김정호의 발자취를
따라 나선 옛길

19세기 조선의 지리학자 김정호를 만나다
- 청구, 대동여지도

자전에 풀이된 여輿의 뜻은 대여섯 가지나 된다. 그 중에서 가장 주된 뜻은 '수레바탕'이다. 여가輿駕, 여량輿梁, 여마輿馬 등은 모두 이 수레와 관계된 낱말이다. 여지輿地도 마찬가지이다. 수레처럼 온 간 것이 다 실려 있는 땅덩어리라는 뜻이다. 생각하면 생각할수록 정말 재미있는 비유다.

온갖 것이 다 실려 있는 수레.

그렇다, 땅덩어리라는 수레에는 그야말로 온갖 것이 다 실려져 있다. 산도 실려져 있고 강물도 실려져 있으며 숲과 평야와 구릉도 올라 앉아 있다.

어디 그뿐인가. 거기에는 사람들이 모여 살며 이룩한 마을들, 그 마을과 마을을 잇는 길과 고개, 논과 밭, 숱한 역참과 포구, 화평을 누리기 위한 성곽과 봉수대...... 이 모든 잡다한 것들을 땅덩어리는 거대한 수레처럼 싣고 있는 것이다. 그러므로 고산자古山子 김정호金正浩에 의해서 이룩된 '대동여지도大東輿地圖'는 '대동'이란 수레에 실린 온갖 것들을 한눈에 볼 수 있게 그려진 그림이다.

대동은 우리나라의 별칭으로 동국이나 해동과 그 뜻을 같이한다.

육당 최남선의 《조선상식문답》에 의하면 '옛날에 다른 대륙을 알지 못하고 지금 중국을 세계의 복판으로 생각하여서 중국의 동방에 있는 것이 곧 세계의 동방에 있는 것이라 하여 조선을 동국이라 일컫게 된 것이고, 해동 또한 발해나 황해 밖에 알지 못하여, 그 바다의 동쪽에 있는 우리나라를 그렇게 지칭한 것이라 한다. 그리고 또 이 동국, 해동을 동방에 있는 크고 높은 나라라고 존경하는 의미로 대동이라고 이른 것.'이라 한다.

고산자가 1861년에 이룩한 대동여지도보다 훨씬 앞선 1837년쯤 이룩한 《청구도靑邱圖》의 청구, 역시 우리나라의 이칭이다. 이 다른 이름의 유래는 '동방의 바다 밖에 있는 신선이 사는 세계의 이름이요, 또 하늘에 청구라는 별이 있어 그 별이 조선땅을 맡고 있다는 신앙이 있으니 이로 인하여 조선을 청구라 부르게 된 것'(위의 책)이라고 풀이되어 있다.

결국 고산자는 우리나라의 보배로운 두 지도를 만들고 거기에 걸맞게 청구와 대동을 붙여 이름하였던 것이다.

이 두 지도는 19세기에 제작되었으면서 전혀 19세기 지도답지 않다. 실측에 의해 이룩된 현대의 지도나 고도의 과학문명 소산인 인공위성이 촬영해 낸 우리나라의 모습과 흡사하기 때문이다.

하기야 이 두 지도가 이루어졌던 당시에는 이미 중국을 통해 그곳의 선진학문과 기술 그리고 서양의 문물들이 상당히 스며들어와 있었던 것도 사실이기는 하다. 그러나 아직도 그때의 우리는 중국이 세계의 중심이라는 생각을 털어버리지 못해 청구니, 대동이니 하는 말들이 오히려 자연스러웠던 때이기도 했다.

저녁이 되어 해가 서쪽 바다 속에 가라앉았다가 밤 사이에 커다란 황금 바가지를 타고 동쪽으로 되건너가서 아침에 다시 동녘 하늘로 떠오른다는 따위를 믿을 정도도 미개했던 것은 아니나 어쨌든 지리 지식이 발달되지 못했던 그런 상황에서 제작된 지도가 그토록 정확에 가까웠다는 사실은 아무리 생각해도 놀라울 따름이다.

서해와 남해의 그 복잡한 해안선과 도서들이 실지와 방불하며 토끼 형국(식민지에 대한 왜의 의도적인 비유라는 설도 있지만)이라는 우리 강역이 실측에 의해 작성된 현대의 그것과 어찌 그다지도 근사할 수 있는가. 그것이 답사를 겸한 과학적인 제작방법에 의한 결실이란다면 과연 그 측량의 방법과 또 그 기기는 어떤 것이었을까. 무수한 물음표들이 거품처럼 인다. 그러나 어느 전적에서도 그 명쾌한 해답은 발견되지 않는다. 그것은 아직도 역사학계 연구진들에게 남겨진 난처한 과제이다.

고산자 김정호를 우리는 누구나 어린 시절에 수수께끼처럼 접하게 된다. 우선의 그의 친구로 밝혀진 최한기崔漢綺가 1803년(순조3)에서 1877년(고종16)간의 실학자였다는 것으로 우리는 고산자가 그와 동시대인 19세기 사람이라고만 알 수 있을 뿐이다. 그리고 최한기가 그랬듯 그도 '봉건적 공리공론을 외면하고 실용적인 데로 눈길을 돌린 투철한 과학정신의 소유자'라는 타당성 있는 추측으로 만족해야 한다.

144

또 그가 '지도를 만들어 국가로부터 칭찬받기를 바랐거나 자기 자신의 광범위한 조사능력을 자랑할 생각은 물론 그 명예를 후세에 길이 남길 생각이 애당초 없었던 사람'(정형우《김정호, 발로 엮은 한국지도》)이었다는 것도 빈약한 전거로나마 확신할 수 있음은 다행한 일이다.

그가 완성하여 바친 대동여지도로 인하여 그는 국가기밀을 누설시킬 위험인물로 취급되었고 그로 인하여 대원군에 의해 영어囹圄의 몸이 되어 끝내는 비명에 옥사했다는 비통한 구비도 우리에게는 있다. 이 옥사 설은 그리스 신화의 아틀라스를 연상케 한다. 천계를 혼란케 했다는 죄로 어깨에 지구를 떠받들고 있는 벌을 받는 거인 아틀라스.

물론 경우야 전혀 비교할 수 없지만 영어의 몸이 되어 끝내는 옥사하고 마는 그 형벌이 어찌 아틀라스의 참담함에 뒤지랴. 그러나 그가 옥사하고 그의 대동여지도 판각까지도 소각당했다는 추측에 대해서는 '오늘에 이르기까지 대동여지도의 전후 두 차례에 걸친 인본과 사본 및 청구도의 전사본이 아무런 수난을 겪은 흔적도 없이 여러 곳에서 잘 전해 내려오고 있는 것으로 미루어 보아 이와 같은 이야기가 전혀 근거 없는 사실임을 짐작할 수 있다.(이병도,《인물한국사》)'며 얼토당토않은 구비라며 타당성 있는 반론이 제기되기도 했다.

뿐만 아니라 광주리장사를 하는 아내를 두었기 때문에 전국 각 지방을 두루 돌아다녀야만 했던 김정호가 지도의 필요성을 느꼈을 것이라는 제작 동기의 추측은 더욱 위험하다. 최한기의 《청구도》 제언의 서두에 '소년 때부터 지도와 지리지에 깊이 뜻을 두고 오랫동안 섭렵하였다.'라는 대목이 있기 때문이다.

그가 전국을 누비고 다녀야 하는 고달픈 광주리장수의 남편이어서 지도가 필요했거나 또 방방곡곡을 돌아다녔기 때문에 산천의 지명을 비롯한 명물, 고적 등 지방의 내용을 많이 알아서 청구도를 제작했고, 대동여지도를 편찬했다는 추측은 그야말로 추측을 위한 추측이다.

김정호는 그 자신이 대동여지도의 제1집 지도유설地圖類說에 '나라가 어지러울 때는 적을 쳐부수고 난폭한 무리들을 토벌, 진압하는 데 도움이 되며, 평화 시에는 정치를 수행하고 사회의 모든 일을 다스리는 경제정책을 시행, 조절하는 데에 모두 나의 지도를 이용하게 될 것이다.'라는 중국의 《방여기요》를 인용하고 있다. 즉 지도 제작이 개인적인 필요에 의한 것이 아니었음을 명백하게 알 수 있다.

또 비록 그것이 중국의 지리서에서 인용한 글이라 할지라도 우리는 그것을 단순한 인용문으로 치부해 버릴 수 없다. 그 속에서 그의 목소리가 너무나 생생하게 재생되어 흐르기 때문이다. 그것은 나라를 사랑하는 마음과 우리 산하에 대한 애정이 가득 담긴 목소리이다. 또 그것은 빈천한 하층계급 백성의 진솔한 마음의 표현이며 절절한 외침이기도 하다.

우리는 이제 고산자 김정호의 삶에 대해 더 이상 아는 것이 없다. 그의 삶이 1백 50년 세월의 저편에서 영영 그 모습을 드러내지 않기 때문이다. 애통하고 안타까운 마음이 우리 겨레 어느 누구의 가슴엔들 가득하겠지만 우리는 더 이상 그의 삶을 추측할 필요는 없다. 그가 우리에게 자신의 삶을 드러내 보이지 않는 대신 우리에게 큰 보물을 안겨주었기 때문이다. 신기에 가까운 그의 작품으로 우리는 만족할 수 있어야 한다. 중국 노나라에 자경이 있었듯 우리에게도 고산자가 있었음을 잊지 않는 지혜가 우리에게 필요하다.

자경은 노나라의 목수였다. 그는 악기의 받침대를 만드는 것이 업이었는데 그 솜씨는 신기 바로 그것이었다. 그의 솜씨에 놀란 임금이 비술을 물었다.

"저는 하찮은 목수에 불과합니다. 비술이랄 거야 없지만 제가 그것을 만들 때에는 꼭 지키는 일이 하나 있습니다. 그것은 제가 악기 받침대를 만들기 전에 반드시 재계齋戒를 하는 일입니다. 그렇게 하면 마음의 평온을 얻게 됩니다. 오로지 받침대 만드는 일만이 가슴 속에 가득하게 됩니다. 그때 저는 산속으로 들어가 나무의 천성을 살펴 재목을 구하고 그것을 깎습니다. 그때 나무의 천성과 저의 천성이 일치되어지고 그렇게 만들어진 받침대를 보면 사람들은 신기에 의해 이루어진 것이라 말하곤 합니다."

자경의 대답인즉 속된 생각이 없는, 무념무심의 경지에 이르러 그 받침대를 만들면 신기의 작품이 이루어진다는 것이었다.

우리의 보배로운 청구도나 대동여지도도 고산자가 노나라 목수 자경처럼 포상과 작록에 대한 생각이 없이, 또 명예와 권세 따위 같은 속된 생각을 버리고 제작한 결과라고 밖에 달리 어디에서 그 비술을 찾을 수가 없는 것이다.

그가 약년부터 오래도록 가슴 깊이 지녀 키웠던 나라와 겨레에 대한 사랑, 오직 그것으로 지도의 제작에 전일해서 이룩한 결정이 아니고서야 어찌 그토록 보배로운 것이 이루어질 수 있었겠는가. 고산자의 청구도와 대동여지도를 다시 생각한다.

그렇다. 이제 그것은 여도興圖이기 전에 겨레의 교본이라고 해야 옳은 것이다.(1984.3.31.)

** 고산자, 김정호는 목판본 대동여지도 22첩을 비롯하여 수많은 지도와 지리지 등을 남겼음에도 불구하고 그의 생몰 연도, 고향, 주요활동지, 본관, 가계 어느 것도 정확하게 알려진 것이 없다. 다만 그에 대해 기록해 놓은 몇몇 학자(최한기崔漢綺 1803~1877.《청구도》의 서문, 유재건劉在建 1793~1880.《이향견문록》)들의 단편적인 글을 통해서 추측되고 있을 뿐이다.

148

남과 북이 함께 품고 있는 호수, 천지

– 훔쳐본 백두산

내 생애에서 그날은 참으로 잊을 수가 없는 날이 되었다.

1990년 9월 7일. 나는 그날 천지天池를 보았다. 보지 못하고 이승을 떠날 줄로만 알았던 천지, 그 천지를 본 것이다. 지금 그 감격을 어떻게 표현해야만 될지. 그 웅위한 모습, 그 신령스런 자태를 보는 순간 나는 넋을 잃었다.

9월 4일 09시. 아시아나 항공 전세기가 이륙하는 순간, 아니 중국여행이 확정되고부터 천진, 북경, 장춘, 연길을 거치는 동안 나는 틈만 나면 하늘에 빌었다.

'모쪼록 천지를 보게 해 주세요!'

천안문에서도 빌고 만리장성, 자금성에서도 빌었다. 장춘의 남호공원에서도 또 연길로 향하는 야간열차 속에서도 빌었다. 불순한 일기 때문에 사흘씩, 나흘씩 기다려도 천지에 오르지도 못하고 되돌아간 사람들이 태반이라는 얘기를 들었기 때문이었다. 가까스로 산에 오르긴 했으나 구름 또는 안개 때문에 장님 물구경하듯 하고서 돌아온 사람도 많았다고 했기 때문이었다.

그러나 나는 하늘의 도움을 받았다. 안개, 구름은커녕 바람 한점 없이 쾌청한 날, 거울 같은 천지를 내려다볼 수 있었던 것이다.

거대한 심장의 형국인 천지. 둘레가 14.4km, 면적이 9.17㎢, 최대 깊이가 384m나 된다는 칼데라 호수는 그야말로 우리 겨레의 심장, 티없이 맑은 겨레의 심장이었다.

    높고 높다 저 한밝뫼여

    푸른 하늘에 우뚝 솟았네

    안개, 구름 자욱함이여

    1만 산악의 조종이다

    한배검 하늘에서 내려오니

    거룩한 배달의 대궐이오

    나라 세우고 교화를 펴니

    온누리를 싸고 덮었네.

나는 천지를 내려다보며 '삼일신고'(대종교의 교주, 나철에 의해 전해진 대종교의 경전. 환웅의 가르침)의 일절을 가만가만 되뇌어 보았다. 그렇다. 천지와 이 천지를 이고 있는 백두야말로 일만 산악의 조종이요 한배검이 하늘에서 내려오신 거룩한 배달의 대궐, 바로 그것이었다.

푸른 하늘을 담은 거대한 거울, 분화구의 사력층 벽과 30리도 넘는 둘레에 우뚝우뚝 세워놓은 최고의 봉우리 장군봉(병사봉.

2,750m)를 비롯해 망천후, 비류봉, 백두봉, 차일봉, 층암봉, 마천우,
한봉 등을 물구나무 세워서 잔뜩 보듬고 있는 겨레의 심장 천지.

넋을 잃고 있던 나는 문득 그 천지를 둘로 갈라놓고 있는 줄을 보
았다. 그것은 보이지 않는 줄이었으나 내 눈에는 또렷이 보였다. 연
변인문출판사에서 발행한 《장백산유람》이라는 책에 실린 지도(장백
산경관도)에서 본 줄이었다. 그것은 우리 겨레의 이 거대한 심장 천
지를 반으로 그어 놓은 것인데 그 북쪽은 중국의 소유로 되어 있고
남쪽의 반은 '조선'이라고 표기해 놓고 있었다. 백두의 최고봉인 장
군봉이 있는 반쪽이 조선의 것이고, 천지의 물이 유일하게 흘러내려
이루는 천지폭포가 있는 반쪽이 자기네의 것이라고 못 박아 놓은 어
처구니없는 지도였다. 이렇게 천지가 둘로 갈리었다는 것은 곧 백두
산이 두 쪽으로 나뉘어졌다는 얘기인 것이다.

조선왕조 시대 대사간, 대사성 등의 벼슬을 지낸 이의철의 '우리
산천의 조종, 백두'에 다음과 같은 구절이 있다.

'10리쯤 더 가니 호인胡人이 입석한 곳이 나왔다. 그곳은 그가 분
수령이라고 말한 곳이었으나 평지인데다 지맥이 한 자 높이도 안 되
었고 그 양쪽으로 패어 있다는 물길에는 본래 물이라고는 없었던 곳
이다. 다만 비가 내리게 되면 빗물이 잠시 흐르다 마는 도랑이었다.
그런데 서쪽으로 흐르는 강은 토문강으로 간다고 하였다. 그리고 호
패(胡牌:청나라가 세운 비석)는 바느질 자로 한 자쯤 되고 넓이는 한
자가 못되며 두께는 두 치쯤 되는데, 새겨 놓은 글이 참으로 가소로
웠다. 이 백두산 근처에는 비석을 만들 만한 돌이 없어서 목극등은

이곳에 올 때 이미 만들어 왔다는 것이다. 그 비석에 새기길, 오라총관烏喇總管 목극등이 왕명을 받들고 국경을 조사키 위해 이곳에 왔는데 여기서부터 서쪽은 압록이 되고 동쪽은 토문이 되므로 이 분수령 위에 돌을 새겨 기록한다고 했다.'

이렇듯 엉뚱한 곳에다 국경을 표시한 비석(백두산 정계비)을 세웠기 때문에 그 뒤로 자주 국경이 문제화되었다. 토문강은 백두산에서 발원을 했으나 훨씬 더 동북쪽의 송화강(지금의 쑹화강) 상류이며 그렇게 따질 때 사실과 부합되게 북간도가 우리의 영토임도 입증되는 것이다.

북간도는 백두산의 동북 지방으로 우리의 국조 단군께서 처음 나라를 세우신 우리 겨레의 메카이다. 우리네 조상이 아시아의 동북쪽에서 농경에 알맞은 따뜻한 곳을 찾아 흥안령을 넘고 흑룡강을 따라 내려오다 송화강 남쪽 즉 백두산 동북방에 정착하게 되었으며 그곳이 곧 북간도라는 것은 어길 수 없는 역사적 사실인 것이다. 그런데 목극동이란 자의 엉뚱한 짓으로 국경문제가 시끄럽게 되고 말았다.

청의 강희제 이후 저들은 저희들 말로 발음이 같다는 단순한 그것 때문에 토문강이 두만강이라고 생떼를 쓰기 시작한 것이다. 명대에 편찬된 요동지에도 토문강과 두만강이 별개의 것이라는 점이 분명히 밝혀져 있고, 뿐만 아니라 그 문제의 정계비가 세워진 뒤에 만들어진 지도에도 국경은 송화강의 상류로 표시되어져 있다.

이 지도는 프랑스의 선교사 드 알르에 의해 제작된 것인데 그는 그 지도를, 1712년 강희제의 명으로 백두산 지방을 답사한 프랑스인 뇌효사(雷孝思. 레지Jean-Baptiste Regis 1663~1738)의 비망록을 토대로 작성한 것이다. 따라서 신빙성 있는 지도인 것이다. 그러나 저들의 억지는 계속되었고 고종 12년(1880년)에도 또 한 차례 토문 강이 두만강이라고 주장했다. 그러나 우리 쪽에서도 정계비에 새겨진 내용대로 우리의 정당한 주장을 펼쳤으며 안변부사 이중하 같은 이는 '촌토의 국토라도 양보할 수 없다.'고 회담에서 맞섰다.

이러한 국경 분쟁은 소위 말하는 저 을사조약 때까지 계속되었다. 이 조약으로 우리의 외교권을 빼앗은 일본도 처음엔 우리의 주장을 그대로 답습했으나 청과 간도(송화강과 두만강 사이의 영토)조약 체결 때에는 제 놈들의 땅인 양 북간도를 저들에게 넘겨준 것이었다. 그리고 그 대가로 만주 안봉선(안동에서 봉천까지의 철도)의 협궤철도를 고치기 위한 철도부설권을 따내고 말았다. 남의 나라 땅과 그 땅에서 사는 우리 유민들까지 넘겨주고 국경을 두만강까지 후퇴시킨 것이다.

일본은 전 중국 대륙을 집어삼키기 위해 무엇보다도 그 철도 사업이 중요했으며 언젠가는 중국도 우리나라처럼 제 놈들의 입속에 들어갈 것이니 중국과 조선의 국경이 토문강이 됐든 두만강이 됐든 아무런 관계가 없었던 것이다.

그런데 또 이제는 천지의 동북편 봉우리들 저쪽으로 나 있던 국경도 무시되고 천지가 두 토막이 난 것이다. 그것은 중국과 북한과의 터무니없는 계산 때문이라고 알려졌다.

1967년 5월 26일자, 영국의 선데이 타임즈에 '백두산 부근의

250㎢의 영토를 중국이 북한에게 할양할 것을 요구했는데 그것은 '한국전쟁에 자기들이 참전한 대가'라는 것이었다.

이러한 여러 생각들을 펼치며 천지를 바라보는 내 가슴 속에서는 불길 같은 분노가 일기 시작했다. 남의 나라 땅을 밟고 먼 길을 와서 제 나라 산의 조종을 도둑질하듯 훔쳐보게 된 것도 억울한데 그 산이 반 토막이 나서 내 나라 땅이건만 그 땅에서 중국인의 온갖 간섭을 다 받으며 서 있어야 하니 그 심정을 어찌 말과 글로 다 표현할 수 있겠는가.

이 글을 쓰고 있는 오늘(1991. 8. 2) 텔레비전 뉴스를 통해 날아온 소식은 또 얼마나 경악스러운 것인가.

홍콩에서 발행된 〈쟁명爭鳴〉이라는 시사월간지가 '중국은 한반도가 독일의 통일처럼, 한국이 북한을 흡수하여 통일되는 상황을 심각하게 우려하고 있으며 사회주의 우방인 북한이 무너지고 한반도가 한국의 주도하에 통일되는 사태를 방지키 위해 한반도 내에서 2개의 국가, 2개의 체제를 기정사실화, 분단을 고착화하는 방향으로 정책을 전환하도록 압력을 가했다.'고 보도했다. 또 그것을 이행한다면 '김일성 부자의 권력세습체제를 인정하고 경제지원 및 군사력의 현대화까지도 적극 지원하겠다고 약속했다.'는 것이다.

아, 천지신명시여, 천지신명이시여!(1990.9.7)

파도도 울고 나도 울다
- 금강산을 바라보며

지금 우리로서는 금강산을 수식할 수가 없다. 어떤 언어로도 또 어떤 수단으로도 그것은 불가능하다. 그때그때마다의 대문장들이 많은 명문들로 이미 다 상찬해 버렸기 때문이 아니다. 선령의 이적에 의한 천하의 명산을 함부로 다룰 수 없다는 뜻도 아니다. 우리의 크나큰 자랑거리였던 그 천하 명산이 이제는 그림의 떡과 조금도 다를 바가 없어졌기 때문이다.

옛사람들이 사계절의 풍광에 의해 명명한 별칭 '춘春 금강산金剛山, 하夏 봉래산蓬萊山, 추秋 풍악산楓嶽山, 동冬 개골산皆骨山'으로 그냥 따라 부를 수 있을 뿐이다. 그 밖에 우리가 할 수 있는 일이 있다면 그것은 단 한치도 범할 수 없게 된 땅 저쪽의 선경을 지키며 덧없이 흘러가는 세월의 바퀴 수만을 헤아리는 일인 것이다.

고려에서 태어나 금강산 구경을 간절하게 원했던(願生高麗國 一見金剛山) 사람은 송나라의 소동파였지만, 이제 그것은 옛 시인의 경우가 아니라 바로 우리 겨레의 간절한 소원이 되고 말았다. 산을 그곳에 두고도 그 산을 오를 수가 없게 된 어처구니없는 우리의 슬픔은 크다.

원래 금강산은 석가산이라는 이름으로 천상에 있었다고 한다. 그 천상의 옥경에 한 선관이 있었는데 그는 옥황상제의 총애를 받으며 사는 동안에 그 성품이 방자하기 이를 데 없어서 결국은 천상에서 쫓겨나게 되었다. 그를 총애했던 옥황상제는 인간 세상으로 귀양살이를 떠나는 모습이 측은하여 한 가지 선물을 하려 했다. 옥황상제로부터 무엇이든 원하는 것이 있으면 주겠노라는 얘기를 들은 선관은 서슴지 않고 석가산을 요구했다.

옥황상제는 선관의 예기치 않았던 요구에 당황하지 않을 수 없었다. 그러나 일단 약속이 된 일이므로 선관으로 하여금 석가산을 가지고 가도록 허락했다. 그러자 선관은 산 한쪽에다 구멍을 뚫어 끈에 꿰어 인간 세상으로 내려오고 말았다. 그때의 그 구멍이 곧 혈망봉의 구멍으로 지금까지 남아 있다고 전한다.

또 일설에는 천궁에 있는 제석보살이 인간 세상의 산천을 창조할 때 숱한 산천을 만들었지만 금강산처럼 아름답고 훌륭하게 만들어진 것이 없기 때문에 오랜 훗날 천지가 멸망하는 지경에 이르게 되면 그때 금강산을 구해 하늘로 옮기려고 미리 끈을 꿸 구멍을 만들어 두었으며 그것이 곧 혈망봉의 구멍이라고도 한다.

이 두 전설은 금강산 산자락 이곳저곳의 마을에 살았던 사람이라면 누구나 익히 알고 있는 전설로서 고성(강원도) 땅에도 꽤 널리 알려져 있다. 고성은 얼핏 몇 겹의 산줄기로 둘러싸인 답답한 고장으로 뵌다. 그러나 논밭보다도 명태가 걸린 덕장이 더 많게 보일만큼 명태의 황금 어장을 낀 천혜의 고장이다.

뿐만 아니라 또 이곳은 예로부터 산수승지로 이름이 높아 지리서에 '해안 전체가 눈처럼 찬연한 흰 모래로서 밟으면 치륵치륵 쇠 부딪는 소리로 울어 마치 구슬 위를 걷는 것 같다. 모래밭가에는 해당화가 만발해 있고 여기저기 우거진 숲은 하늘을 찌르는 듯하다.' 하여 우리나라에서 그 경치가 으뜸이라고 소개한다.

특히 이 고장의 '화담(화진포)은 마치 달이 맑은 샘물 위에 떨어지는 것 같고 영랑호는 큰 못에 구슬을 감추어 둔 것 같으며, 또 삼일포는 맑고 절묘한 가운데 아주 화려하여 그윽하고 고요한 중에 활짝 열려 명랑하여, 마치 숙녀가 아름답게 화장한 듯 더없이 사랑스럽고 공경할 만하다.' 는 극찬을 받고 있다.

그지없이 아리따운 아낙에 비유된 곳은 물론 삼일포지만 그 삼일포를 품고 있는 고성을 아리따운 여인에 비유하는 데에 인색할 필요는 없다. 고성을 아리따운 여인과 같은 고장이라고 표현하는 데에는 다 그만한 까닭이 있기 때문이다. 빼어난 미모의 여인과 같은 고장, 고성은 박복한 미인의 기구한 삶 같은 것도 동시에 느끼게 한다. 빼어난 미모와 함께 드센 팔자를 타고 난 여인과도 같은 애처로운 고장, 고성의 상징은 아무래도 두 채의 별장이어야 한다. 예전 이승만 대통령의 별장과 김일성의 별장이 바로 그것이다.

이 두 채의 별장을 비롯해 흉과 액을 지닌 손금과 사마귀는 이 고장의 곳곳에 널려 있다. 남과 북에서 각각 반씩을 세운 아픔의 다리 합축교의 부조화에서부터, 우리나라의 허리 근처에 위치하면서도 최북단 지역으로 유명해진 명파 국민학교, 조업보호 중에 북한군으로부터 피격을 받고 침몰한 56함피격사건, 빤히 올려다 보이는 곳에서 성묘의 손길만을 애타게 기다리다 못해 이제는 잡초 속으로 그 모습을 감춰 버린 완충지대의 숱한 묘지들에서…… 우리는 이 고장의 기구한 운명과 접하게 된다.

그리하여 우리는 하늘이 이곳에다 빼어난 미모와 같은 수려한 산수와 더불어 크나큰 시련까지도 안겼음을 깨닫게 된다. 그러나 군청 소재지 간성을 떠나 능히 벽해라 이를 수 있는 동해를 끼고 거진을 거쳐 민통선을 지키는 병사들의 총검 앞에 이르면, '박복한 미인'이라는 이 고장에 대한 비유가 얼마나 큰 어리석음이었나를 금방 깨달을 수 있다. 더구나 민통선을 넘어 명파를 지나고 명호리의 전망대에 이르러 너비 4km의 완충지대를 대하노라면 그 공백지대는 울분의 강이 되고야 만다. 그러나 그 울분을 누구에게 어떻게 풀랴.

깊은 숨으로 가슴을 가다듬으며 끝없이 펼쳐진 검푸른 바다 위에 점점이 박혀 있는 해금강의 다섯 섬으로 눈길을 보낸다. 다섯 섬의 맨 끝 백바위로부터 시작된 눈길은 외금강과 내금강으로 이어지며 큰 활을 그린다. 몇 번이고 눈길로 활을 그리며 아직도 봄이 아닌 흰 바위산의 긴 줄기 개골의 위용을 살핀다. 망원경의 차례가 아직 멀어 우암(송시열)의 시를 웅얼거리며 기다린다.

　　　산봉우리 구름 마냥 희어　山與雲俱白
　　　구름인지 산인지 구별키 어렵네　雲山不辯容

구름이 걷혀 홀로 선 산 雲歸山獨立

그것은 분명코 1만 2천봉 一萬二千峰

한 줌의 흙도 없는 바위산이라 하여 붙여진 개골산의 참모습이 불과 스무 자의 한자로 사진을 본 듯하다. 드디어 망원경의 차례가 와서 우선 1백 55마일의 휴전선 동쪽 끝, 쇠말뚝을 본다. 거기에 낀 시뻘건 더껑이까지도 보일 듯한 바로 그 쇠말뚝을 잡고 일찍이 노산(이은상)은 고함을 쳤었다.

길이 끝났는데 더 못 간다네

병정은 총을 들고 앞길을 막네

저리 비키오, 막대를 뽑고

이대로 북으로 더 가야겠소.

그리고는 그 고함 끝에 통곡을 했던 것이다.

바닷가 모래 위에 주저앉아

파도도 울고 나도 울고.

어찌 시인과 파도만이 울었으랴. '밟으면 치륵치륵 쇠 부딪는 소리로 울어서(履之戛戛鳴聲)' 명사明沙가 아닌 명사鳴沙 아니던가. 그 모래들도 총칼 절그럭거리는 소리로 북진을 외치며 시인과 함께 울었을 것이 아닌가. 어찌 파도와 시인과 모래알들만 울었겠는가. 자기 발치에서 통곡을 하는 시인의 모습을 보고 1만 2천봉인들 가만히 있을 수가 있었겠는가.

선녀의 날개옷을 감춘 나무꾼의 애기로 유명한 선녀봉과 감호, 낙타의 등 모양을 흉내낸 낙타봉, 저 산악의 주봉인 비로봉과 옥녀봉 등은 렌즈 속에서 너무나 가깝고 뚜렷했으나 슬픈 태자의 무덤은 찾을 길이 없었다.

하루아침에 천년 사직을 버린 부왕의 곁을 통곡으로 하직하고 이곳 개골산으로 들어와 마의를 걸치고 풀뿌리와 나무껍질로 연명을 하다 일생을 마친 태자의 외로움을 우리는 안다. 그 크나큰 외로움은 천년의 세월이 흐르는 동안 별로 견줄 데가 없었을 것이다. 그러나 멀쩡한 땅과 바다가 둘로 쪼개지고 부모, 형제, 처자와 생이별을 한 실향민의 슬픔과 그들의 달랠 길 없는 외로움이 어찌 마의태자의 그것에 못지않으랴.

혈망봉의 그 구멍은 어디에 있는가. 그 구멍에 끈을 꿰어 금강산을 천궁으로 끌어올린다는 천지의 마지막 날은 언제인가.

아니, 불가에서 이르기를 금강은 이 세상의 그 무엇보다도 굳고 단단하여 이를 깨뜨릴 것이 없으므로, 그 금강으로 하여금 이 세상의 모든 번뇌는 다 깨뜨릴 수 있다고 하지 않았던가. 그러한 이름이 붙은 산이거늘 어찌하여 이 겨레의 번뇌를 외면만 하고 있단 말인가. 아니 저기에 저토록 길게 자리한 1만 2천봉의 금강이 저들의 허수아비 정권처럼 껍데기만 남아 있고 그 알맹이는 이미 천궁으로 옮겨졌다는 얘기인가. 답답하고 원통한 가슴을 풀지 못한 채 망원경 앞에서 떠나 명파리를 거쳐 민통선을 빠져 나온다.

짙푸른 동해를 끼고 얼마쯤 달리다 보니 저만치 화진포 호수가 눈에 들어온다. 아직도 얼음이 가득한 호숫가에 여남은 마리의 고니들이 한가롭게 떼 지어 있다. 그 호수는 민물과 바닷물이 섞여 있는 호수이며 따라서 전어, 숭어, 도미 따위의 바닷고기와 붕어, 잉어, 꺽저기 등의 민물고기들이 그 속에서 사이좋게 어울려 산다는 바람에 고개를 갸웃거렸더니 그곳 사람은 '바다낚시와 민물낚시를 함께 즐길 수 있다.'고 덧붙였다.

멀쩡한 땅과 바다에 금을 그어 놓고 부모와 형제 그리고 처자가 서로 떨어져 그 숱한 나날들을 눈물로 보내다가 결국 그 한을 풀지 못하고 원혼이 되어 이 산하를 떠도는, 그러한 어리석음을 화진포 호수의 고기떼들이 마냥 비웃고 있다는 생각이 들었다.

같은 피를 나눈 겨레가 분단된 현장에서 바닷고기와 민물고기가 어울려 산다는 이 얘기는, 어류들의 이상한 생태를 보여주는 것이 아니라 국토의 통일과 겨레의 단합을 일깨우는 교훈성이 짙게 풍겨졌다. 나는 강원도의 술 '경월'을 마시고 마구 취하고 싶었다.(1984.3.17.)

신화 속의 낙원, 조선반도의 아틀란티스
— 역사의 물굽이, 강화

복거卜居라는 말이 있다. 살만한 곳을 가려서 정한다는 뜻이다. 이중환은 그의 명저 《택리지》에서 복거의 조건으로 첫째, 지리(토지의 상태)가 좋고 둘째, 그 땅에서 얻을 수 있는 이익이 좋아야 하며 셋째, 인심이 좋고 넷째, 산과 물이 또한 좋아야 한다고 밝힌 뒤 '비록 지리가 좋아도 생리가 모자라면 오래 살 곳이 못되며, 또 생리가 좋다고 해도 지리가 나쁘면 그 또한 오래 살 곳이 못된다. 지리와 생리가 다 같이 좋으나 인심이 좋지 않으면 필연코 후회할 일이 생기고, 근처에 산과 물을 구경할 만한 곳이 없다면 맑은 정서를 가질 수가 없다.'고 덧붙였다.

물론 이런 네 가지 조건을 두루 갖춘 곳은 그다지 흔치 않다. 그러나 어느 누구든 복거를 생각할 때 자기 나름대로 한두 고장은 머리에 떠올릴 수가 있을 것이다. 만약 여러 사람에게 각기 자기 나름대로의 복거를 권한다면 강화도로도 적지 않게 몰릴 것이다. 1년 벌어 3년을 살 수 있다는 부윤한 고장이 곧 강화인 때문이다. 그렇지 않다 해도 이 고장의 화문석과 인삼 그리고 비옥한 평야지가 많은 사

람들의 뇌리에 깊이 뿌리 박혀져 있다. 뿐만 아니라 이곳은 섬의 심
장부인 강화읍까지 다다를 수가 있는 가까운 관광지며 또한 낚시터
로도 소문이 자자한 곳이다.

일찍이 육당(최남선)도 '강화는 실로 조선반도의 아틀란티스'라고
말한 바 있다. 그 얘기는 고대인의 신비감에 특별히 진촉되어 특수
한 영적 사명을 띠게 된, 선악마니(仙嶽馬尼 : 馬利)의 참성단이 자리
하고 있음을 시사한다.

그런데 우리 겨레의 민족적 통일까지도 포괄하고 있는 단군신화
의 성역인 이곳은《고려사》의 지리지에 '江華······ 有摩利山 在府南, 山
頂有塹星壇, 世傳檀君祭天壇'이라 하여 마리산摩利山과 참성단塹星壇으
로 표기되어 있는데 반하여,《여지승람》의 강화사단에는 '塹城壇 在
摩尼山頂, 累石築之 壇高十尺 上方下圓 上四面 各六尺六寸 下圓各十五尺 世
傳檀君祭天處······'로 마니산摩尼山과 참성단塹城壇으로 각기 달리 표
기되어 있다.

이 두 문헌에서 일치하는 것은 그곳이 단군께서 하늘에 제사를 지
내던 곳이라는 점뿐이다. 그렇다면 어째서 그 명칭이 서로 다른지,
우리는 그 까닭을 쉽사리 알 수가 없다. 다만 손쉽게 접근할 수 있는
설명은, 마니산이 아닌 마리산 또 참성단塹星壇이 아닌 참성단塹城壇
이 옳다는 육당의 주장이다. 그는 마리摩利라는 것이 천天에서 연유
한 산을 일컫는 것이라며 '머리(首)를 의미하는 마리摩利는 산정을
의미하는 마루(堂)도 되고, 지상(至上)을 의미하는 마루(宗)도 되며,
범물凡物의 둥글게 뭉치는 것을 의미하는 마르(捲)도 됨 등이다.'라

는 주장과 함께 참성단에 성星자를 쓰는 것은 도교의 영향이라고 밝혔다.

이러한 주장에 힘입어서인지 아니면 또 달리 근거가 있는지, 몇 해 전 밝한샘이라는 분은 마리산이 마니산으로, 그리고 하날산이 한라산漢拏山으로 변질된 것을 겨레말인 마리산과 하날산으로 고쳐야 한다며 국무총리를 상대로 서울 고법에 행정소송을 냈다. 또 그와 거의 비슷한 때에 강화도에 사는 이호경씨도 마니산이 아닌 마리산으로 부를 때만 아득한 옛날부터 우리 겨레의 넋과 숨결이 담겨 있는 영산으로서의 면목을 되찾을 수 있다며 이름 되찾기 운동을 벌였다.

또 그의 주장은 지금도 강화도의 대부분 주민들이 마루산 또는 마리산으로 부르고 있다는 것이었다. 그러나 이러한 주장과는 달리 강화지(군지)나, 강화사 등에는 마니산, 참성단을 고집하고 있으며 국립공원인 그곳의 입구에 세워진 대형 안내판에도 마니산이라고 힘 있게 표기되어 있다. 마니를 종교적 발상이라고 추측할 때, 불교와 마니교를 들 수가 있는데, 불교에서는 마니가 용왕의 머리에서 나왔다는 보주寶珠를 뜻하며 이것을 얻으면 모든 소원이 성취된다고 믿었다.

또 마니교에다 그 근원을 두는 이들은 마니산에 올라 마니교의 발상지인 페르시아까지도 내다볼 수 있어야 한다고 말한다. 그러나 그것은 강화도 주민들의 입에 배어 있는 '마리산'을 해명할 수 있는 설득력이 없다. 더구나 산 밑 마을의 초등학교는 '마리산 초등학교'라는 표지판을 도로 옆에 세워놓고 학교의 위치를 안내하고 있다. 그것은 또 어떤 근거에 의한 것인지 궁금하다.

혹자는 말하리라. 산이나 제단의 명칭이 약간씩 다르다고 해서 그게 무슨 대수냐고. 하기야 그보다도 '세전단군제천단世傳檀君祭天壇'이 문제의 우선일 수도 있겠다. 《삼국유사》에 인용된 위서와 고기의 단군설화는 어떤 점에서 이 마니(리)산의 참성단으로 하여금 우리를 당황하게 만드는 것도 사실이다.

우리가 익히 알고 있듯이 삼국유사에, 곰이 사람이 되기를 원하여 마늘과 쑥을 먹으며 햇빛을 보지 않고 삼칠일 동안 기도한 끝에 여자로 환생된다. 그 여인이 잉태하기를 원하여 환웅과 혼인하여 낳은 단군이 평양성에 도읍을 정하고 비로소 조선이라 일컬었으며, 그 뒤 도읍을 백악산과 장당경(황해도 구월산) 등지로 옮긴 끝에 드디어 단군은 아사달의 산신으로 화하여 1천 9백 8세를 누렸다는 기록이 있다. 그러나 이 기록에서 마리, 마니라는 곳을 찾을 수 없다.

언뜻 연암(박지원)의 글귀가 생각난다. 그는 《열하일기》에서 안시성이 요동에 있는 봉황성의 원래 이름이며 또 평양도 원래는 요동에 있었다고 보고 있다. 또 패수를 압록강이니 혹은 청천강이니 혹은 대동강이니 하고 말하는 것은 싸우지도 않고 강토가 줄었다는 것과 다를 바가 없다고 했다. 그렇게 따진다면 '단군제천단'을 이곳 참성단으로 고집하는 것도 우리의 옛 강토를 좁히게 되는 우를 범하는 것은 아닌지 모르겠다. 그러나 단군께서 하늘에 제사를 지내던 곳이든 혹은 국조 단군왕검께 제사를 지내던 곳이든 이곳이 단군설화가 얽힌, 우리 겨레에 게 더 없는 성지임은 틀림이 없으며 또 그러기 때문에 우리는 이 성스런 곳을 거기에 합당한 어떤 한 가지 명칭들로 통일시켜야 하며 그 일은 또 시급을 요하는 것이다.

어쨌거나 지석묘를 비롯해 이 고장에서 발견된 쌍날집게, 돌도끼, 돌살촉, 환석, 유문토기 등의 숱한 석기들은 구·신석기시대를 살았던 까마득한 우리 조상들의 분주했던 삶의 숨결이 스며 있다. 그리고 이제는 비록 그 자취를 찾을 길이 없으나 이 고장이 중국을 드나든 관문이었음을 신라 때의 명칭 해구海口로도 능히 가늠할 수 있다. 또 고구려의 부흥을 꾀하여, 서해 관군의 본거지였던 이곳을 공격한 궁예의 난으로 한때 아수라장이 되었던 역사가 '혈구진'과 함께 기록에 뚜렷하다.

뿐만 아니라 고려시대에는 몽고의 침입으로 개경을 버린 조정이 이곳 강화에 천도하여 38년이라는 기나긴 세월을 항전하여 당시 전 세계를 제패하다시피 했던 막강한 몽고군으로 하여금 일곱 차례나 염하 저편에서 발만 구르다가 돌아가게 만든 그 생생한 기록은 너무나도 유명하지 않은가.

더욱이 이때 구텐베르크보다 2백 20년이나 앞서 만들어진 금속활자와 고려자기의 백미라 할 수 있는 상감청자는 물론, 한 획 한 글자마다 호국의 얼이 스민 팔만대장경은 실로 민족문화의 지고한 결실이 아닐 수 없다. 그러나 정묘·병자호란으로 인하여 이곳의 산하는 선혈로 얼룩졌으며 이를 데 없이 부끄러운 역사의 장이 되었다. 또 병인·신미양요는 '서양 함선의 연기와 티끌로 세상이 깜깜하나,

동녘의 나라는 해와 달로 만년이 밝으리.'라고 흰소리를 외쳤던 대원군을 결국은 역사의 청맹과니로 만들었다.

초지진의 한 노송이 입은 탄흔은 간교한 왜국의 운양호사건을 증언키 위해 아직도 푸르른 머리를 이고 정정하며 읍내 우편국에서 12시를 알리는 인경소리와 함께 장짐마다에 숨겨져 모인 태극기의 물결을 타고 천지를 뒤흔들었던 그 만세 소리는 아직도 염하의 물결에 실려 있지를 않는가.

강화도, 이곳은 우리나라의 3천여 도서 중에서 세 번째로 큰 섬이었다. 그러나 이제 이곳은 그냥 큰 섬으로 일컬어질 수는 없다. 섬과 뭍을 잇기 위해 4년 6개월이나 걸려 이룩한 7백 80m의 강화대교 때문이 결코 아니다. 까마득한 석기시대로부터 오늘에 이르기까지 이곳의 돌과 나무 그리고 물굽이와 갯벌들은 어느 한순간도 변함없이 이곳을 휩쓸고 간 바람을 보았고 우리 겨레가 흘린 눈물과 피를 내려 받은 역사의 증인이기 때문이다. 이제는 잠시 그 바람도 자고 우리 모두에게 복거의 꿈을 안겨주는 고장임을 자랑이라도 하는 듯하다.

그러나 이곳에 맺힌 한은 여전히 풀릴 기미가 없다. 섬의 북단은 발만 뻗어도 닿을 듯한 휴전선 때문에 통행이 막혔으며 특히 교동의 서쪽 섬이라 하여 말탄포라는 이름을 얻게 된 이 섬은 '말탄어화末灘漁火(말탄포에 모여든 어선들의 불빛)'라는 교동8경 중 하나로 뭇사람들의 칭송을 받아왔으나 이제는 천애고아처럼 먼 발치에서 측은한 눈길만을 받을 뿐 겨우,

섬의 밤바람은 차기도 한데　汀州夜冷白蘋風

불어리 별 같이 발갛게 물들이네　篝火如星徹水紅

조수에 노 저어 사람의 말소리 일어나니　櫓響潮頭人語起

주막의 등불은 나루터 단풍 사이로 반짝이네　酒燈遙出浦間風

라는 시구로 화평했던 한때를 간직하고 있다.

본도의 최북단에 세워진 연미정 역시도 그곳에 올라 돛단배를 바라보는 흥취 때문에 '연미귀범燕尾歸帆'이라 하여 강화도 8경의 하나로 유명한 곳이었으나 출입금지로 이제는 흉가처럼 쓸데없는 잡초만을 키우고 있다.

이렇듯 한이 맺힌 땅 강화도를 상징하는 듯한 전등사 대웅전의 네 귀퉁이 처마 끝에는 나부상이 조각되어 있는데 이곳을 찾는 모든 사람들의 눈길을 끌고 있다.

전설에 의하면 조선조 때에 대웅전을 증수하던 대목이 절 아래 주막 여인의 꾐에 빠져 드나들다가 절에서 받은 품삯 전부를 맡기기에 이르렀는데 주막의 여인은 대목을 배반하고 딴 남자와 정을 통하고 달아나버렸다. 대목은 악녀의 배반으로 인한 울분을 참을 길이 없어 대웅전 추녀 네 귀퉁이마다에 그녀의 발가벗은 알몸을 조각하여 끼워 놓음으로써 언제나 그 무거운 지붕을 떠받들고 있게 했다는 것이다. 그러나 대자대비하신 부처님을 모신 대웅전에다 이토록 사사로운 원한의 보복행위를 하는 일이 용납되었을지 냉큼 납득할 수가 없는 노릇이고 보면 아마도 그것은 보다 큰 악업을 상징하는 것일지도 모르겠다.

그것은 차라리 남의 나라를 짓밟고 화평을 빼앗은 몽고에 대한, 청에 대한, 왜에 대한 한 맺힌 한 백성(목수)의 들끓어 오르는 울분의 표현이라 함이 옳을지도 모른다. 만약 그러한 추측이 맞는다면 그 이름 모를 한 목수가 지닌 나라에 대한 사랑은 팔만대장경의 자구마다에 서린 그 애국에 조금도 뒤지지 않는 숭고함이라 할 수 있지 않을지.(1984. 3.10)

바다 위에 떠 있는 붉은 빛의 성채
- 외진 섬, 홍도

이제 홍도는 결코 우리 눈에 설지 않다. 규암질의 검붉은 바위섬 이곳저곳이 텔레비전 화면이나 신문 잡지의 여행면에 컬러 사진으로 자주 소개되기 때문이다. 그런 사진으로만 봐도 해안의 동굴들은 마치 스코틀랜드의 스태퍼 섬에 있는, 멘델스존에게 서곡 '핑갈의 동굴'을 낳게 만든 바로 핑갈동굴을 연상케 한다. 또 태고로부터 비롯된 끊임없는 침식작용에 의한 괴암절벽은 마치 어느 거신이 수집한 수석의 전시장을 연상케 한다. 그래서 홍도는 요즘 들어 훨씬 우리와 낯이 익지만, 실상 우리로 하여금 냉큼 그곳을 찾게 하지는 않는다.

그것은 홍도가 목포에서는 115㎞이나 떨어진 한반도 서남쪽의 외진 섬이므로 그곳을 여행하기 위해 시간과 경비가 엄청나게 들 것이라고 생각하기 때문인 듯하다. 하기야 10여 년 전의 홍도는 바로 그런 두 가지 이유 때문에 큰맘을 먹어야 가까스로 한번 다녀올 수 있던 외진 곳이었다. 그때는 목포에서 홍도까지 하루에 한번 밖에 배편이 없었고(그것도 여름철에만)그 배도 여덟 시간이나 걸려 홍도에 도착되었다. 그러나 요즘엔 여름철은 물론, 9~10월까지도 쾌속정인 남해호와 대흥호가 하루에 두 차례씩 목포를 떠나 홍도를 향한다.

뿐만 아니라 6시간 30분이 소요되는 일반 여객선 동원호가 한번 왕복하며 피서철이면 5시간이 소요되는 일반 직행 여객선이 1일 3회씩 운항한다고 한다. 때문에 홍도는 지금도 외진 섬이지만 먼 곳의 외진 섬이 아닌 것이다. 또한 서울에서 목포행 특급이 하루에 일곱 차례나 있고 고속버스는 06시부터 40분 간격으로 저녁 6시 30분까지 운행한다.

밤 11시 5분 발, 특급을 탔을 경우는 목포 도착이 이튿날 06시 12분이고 고속버스 첫차일 경우는 12시 전에 목포에 도착되므로 07시 대의 오전 배와 13시 대인 오후 배를 골라 탈 수가 있다. 목포의 명물인 낙지비빔밥을 아침이나 점심으로 즐길 수 있는 여유가 있다는 얘기다.

목포를 떠난 배가 무수한 섬과 섬 사이를 빠져 한 시간쯤 달렸을 때 안내양의 맑은 목소리가 "승객 여러분, 지금 여러분 우측으로 보이는 섬이 비금도이고 좌측으로 보이는 섬이 도초도입니다."로 시작되어, 약 2km에 달하는 명사십리 해수욕장과 전국적으로 유명한 대규모 염전이 있는 비금도를 자랑하는가 하면, 도초도의 도미 낚시터와 우이도 성촌 마을 뒷산 바위에 새겨진 바둑판(최치원 선생의 유배 당시 유적)을 말하기도 한다. 그러나 그 쓸쓸한 유적의 얘기는 이제부터 나타나는 모든 섬들이 외로운 섬임을 암시하는 말이기도 했다.

도초도와 비금도를 지나면 비로소 망망대해가 펼쳐지고 저 멀리에, 동화와도 같이 귀여운 섬들이 옹기종기 모여 서 있다. 안내양의 설명에 의하면 '물이 들면 일곱 섬이요, 물이 쓸면 여덟 섬이기 때문에 칠팔도라는 이름으로 불리는 섬'이라는 것이다.

7시에 목포를 떠난 남해호는 9시 30분에 홍도에 닿았으나 여객선의 접안 시설이 없기 때문에 25M/T짜리 유람선으로 바꿔 타고 입도해야만 했다.

입도와 함께 관람권을 끊어야 했는데, 그 관람권에는 독립문을 닮은 돌문이 인쇄되어 있고 그 옆에 홍도가 천연보호구역(섬 전체가 천연기념물 제170호)임을 밝혀놓고 있었다. 신안군(홍도는 신안군 흑산면 홍도리에 속한다.)에서 홍도의 보호기금을 마련키 위해 마련한 제도임을 알 수가 있었다.

후에 안 애기지만 세 시간 동안에 걸쳐 섬을 일주하는 크고 작은 유람선의 숫자는 모두가 1백여 척에 달한다고 했다. 물론 그 배들은 우리의 민방위군처럼 유람객이 없을 때에는 낚시나 고기잡이 또는 짐을 나르는 역할들을 할 것이다.

우리가 탄 유람선은 홍도 10경 중의 제1경인 남문(구멍바위)으로부터 시작하여 섬을 돌기 시작했다. 섬의 남쪽에 위치한 대서 남문이라 이름 붙은 이 천연의 바위 굴문을 통과하는 사람은 1년 내내 더위를 먹지 않으며 모든 소원이 성취된다는 행운의 전설이 있고 고깃배일 경우는 만선을 약속받는다고 했다.

이 구멍바위를 빠져나가자 실금리굴(2경), 거북바위(9경), 만물상(5경), 부부탑(7경), 석화굴(3경), 돌문(독립문:8경), 탑섬(4경), 슬픈여(6경), 공작새바위(10경) 등이 차례로 펼쳐졌고 그 중간 중간의 30여 개소에 기암괴석이 그들 자신의 특유한 모습에 연유한 전설과 유래를 지니고 늘어서 있었다.

그러한 홍도가 얼마나 아름다운 섬인가 하는 것은 필자로서 도저히 표현이 불가능하다.

먼 옛날 귀양살이 온 한 양반이 홍도의 절경에 놀라 떨어뜨린 탕건이 굳어져 바위가 됐다는 탕건바위나, 용왕의 잔치에 참석키 위해 홍도에 왔던 한 원숭이가 홍도의 아름다움에 취해 있다가 돌로 굳어버렸다는 원숭이바위의 두 전설이 오히려 홍도의 절경을 아주 적절하게 대변한다고 할 수가 있을 것이다.

도대체 이 아름다움을 어떻게 표현할 것인가를 고민하는 가운데 세 시간의 홍도일주 유람은 끝이 났다. 6.42km²의 섬 둘레는 50리였다.

홍도는 개미허리처럼 잘룩한 고개(그곳을 대목이라 부른다)를 경계로 1구의 면적은 섬 전체의 3분의 1, 북쪽 2구가 3분의 2의 면적을 차지하고 있다. 총 1백 55가구, 8백 70명의 인구를 가진(2013년 통계는 255가구, 574명이다.) 이 섬은 어업과 관광에만 의지하여 생계를 유지한다.

이곳의 주요 해산물은 전복, 해삼, 홍어, 미역, 돌김 등이며 광어, 농어, 장어 등의 생선회로 관광객의 미각을 즐겁게 해준다 했지만, 우리가 찾아 갔을 때는 마침 추석 직후여서 고깃배가 뜨지 않았으므로 섬 전체가 흉어기를 맞은 것 같았다.

이곳 도민들의 숙원은 여객선의 접안 시설이 빨리 완성되어 관광객을 불편치 않게 하는 것이라는 이곳 이장의 얘기와, 사암과 규암질로 이루어진 섬이기 때문에 붉을 홍紅자 홍도라는 이름이 붙은 것이 아니라, 낙조 무렵에 섬 전체가 붉게 물드는 선경을 이루기 때문에 홍도라는 관광 안내원의 각기 다른 두 얘기가 오랫동안 머리에서 사라지질 않았다.

그런 생각에 묻힌 채 목로에 앉아 저녁바다를 지키고 있는데 갑자기 농어 세 마리가 바닥에서 펄펄 띈다. 어른 팔뚝만한 놈이 한 마리였고 어린이 팔뚝만한 놈이 두 마리였다. 그 앞에서 한 중년 부부가 만면에 웃음을 띠고 서 있었다. 그들은 통계학을 전공한 아들과 불문학 그리고 음악을 전공한 아들과 두 딸을 둔 부부로 중추절의 여가를 보내기 위해 홀가분하게 서울을 떠난 분들이었다.

삽상한 가을바람을 타고 홍도까지 온 그들 부부를, 나는 남해호가 목포를 출발할 때부터 우연히 알게 되었다. 그 인연 때문에 농어회와 농어매운탕을 안주로 정신이 아득한 지경에까지 이르렀으나 이튿날 나는 숙취도, 또한 속이 쓰린 증세조차도 느낄 수가 없었다. 새삼 서울의 공기가 두렵게만 느껴졌을 뿐이다.

아침 식사 후 우리는 홍도를 떠났다. 목포항에 걸린 홍도행 뱃시간에다 2시간 30분을 더하면 목포행의 홍도 뱃시간이 된다. 홍도를 떠난 배는 30분 뒤에 흑산도에 닿았다.

선창으로 내다보이는, 어제 농어회로 나를 취하게 했던 그들 부부의 뒷모습을 오래도록 지켜보며 나는 중얼거렸다.

시대가 여행다운 여행을 없애는 것이 아니라 우리의 여유 없는 마음이 여행다운 여행을 잊게 하고 있다고.(1981.9.30.)

길이 곧 연緣이던가
- 마이산

여행에서도 게으름은 금물, 게으름을 피운 결과 전주 도착이 12시 40분. 급한 마음으로 터미널에 닿기가 무섭게 진안행 직행표를 끊었다. 시동이 걸린 차에 올라 검표하는 아가씨를 귀찮게 했다. 전주에서 진안까지 정확하게 36.7㎞, 40분 소요라는 대답을 들을 수 있었다.

차가 시가지를 벗어나기 시작했을 때야 아침에 피운 게으름의 벌로 전주비빔밥(점심)을 놓친 것이 후회스러웠다. 시계는 1시를 가리키고 있었다. 혁대를 조르며 계속 비빔밥 생각을 하고 있는데 '곰티재'라는 표지판이 언뜻 눈에 들었다간 급히 뒤로 물러선다. 시가지를 벗어난 지 10여분 밖에 되지 않아서였다. 고개는 갈수록 경사도가 심했고 쫓기는 뱀처럼 마구 꿈틀댔다. 내가 진안행이 초행임을 눈치 챈 옆 사람이 아흔 아홉 굽이의 고개라고 귀띔해 준다. 설마 그럴까 싶어 굽이를 세기 시작했다. 스물 셋까지 세다가 부질없는 짓임을 깨닫고 저 밑 S자로 굽이치고 있는 고갯길을 내려다봤다.

아흔 아홉 굽이가 못 되면 마흔 아홉 굽이라도 되겠지.

버스는 기세 좋게 가파른 고갯길을 돌며 오르며 했다. 전주에서 진안까지 온통 다 이렇게 꾸불꾸불한 고갯길이 아닐까 싶을 정도로 굽이도 많았고 길기도 했다. 한참동안을 더 그렇게 기를 쓰며 달리던 버스가 갑자기 기계음을 죽였다. 마치 더 이상은 고갯길을 오를 수가 없다는 듯. 그러나 다행하게도 거기에는 터널이 있었다. 모래재 터널. 정상까지 찻길 닦는 게 힘겨웠다면 100m짜리 굴을 뚫는 어려움도 그에 못지않게 컸을 것이었다. 그렇다면 거기에 터널이 있는 까닭은 헐떡거리고 올라오는 차량들의 모습이 딱해서 더 이상 볼 수가 없다는 뜻이 아닐까.

올라왔으면 내려가는 것이 고개라고 알고 있는데 내 눈에 이상한 현상이 나타났다. 터널을 빠져나온 버스가 내림길이 아닌 평탄한 길을 달리고 있는 것이었다. 고개를 갸웃거리는 내게 옆사람이 다시 귀띔을 해준다. 진안은 고원지대라고.

그의 얘기는 계속됐다.

표고와 생약제가 이 고원지대의 특산물이며 특히 인삼은 연간 80만근이나 생산되는데 그 약효 또한 탁월하단다. 고원지대에서 재배되는 것이니 인삼이라기보다 산삼이라는 게 옳지 않겠느냐고 내가 우스갯소리로 받았다.

버스에서 내리니 읍의 서남향으로 말의 귀를 닮은 두 산봉우리가 저만큼 우뚝 솟아 있었다. 마이산馬耳山이다. 초행이지만 길을 물을 필요가 없었다. 아는 길도 물어 가랬다는 옛말도 이런 경우엔 그저 옛말에 지나지 않을 뿐이었다.

'마이산도 식후경'을 외치며 식당에 들어가 알아보니 버스가 있긴 하나 관광객이 없는 평일에는 운행치 않고 택시를 타야만 한단다. 배가 부르니 기운도 나고 해서 도보를 고집하고 저만큼 서있는 말에게 다가가듯 포장도로를 걸었다. 택시비를 절약하기 위해서가 아니라 하느님이 빚어놓은 그 희귀한 걸작품을 오래도록 감상하기 위해서였다. 카메라를 들이대기도 하고 산에 얽힌 전설을 찾아 챙겨온 책자를 뒤적이기도 했다.

아득한 옛날, 두 아이를 가진 산신 부부가 살고 있었다. 어느 해 그들이 등천할 때가 되어 남편 산신이 아내 산신에게 말했다. 사람들이 보면 안 되는 일이니 한밤중에 오르자고. 그러나 아내 산신은 피곤하다며 한잠 푹 자고난 뒤, 이른 새벽에 오르자고 고집을 세웠다. 아내 산신의 고집을 꺾을 수 없었다. 그들은 이튿날 새벽에 하늘로 올랐다.

그때 그들의 등천 모습을 어떤 부지런한 아낙이 우물에 나갔다가 보고는 깜짝 놀라 소리쳤으므로 부부 산신은 그만 등천의 기회를 놓치고 그 자리에 굳어져 마이산이 되었다. 화가 난 남편 산신이 아내 산신을 발길로 걷어차며 그녀가 끼고 있던 두 아이까지 빼앗았다. 그래서 지금도 암마이봉은 숫마이봉과는 틀어진 자세로 돌아앉아 고개를 떨구고 후회하는 모습을 하고 있다는 것이다.

마이산을 오르면서 봉우리를 바라보면 말의 귀를 뒤에서 보는 격이다. 왼쪽이 숫마이봉(680m), 오른쪽이 암마이봉(686m)이다. 한 시간쯤 땀을 뺀 뒤, V자형의 두 봉우리 사이 계곡에 이를 수 있었다.

그곳을 분수령으로 북쪽은 섬진강의 최상류, 남쪽은 금강의 최상류라 한다.

지친 다리를 쉬며 땀을 들인 뒤 약수를 찾으니 숫마이봉 중턱의 굴을 가리킨다. 천황문이라고도 하며 화암굴이라고도 하는 그곳에는 약수에 괸 샘이 있었다. 아무리 가물어도 마르지 않고 아무리 비가 와도 넘치는 법이 없이 늘 그 타령이란다. 약수를 마시고 정성껏 기도하면 옥동자를 낳게 된다나 어쩐다나.

하여튼 그 약수로 한 시간 동안 흘린 땀을 충분히 보충하고 은수사를 거쳐 탑사로 내려갔다. 은수사는 숫마이봉 기슭에, 탑사는 화난 숫마이봉의 발길질에 떨어져 나갔다는 암마이봉 상처가 있는 남쪽 밑에 위치하고 있었다.

마이산의 산신을 주신으로 모신 탑사는 90년 전, 이갑룡 처사가 장장 10년 동안에 걸쳐 하루도 쉼 없이 축조한, 80여기의 크고 작은 자연석 탑들에 둘러 싸여 있었다. 이 처사는 용화세계 억조창생의 구제와 이 세상 모든 사람들이 짓는 죄를 대신하여 빌고 기도하는 것을 성업으로 삼았던 분이며 그래서 고행의 뜻으로 탑을 쌓았고 98세로 타계했다고 한다. 지금은 그의 장손 되는 사람이 그곳 문화재를 관리하며 조부의 위덕을 기리고 있다.

흙 한줌 볼 수 없는, 거대한 콘크리트 축조물 같은 이 수성암의 마이산을 본 한 미국인이 산을 쌓을 수 있는 기술은 물론, 그 엄청난 물량의 시멘트를 어떻게 충당했느냐며 혀를 내둘렀다는 웃지 못할 얘기도 있다. 그러나 그 사람이 봤으면 한 번 더 놀랄 것이 있었다.

산에서 채취한 화석이었다. 7천만 년 전에 서식했던 쏘가리를 닮은 민물고기와 조개류의 그 화석들은 놀랍게도 이 높은 고원지대와 마이봉의 자리나 호수나 강이었고, 백악기에 일어난 지반의 융기현상으로 지금과 같은 고지대가 됐다는 것을 밑받침하는 훌륭한 증거이기 때문이다.

어쨌거나 마이산은 산이 품고 있는 얘기도 많거니와 또한 그 이름도 많다. 서다산西多山(신라때), 용출산湧出山(고려때), 속금산束金山(이태조가 명명), 마이산(정종이 명명) 말고도 계절에 따라 불리는 돛대봉(봄:안개가 자욱한 가운데를 뚫고 나온 두 산봉우리가 마치 배의 쌍돛대 같다), 용각봉(여름:수목이 울창해지면 노령산맥은 꿈틀대는 용의 몸과 같고 진안고원은 용의 머리, 그리고 두 마이봉은 그 청룡의 뿔처럼 보인다), 마이봉(가을:단풍 든 두 산은 그 색깔까지도 말의 귀와 같다), 문필봉(겨울:경사가 심한 숫마이봉엔 눈이 쌓이지 않아 마치 먹물을 적신 붓끝처럼 보인다) 등의 많은 이름을 지니고 있다.

탑사를 떠나 3㎞쯤 산행하면 1천 3백년 전 중국의 법승 혜감대사가 창건했다는 금당사가 누군가를 애타게 기다리다 지친 모습으로 길가에 서 있는 것을 볼 수 있다. 그러나 초라한 고찰인 망정, 은행나무를 통나무째 조각한 한국 유일의 천년 목불과 폭 1m에 길이 10m나 되는 대형 괘불이 마냥 자랑스럽기만 하다. 그러한 국보급의 보물이 어째서 제 대접을 받지 못하고 있는지 안타깝다는 불평을 그곳에서 고시준비를 하고 있는 한 학생으로부터 들을 수 있었다.

금당사에서 서북으로 1km쯤 산길을 오르면 높은 벼랑 위에 동굴이 나타난다. 고려 때의 고승 나옹이 수도한 곳이라 하여 나옹암(일명 고금당)이라 한다. 그곳에서 이산묘와 남근암을 어림하고 있는 사이에 어느덧 해가 떨어지며 숫마이봉이 검자줏빛으로 변하고 있었다.

문득 서울 내 집 뒷산에서 석양 무렵에 바라보는 우이봉의 생각이 가슴에 가득하다. 나이답잖게 안개처럼 피어오르는 여수를 담배 연기로 쫓으며 소귀를 닮은 우이봉과 말귀를 닮은 마이봉 사이의 머나먼 길을 생각한다. 길이 곧 연緣이던가. 결국 길이 멀어 이 명산 마이와는 이제야 비로소 연이 닿게 된 것일까. 예불의 종소리가 귀에 아련하다.(1981.9.11.)

막걸리집 육자배기 가락에만 남아 있는
– 선운사, 동백꽃은……

시골 막차는 언제 봐도 정겹다. 장날이면 더욱 그렇고 또 그것이 가을철이면 더더욱 그렇다.

넥타이와 와이셔츠가 오히려 촌티를 돋우는 적갈색 피부의 건장한 사내들의 입에서 풍기는 막걸리 냄새, 운전석 앞의 커다란 금연 표지판 따위는 아랑곳도 없이 훌렁 치마를 걷어 올리고 속곳 주머니에서 자랑스럽게 '환희'를 꺼내 피우는 할머니들의 담배연기가 오히려 정겹고 구수하다.

버스는 좁다란 자갈길을 달리며 심술난 망아지가 되어 계속 들뜬다. 통로에 수북하게 쌓인 크고 작은 짐들도 덩달아 까불어댄다. 버스는 어떤 굽이 길에서 갑작스레 방향을 튼다. 선반 위에 얹혔던 짐꾸러미들이 풀어지며 도배지 두루마리와 장판지를 우르르 떨구어낸다.

"누구는 신방에서 좋아 죽을 참인디 내가 도배지에 베락(벼락)맞아 죽으면 쓰것소. 잉?"

차 안이 온통 웃음바다가 된다. 아마도 도배지 임자는 그 아들의 신방을 꾸며줘야 하는 신바람 나는 의무를 진 사람인 모양이다.

고창을 떠나 선운사禪雲寺로 향하는 오후 6시 50분 막차다. 차는 이미 하갑리를 거쳐 마명을 지나고 탑정으로 돌아서는 참이었다. 그 동안 내리는 사람만 있었지 타는 사람이 없었으므로 차가 반암교에 이르렀을 때는 이미 텅텅 빈 차였다. 운전사와 조수(요금도 그가 받았다)와 그리고 선운사를 찾는 나그네인 나, 이렇게 셋 뿐이었다. 빈 차는 쓸쓸했고 그 쓸쓸함이 싫었던지 더욱 맹렬하게 덜컹댔다.

선운사 입구라는 큼직한 간판 글씨가 헤드라이트에 눈이 부신지 얼른 돌아선다.

선운사 고랑으로
선운사 동백꽃을 보러 갔더니
동백꽃은 아직 일러 피지 않았고
막걸릿집 여자의 육자배기 가락에
작년 것만 오히려 남았습디다.
그것도 목이 쉬어 남았습디다.

미당(서정주)의 〈선운사 동구〉를 열 번도 넘게 되뇌며 차창으로 날렸다.

밤 8시가 훨씬 기운 시간에 닿은 사하촌은 오히려 절간이었다. 별 자리는 머리 위에 턱없이 가까웠고 저만큼 어둑시니처럼 시커멓게 버티고 선 어느 산자락에선가 두견이 '솥 적다(소쩍소쩍)'고 풍년을 성화한다. 1박에 7천원의 호텔(분명 호텔이었다)에 짐을 풀고 식당으로 내려가니 풍천장어를 권한다. 식도락가는 아니어도 익히 들어 알고 있는 내게 무공해와 천하일미를 몇 번씩이나 되풀이하는 통에 오히려 맛이 떨어진다. 비학산飛鶴山(307m) 골짜기와 천마봉 골짜기가 풍천장어의 원류라고 한다. 식사 후 찻집에 들러 작설차를 기다리는 동안 수첩을 펼쳐놓고 여정을 적는다.

이튿날, 새벽을 쪼아 밝히는 이름 모를 뭇 산새의 지저귐이 여창旅窓에 가득하다. 번개탄을 비롯해서 온갖 찬거리가 골목을 뒤흔들어 깨우는 서울의 새벽, 어찌 이 태고의 박명을 거기에 비하랴.

산채가 즐비한 아침상을 물리고 서둘러 절에 오른다. 풍천을 옆구리에 낀 아스팔트길을 200m쯤 오르니 왼쪽에 내를 가로지른 극락교, 반대편에 선운사의 누문인 천왕문이 나선다. 사천왕상이 모셔져 있고 범종과 홍고가 안치된 곳이다. 그 중에서 범종은 용두, 유곽, 관음보살상 등 그 문양이 정교한 6백 50근짜리의 거종이다.

대웅전으로 가 보니 창건 당시 9층이었으나 지금은 6층만 남은 구중석탑이 우아하고 장엄한 모습으로 서 있고 인도에서 직접 돌배로 모셔다 봉안했다는 보물 279호 금동보살좌상이 한때 일본인에 의해 현해탄을 건너가 있다가 다시 제자리를 찾았다는 내력을 품고 있었다.

창건 당시에 89개의 암자, 189채의 요사, 24개소의 굴을 거느렸었다는 대가람의 보다 상세한 유래가 궁금해 총무스님을 찾았다.

선운사를 창건한 두 고승 중 의운화상은 신라인이요, 검단선사는 백제인이며 창건된 연대는 서기 577년으로 백제 위덕왕 24년, 신라로는 진흥왕이 죽은 이듬해가 된다. 그렇다면 진흥왕이 선운사를 창건, 왕위를 버리며 부왕에게 '한나라의 왕이 되는 것보다 더 많은 중생을 건지는 것이 소원'이라며 삭발하고 왕비 도솔과 공주 중애를 데리고 입산수도했다고 전해지는 얘기도 믿을 수가 없는 것이다.

그리고 당시 신라와 백제는 원수의 나라로, 특히 진흥왕은 즉위 초에 맺었던 백제와 화친을 깨고 공략해 영토의 일부를 빼앗고 554년에는 잃은 국토를 되찾기 위해 군사를 일으킨 백제의 성왕을 잡아 죽였으며 그 딸이자 위덕왕의 누이인 도솔까지 왕비로 삼지 않았던가. 그런 진흥왕에게 백제가 땅을 내주어 절(선운사)을 짓게 했을리도 만무하지 않은가.

총무스님이 '진흥왕이 죽자 딸을 데리고 친정 백제로 돌아온 도솔은 불심이 깊은 남편을 추모하여(아니면, 남편이 지은 죄업을 씻기 위해) 절을 지은 듯하며, 그 증거가 한 절을 짓는데 백제와 신라의 큰 스님이 힘을 합했다는 기록이 아니겠는가.'라는 추측으로 나의 의문을 풀어주었다. 어쨌거나 그것은 사가들의 몫.

나는 화제를 동백꽃으로 돌렸다. 5백여 년의 수령인 이곳 동백은 대웅전 뒤 1만 5천여 평의 숲에 3천여 그루가 서 있는데 이곳이 우리나라 동백의 최북단 자생지란다. 4월 하순에서 5월 중순에 이르기까지 그 드넓은 숲이 빨갛도록 만발한다는 동백꽃 향기는 상상만으로도 나를 취하게 했다.

'선운사 동백꽃을 보러왔더니, 동백꽃은 아직 일러 피지 않았고……’를 ‘동백꽃은 너무 늦어 보지 못했고……’로 고쳐 부르며 때마침 대웅전 앞에 흐드러지게 핀, 연분홍 일색의 목백일홍을 동백꽃 대신으로 오래도록 지켜보았다.

도솔암을 찾기 위해 극락교를 건너며, 아직 할 일을 숱하게 쌓아둔 채 세상을 떠난 내 중형과, 역시 또 그런 나이에 며칠 전 이승을 떠난 영월 친구를 생각했다. 나무관세음보살.

계곡과 나란히 뚫린 오솔길, 아니 녹음의 터널이다. 숨어 숨어서 흐르다 간간이 돌을 차대는 물소리, 산새의 지저귐, 이른 철에 성급하게 빠지는 도토리가 짝 없는 나그네를 자꾸만 놀린다. 도솔암에 이르는 오솔길의 반 넘어가 짙푸른 터널이다.

‘도솔암 1.2km’의 이정표가 서 있는 곳에서 숨어 흐르던 계곡과 터널을 빠져 나온 오솔길이 가위 형국으로 교차된다. 여태까지와는 반대로 왼쪽이 계곡이요, 다른 쪽이 숲인 것이다. 오솔길을 따르며 한참동안 땀을 내다보니 봉두암 암벽 아랫부분에 뚫린 수십 평 넓이의 굴이 보인다. 사실이야 어쨌건 그곳이 진흥왕의 수도처인 진흥굴이다.

굴에 들어가 잠시 땀을 들인 뒤 다시 오름길을 밟는다.

왕비 도솔이 수도했다는 암자 도솔암은 멀지 않았다. 그 암자에서 서쪽으로 오르면 100m 높이의 직각암벽이 나오고 그 위에 새겨진 높이 30m, 폭 10m의 마애석불을 만나게 된다. 그곳을 끼고 돌아 산에 오르면 형제바위, 용두암, 천길바위(天馬峰. 200m)가 차례로 줄을 잇는다. 그리고 그 마지막이 칠산바다가 홍시빛으로 드넓게 펼쳐지는 장관을 볼 수 있는 낙조대, 심산유곡을 묻어 감춘 총림 위로 우뚝우뚝 솟은 선학암의 암벽들, 도솔산의 금강력사로 불리는 괴석 부동암不動岩. 이른바 '호남의 금강산'이다.

그러나 칠산바다의 해지는 장관을 볼 수 있는 낙조대가 없다면 아마도 그 별명은 변산반도의 차지가 됐을지도 모를 일이다.(1981.9.18.)

새 소리를 벗 삼아 있노라
- 속리산

은혜를 갚는다는 뜻의 보은報恩은 지명으로 걸맞지 않는 느낌을 준다. 그러나 그만한 유래가 있다.

조선조 태조의 왕자들이 왕위를 노려 골육상쟁을 벌인 일이 있었다. 이를 후세에 '왕자의 난'이라 일컫게 되었고 결국은 다섯째 아들 방원을 떠받들던 무사들의 궐기로 둘째인 방과가 왕위를 이어 받아 정종이 되었으며 방원은 그 뒤를 이은 태종이 되었다.

그러나 태종은 왕자의 난으로 목숨을 잃은 한 피붙이 아우들의 죽음 때문에 늘 죄의식에 시달려야 했으며, 뿐만 아니라 두려움 때문에 정사에 몰두할 수조차 없게 되었다. 이러한 태종은 즉위 3년에 신라 때부터 명찰로 유명한 법주사를 찾아 두 아우의 원혼을 달래는 천도 불사를 일으켰다. 그 뒤로는 죄책감과 두려움에 시달리지 않게 되어 태종은 법주사가 있는 고을에 은혜를 갚기 위해 원래의 이름 보령保齡을 보은으로 개칭(1406)했다.

이 법주사를 품고 있는 산 이름 속리俗離 또한 특이하다. 신라 진흥왕 14년(553), 당나라에서 불도를 닦고 귀국한 고승 의신이 흰 노새에 불경을 싣고 다니며 절터를 물색하다가 이 산 속이라면 불법이 안주할 수 있다고 판단하여 절 이름을 법주法住라 했고 그 가람을 품게 된 산을 '법도에 정진할 수 있도록 속세를 떠나 있다.' 하여 속리俗離라 일컬었다는 전설이 있다.

신라 말기의 이름난 학자 최치원은 이 산에 들러 '도는 사람을 멀리 하지 않으나 사람이 도를 멀리하고, 산은 속세를 떠난 것이 아니련만 속세가 산을 떠나 있네.'라는 유명한 시를 남겼다.

보은에서 법주사까지는 40리 길이다. 이 길 중간에 말굽처럼 휘어진 열두 구비의 말티재가 있다. 고승 의신이 흰 노새를 몰고 가 절을 세웠으나 아직 길다운 길이 없어 태종이 길을 뚫었는데 그 후 세조가 속리산을 찾았을 때 어찌나 험한지 연輦(가마)에서 내려 말로 바꿔 타야만 넘어갈 수가 있었기 때문에 말티재라는 이름이 붙게 되었다고 한다.(한편 고려 태조 왕건이 이 고갯길에 얇은 돌들을 깔았기 때문에 '박석薄石재'라는 또 다른 이름으로 불렸다고도 한다.)

태종이 불사를 일으켜 골육상쟁의 죄업을 씻은 지 60여 년 뒤 세조는 또 세조대로 단종의 왕위를 찬탈한 죄업으로 얻게 된 신병을 치료키 위해 이 속리산의 법주사를 찾았다. 그때 세조가 타고 있던 연이 절 들머리에 서 있는 한 소나무의 늘어진 가지에 걸리려 하자 길라잡이가 연꾼들에게 "연이 걸린다!"라고 외쳤는데 그때 가지가 스스로 하늘을 향해 번쩍 쳐들었으며, 환궁하기 위해 이 소나무 밑에 이르렀을 때는 소나기가 쏟아져 비를 피하게 되었다. 이에 세조는 '올 때도 신세를 졌는데 돌아갈 때 또한 신세를 지게 됐다.'며 정이품의 벼슬을 내렸다. 천연기념물 제103호로 지정되어 보호받고 있는 이 노송을 '연송輦松' 또는 '정이품송'이라 일컫게 된 까닭이 여기에 있다.

높이가 15m, 둘레가 4.7m, 동으로 뻗은 가지는 10.3m, 서쪽 가지는 9.6m, 남쪽 가지는 9.1m, 북쪽 가지는 10m나 되는 이 거대한 우산 모양의 소나무는 5백년이 넘도록 한 번도 승진을 못했지만 그 대신 지금은 160원짜리 우표에 그려져 있어 전국적으로 유명한 소나무가 되었다.

이 소나무가 서 있는 곳으로부터 법주사까지 5리 길의 양 옆은 울창한 숲이어서 '오리숲'이라 불린다. 한여름에도 한기를 느끼게 되는 이 숲길에는 새 소리를 벗 삼고 있노라면 그야말로 속세를 떠난 느낌이 든다.

법주사의 대웅전은 2층짜리 웅장한 건물로 무량사의 극락전, 화엄사의 각황전과 더불어 우리나라 3대 불전으로 꼽힌다. 이 밖에도 국보급 유물로는 쌍사자석등(5호), 사천왕석등(15호), 석연지(64호), 팔상전(55호) 등이 있다.

이 중 팔상전捌相殿은, 석가모니의 일생을 여덟 장면으로 요약한 탱화가 있어 '팔상전'이라 부르는 5층짜리 목탑인데 '捌(팔)'과 '八(팔)'은 같은 뜻의 글자이다.

여덟 팔자 얘기가 나왔으니 말인데 속리산과 법주사는 이 여덟이라는 숫자와 연관이 깊다.

우선 속리산이 조선 8경 중의 하나였고 산 이름도 속리·광명·

지명·구봉·미지·형제·소금강·자하 등 여덟이며, 산봉우리도 주봉인 천왕봉(1,058m)을 비롯하여 비로·길상·문수·보현·관음·수정·묘봉 등 여덟이며, 석문 또한 내석문·외석문·상환석문·상고석문·상고외석문·비로석문·금강석문·추래석문 등 여덟이요, 대까지도 문장·입석·경업·배석·은선·봉황·산호·학소대 등 여덟이다.

이 중 학소대는 그 자체의 경치만으로도 빼어난 곳이지만 그 맞은 쪽의 은폭 때문에도 많은 발길들이 모인다. 3m쯤 되는 바위 안쪽에서 떨어지는 폭포는 밖에서 볼 수가 없고 그 물소리만 들을 수 있는, 이름 그대로 '숨은 폭포'인 것이다.

이 폭포를 우암 송시열은 '넘실넘실 흐르는 것이 물인데, 너는 어이 돌 속에 숨어서만 우느냐. 세상 사람들이 발을 씻을까 저어하여, 모습을 숨기고 소리만 내네(洋洋爾水性　何事石中鳴　恐濯塵人足　藏踪但有聲).'라고 읊었다.

이 호서 제일의 명산 속리의 전체 면적(105㎢) 중 충청북도 땅이 7할이고 나머지 3할은 경상북도 상주의 땅이다. 그래서 사람들은 '충청도 속리산' 또는 '경상도 속리산'이라고 하거나, '보은 속리산' 또는 '상주 속리산'이라고들 한다. 그러나 앞에서 간략하게 소개한 명소와 절경들이 모두 충북의 땅(73㎢) 안에 들어 있고 또 그 때문에 1970년에는 상주 땅을 제외시킨 충북쪽의 속리만을 국립공원으로 지정했었다. 물론 그 이듬해에는 속리산 전체가 국립공원으로 다시 고쳐져 지정되었지만.

어쨌든 속세와 떨어져 있어 속리라 이름 하는 이 명산을 두고 보은의 산이니, 상주의 산이니 따지는 그 자체가 산에 대한 모독이요 속인들의 부질없는 입씨름이 아닐 수 없다.

속리가 충북의 산이면 어쩔 것이며 또 경북의 산이면 어쩔 것인가. 우리나라 강역에 이토록 아름답고도 보배로운 명산이 있으면 됐지 내 것, 네 것을 따져서 어쩌자는 것인가.

쇠별꽃이 물결처럼 바람에 일렁이다
- 천왕봉 등정기

지리산의 산행에 가장 많이 이용되는 코스는 화엄사에서 노고단 (1,507m)으로 올라가 그곳에서 지리산의 능선을 타고 종주하는 것으로 알려져 있다.

노고단은 전남 구례와 전북 남원의 경계 지점에 위치해 있다. 그 이름 노고가 할미라는 뜻이고 보면 뭔가 재미있는 전설이 서려 있을 법한데 나에게 그 재미를 누리게 해주는 사람은 물론 그러한 기록 또한 찾지 못했다. 다만 산행 직전에 조사한 바에 의하면 노고단이 지리산 3대 주봉(천왕봉·반야봉·노고단)의 하나며 옛날부터 지리산이 5악 중의 하나인 남악으로 불렸기 때문에 삼국시대부터 지금의 노고단에 남악사라는 사당을 지어 산신을 모셨다고 한다. 그런데 이 사당에서 제를 올리고 돌보는 일은 경로사상에 의해 나이가 제일 많은 노고(할미)가 맡았으므로 그 이름이 노고단이 됐다는 것이다. 또 어떤 기록에는 지리산의 산신이 여신이었으므로 그 여신을 존칭하는 뜻에서 '노고'라 불렸기 때문에 붙여진 이름이라고 되어 있다. 노고단에 오르기 전에 우리 일행은 화엄사로 갔다. 구례 역에서 지리산의 서쪽 발치께인 화엄사까지는 30리길이었다. 여름 해라 길기는 했지만 그렇더라도 저녁때가 가까워진 시간이었으므로 절 구경을 마친 뒤 절 아래 마을로 내려와 하룻밤 여관잠을 자기로 했다. 그렇게 작정을 하니 절을 돌아볼 수 있는 충분한 여유가 생겼다. 여유뿐만 아니라 어떤 스님 한 분을 만나게도 되었다. 스님은 구도를 위한 학문을 전공했고 나는 문학공부를 했지만 따지고 보니 우리는 같은 학교를 졸업한 사이였다. 그러니까 우리는 초면이었지만 훨씬 전에 이미 학연으로 맺어져 있었던 셈이다.

그 스님의 얘기를 따르면 화엄사의 창건주인 연기선사는 자기 어머니의 명복을 빌기 위해 3년 동안이나 기도를 했는데 그곳을 효대라 일컫는다고 했다. 그리고 그곳에는 효성의 상징인 3층석탑이 세워져 있었다. 두 쌍의 사자가 네 귀퉁이에서 기둥 역할을 하며 떠받들고 있는 이 3층 석탑은 나라 안에서 뿐만 아니라 세계에서도 찾아보기 어려운 특이한 구조며 네 마리의 사자도 각기 그 다른 모습으로 일생의 희, 노, 애, 락을 나타내고 있다고 했다. 때문에 국보 제35호로 지정되어 보호받게 됐다는 설명이었다. 또 이 석탑의 한가운데는 비구니의 모습이 새겨져 있는데 그것은 연기선사의 어머니라는 것이었다. 말하자면 여느 탑과는 다른 효의 상징이랄 수가 있었다.

이 효대에서 108계단을 밟고 내려오면 바로 그 오른쪽에 각황전이 있다. 원래 장륙전이라는 이름으로 불렸던 이 불당은 우리나라의 목조건물로는 가장 웅대한 것인데 높이 54척인 기둥 하나가 어림잡

194

아 5층 높이쯤 됨직한 이 웅장한 건물을 떠받치고 있으니 그것을 보는 것만으로도 기가 질렸다.

원래 이 불당은 임진왜란의 병화로 소진되었으며 지금의 건물은 조선조 숙종 때 중건된 것이라 하는데 그때 추녀에서 일을 하던 한 인부가 실족하여 비명을 지르며 떨어지자 마침 그 밑에 있던 스님이 그 인부를 덥석 받아 목숨을 살렸다는 얘기가 남아 있다. 사실로 받아들이기에 어려운 이 전설은 그러나 이 건물이 얼마나 높은가 하는 것을 와 보지 않은 사람에게도 짐작할 수 있게 해 준다. 물론 이 불당도 국보(제67호)로 지정되어 있다.

이 밖에도 화엄사는 많은 보물들을 간직하고 있으나 이 글에다 그것들을 일일이 다 소개할 수는 없는 노릇이다. 다만 여기에다 한 가지 덧붙이고 싶은 것은 지리산의 산세와 그 품에 안겨 있는 화엄이라는 절의 이름에 관한 것이다. 흔히 지리산을 일러 지덕을 갖춘 영산이라고 하는데 이러한 품속에 안긴 절 이름 화엄이 '만행萬行과 만덕萬德을 닦아 덕과德果를 장엄하게 한다.'는 뜻이고 보면 반드시 화엄사를 거쳐서 지리산에 오르는 것이 마땅하다는 생각이다.

날이 어두워져 잠자리로 향하려 하자 스님이 작별을 아쉬워하며 한마디 건넨다.

"내년 곡우에 한 번 더 들르시죠."

내가 어째서 하필이면 곡우냐고 묻자 스님은 요령 있는 대답으로 시간을 절약했다.

화엄사 일주폭에서 왼쪽으로 담배 한대참에 남악사라는 사당이 있는데 그곳에서는 매년 곡우절에 약수제를 지낸다고 했다. 그 약수제는 이곳의 자작나무에 상처를 내어 받은 수액을 사당에 바친 뒤 사람들이 마시는 것인데 그 자작나무의 수액은 만병통치의 영험이 있다고 알려져 그때가 되면 일대가 사람으로 뒤덮인다는 것이었다. 곡우절을 전후하여 2~3일 동안에만 얻을 수 있는 자작나무의 수액이 몸에 좋대서가 아니라 스님으로부터 얻은 그 정보는 나를 기쁘게 했다. '신라 때 비롯되어 고려 때까지 이어졌던 산신제가 노고단 남악사에서 행해졌었다.'는 기록만을 접했던 나에게 그 이후의 산신제와 남악사를 알게 해 주었기 때문이었다.

사실 우리는 그 스님을 만나지 못했다면 전혀 백지상태로 지리산에 오를 뻔했다. 우리는 이미 스님으로부터 지리산의 별칭과 그 유래에 대한 지식을 얻고 있었다.

남악산, 두류산, 봉익산 등이 지리산의 별칭들인데 남악은 단순히 위치 때문에 붙여진 별칭이지만 두류와 봉익은 그렇게 단순한 것만은 아니었다. 백두산의 맥이 흘러내리다 멈추어 이룬 산이라 하여 '두류'가 됐으며, 봉의 날개와 같은 산세여서 '봉익'으로 부르게도 됐다는 것이 스님의 설명이었던 것이다. 이렇듯 여러 가지 지식을 얻게 된 곳이 화엄사였으므로 절에서 보낸 시간은 아무리 일정이 바쁜 산행이었지만 결코 해찰일 수는 없었다.

이튿날, 우리는 이른 아침에 다시 화엄사로 올라가 그 오른쪽 옆구리를 끼고 돌아 자갈길을 5리쯤 걸었다. 자갈길이 끝나는 곳에 통나무다리가 걸쳐져 있었고 그곳에서 10리(약 4㎞)쯤 오르니 리더인 키다리가 그제서야 일행에게 배낭을 벗어도 좋다고 했다. 그는 담배를 피워 물며 '바로 여기가 코재야'라고 뱉듯이 말한 뒤 덧붙였다. 코가 닿을 정도로 가풀막진 오름길이었다. 한참 쉰 뒤 60~70도의 경사를 오르기 시작했다. 익살스런 이름 '코재'였지만 익살을 부릴 여유는커녕 그야말로 코가 빠질 지경이었다. 그 험한 길은 10리쯤 오르고 나니 끝이 났다. 그곳이 곧 노고단이었다. 우리는 눈썹바위 위에 널부러지고 말았다.

"코가 닿은대서 코재가 아니라 코가 빠진대서 코재야, 노고단이 아니라 노곤단이네."

나는 익살을 떤다고 떨었건만 일행은 아무런 반응이 없었다. 머쓱해져 큰대자로 누웠던 몸을 일으키고 일행을 둘러보니 모두들 넋을 잃고 산 아래를 바라보고 있었다. 발 아래로 구름바다가 펼쳐져 있었고 군데군데에 산봉우리들이 섬처럼 떠 있었다. 키다리의 설명에 의하면 '지리산 10경' 중의 하나인 '노고운해老姑雲海'가 바로 그것이라는 것이었다. 모두들 노고운해에 넋이 빠져 있었던 것이다.

구름을 타고 앉은 우리 신선들에게 찬물을 끼얹은 것은 키다리였다. 노고단에서 주봉인 천왕봉까지는 능선을 타고 1백리쯤 가야 한다는 것이었다. 그 길을 이름 하여 '능선종주 코스'라고 덧붙이며 길을 재촉했다.

노고단을 떠나 임걸령 총각샘에 닿았다. 노고단에서 10리길이라 했다. 어째서 총각샘이냐고 물었더니 처녀들이 그 물을 마시면 자기가 뜻한 총각을 얻을 수 있대서 그렇게 부른다고 키다리가 대답했다. 일행 중의 두 처녀가 키들거리며 샘물을 마실 때 키다리가 눈짓으로 자기가 꾸며낸 얘기임을 밝혔다. 그러나 두 처녀에게 실망을 안겨주는 것도 죄악이다 싶어 우리는 치솟는 웃음을 죽이며 시치미를 떼야 했다. 그녀들이 물을 마시고 오자 키다리가 남쪽 아래를 가리켜 불무장동과 왕시루봉을 짚어주고 그 두 능선 사이가 피아골이라는 설명을 했다.

나는 산행을 위해 준비한 노트를 꺼내 보았다. 피아골이 여순반란사건 당시 공비토벌로 유명하다는 것은 대개 다 아는 사실이지만 정유재란 때의 전적지라는 점은 그다지 널리 알려진 것이 아니다.

내 노트에는 '구례 출신의 왕득인, 왕의성, 이정익, 한호성, 양응록, 고정철, 오종 등의 수만의 왜병을 맞아 싸우다 장렬한 전사를 했던 곳'이라 적혀 있었다. 그때 그 칠의사의 피, 여순반란사건 때 공비의 거점이어서 숱한 젊은이가 흘린 피 때문에 얼핏 우리는 피아골이라는 이름을 격전지와 연관시켜 생각하게 되나 실인즉 그 이름은 좀 엉뚱한 것이었다.

옛날 어려운 농민들이 그곳에 밭을 일궈 피(稗)를 가꾸어 먹었기 때문에 '피밭골'이라 불렀던 것이 세월 따라 변하여 '피아골'이 됐다는 것이다. 그러나 그곳을 격전지와 연관시키기를 고집하는 이들은 그때 흘린 피 때문에 그곳의 단풍이 진하다고 하기도 한다.

어쨌거나 지리산에는 단풍으로 유명한 곳이 피아골인 것만은 사실이고 예로부터 '직전단풍稷田丹楓'이라 하여 그 또한 지리산 10경

중의 하나로 꼽혀왔다.

노루목은 임걸령에서 산대숲을 빠져나와 한 시간 남짓한 거리였다. 그리고 그곳에서 다시 반 시간쯤 더 걸으면 낫의 날처럼 생겼대서 붙여졌다는 낫날봉이 나오고 그곳에서는 지리산의 제2봉인 반야봉(1,732m)이 저만치 물러나 보인다. '반야낙조'도 10경 중의 하나이다. 하지만 빡빡한 일정에 그 장엄하다는 낙조를 보기 위해 한나절을 허비할 수도 없는 노릇이어서 우리는 노고단의 구름바다 위에서 잠시나마 신선 노릇을 할 수 있었던 그것만으로 만족하기로 했다.

우리는 다시 걸음을 서둘러 앞뒤가 툭 트인 연하굴을 지나 벽소령을 향했다. 그곳에 샘터가 있다고 했다. 타는 목도 목이지만 허기진 배를 채워야 하는 것이 무엇보다도 급선무였다. 그토록 젖 먹은 힘을 다 썼건만 점심때가 너무나 기울어져 있었던 것이다.

허기진 배를 채워 다시 얻은 힘으로 우리는 칠선봉을 향했다. 바위 일곱 덩이가 형제들처럼 우애 좋게 모여 있는 듯한 이곳까지는 (벽소령으로부터) 5리길이었다. 칠선봉에서는 세석평전이 마주 보였다. 그러나 그곳까지는 10리 가까운 비탈길이었다. 그리고 그곳에서 10분쯤, 저리는 오금을 참아내니 드넓은 고원이 펼쳐졌고 산장이 나타났다. 그 산장이 누구라도 반겨줄 듯이 외롭게 보인 것은 피로에 지친 우리들의 눈 탓인지도 몰랐다. 신기루의 현상과도 비슷한 그러한 착시 말이다. 중론에 따라 우리는 세석산장에서 하룻밤을 묵기로 했다.

산장에 배낭을 부리고 난 우리에게 크나큰 감동을 안겨 준 것은 '쇠별꽃'이었다. 여태까지 듣도 보도 못했던 그 꽃은 코스모스를 닮은 것이었다. 쇠별꽃으로 펼쳐진 분홍색 융단이 물결처럼 바람에 일렁이고 있었다. 키다리가 그 쇠별꽃과 우리가 그냥 지나쳐온 반야봉, 그리고 아직 오르지 못한 천왕봉에 얽힌 신화를 신바람 나게 풀어 놓았다.

아득한 옛날, 천왕봉에 마야고라는 여신이 살고 있었다. 그런데 그 마야고는 반야봉에 사는 남신 반야를 지극히 사랑하는 처지였다. 마야고는 자기의 사랑을 전하기 위해 반야에게 한 가지 선물을 하기로 했다. 그리고 오랜 날을 거쳐 나무껍질에서 뽑아낸 실로 옷감을 짰다. 옷감이 마련되자 이번에는 정성을 다하여 옷을 짓기 시작했다. 이윽고 옷이 완성되었으나 아무리 기다려도 반야는 영 나타나질 않았다. 그러던 어느 날, 마야고는 쇠별꽃 무더기가 마구 일렁이는 것을 보게 되었다. 반야가 그 꽃밭을 헤치며 달려오는 것으로 알고 마야고는 가슴이 터질 듯이 기뻤다. 그러나 그것은 반야가 아니고 바람의 장난이었다. 실망한 마야고는 다시 반야 생각에 묻혀 하루하루를 보내야 했다.

그렇게 며칠이 지난 뒤 마야고는 또 다시 꽃밭이 일렁이는 것을 보았다. 이번에는 틀림없이 반야라고 생각한 마야고는 반야에게 줄 옷을 가지고 꽃밭 쪽으로 급히 달려갔다. 그러나 반야의 모습은 보이지 않았다. 이번에도 바람에 속은 것이었다. 치솟는 화를 누르지 못한 마야고는 반야를 위해 정성스레 지은 옷을 발기발기 찢어 바람에 날려버렸다. 그러고도 화를 누를 수가 없어 매일 같이 자기 모습을 비춰보며 얼굴을 가꾸었던 천왕봉 꼭대기의 우물까지도 신통력으로 메워버리고 말았다. 반야를 잊기로 한 이상 얼굴을 가꿀 필요가 없었던 것이다.

그런데 그때 마야고에 의해서 찢겨 날린 옷의 실오라기는 소나무에 걸려 거기에 붙어 사는 풍란이 되었고 또 마야고의 신통력에 의해 메워진 우물은 천왕봉 밑에서 다시 샘으로 솟아올랐다. 때문에 후세 사람들이 소나무에 기생하는 풍란을 '환란'이라 이름 붙였고 천왕봉 밑 장터목의 샘물을 '산희샘'이라 불러 주었다. 또 마야고의 노여움을 풀어 주기 위해 천왕봉에 사당을 세우고 마야고의 상을 봉안했다. 그 사당의 이름은 '신모묘'였다.

키다리의 애기를 들으면서도 우리는 바람에 일렁이는 쇠별꽃 밭에서 눈을 뗄 수가 없었다.

"쇠별꽃이라고 하는 저 꽃의 학명이 뭔진 나도 몰라."

키다리가 말했다. 그러나 나는 쇠별꽃의 학명 따위에는 관심이 없었다. 그냥 '쇠별꽃'으로 만족할 수가 있었다. 오히려 내게 있어 궁금한 것은 할미라는 뜻의 '고姑'자였다.

"신모묘의 마야고와 노고단의 노고는 같은 여인인가?"

"그것도 알 수 없어. 어쨌든 이 지리산의 산신이 여신인 것만은 틀림없어."

키다리의 애기는 계속되었다. 세석평전이라는 이름은 잔돌이 많아서 붙여진 이름이며 이 고원은 둘레가 30리나 되어 남한 최대의 것으로 꼽힌다는 등의 얘기였다. 지리산 10경 중의 하나로 '세석척촉細石躑躅'을 꼽는데 5월 초순부터 6월 말까지 피는 철쭉의 꽃천지와 철쭉제 또한 유명하다는 얘기도 덧붙였다.

저녁 식사 때 반주에 얼큰해진 키다리가 마치 수수께끼라도 내듯이 물었다.

"이 지리산을 죽어라고 미워한 사람이 있는데 그게 누군지들을 알아?"

아무도 대답을 못하자 이성계라고 밝히고 그에 얽힌 얘기를 풀어놓았다.

이성계가 개국의 웅지를 품고 전국의 명산을 찾아다니며 재齋를 올리고 나서 소지燒紙(신령에게 비는 뜻으로 희고 얇은 종이를 불살라 올리는 일)를 했는데 이 지리산의 재 때에는 소지가 오르지 않았다는 것이다. 그래서 이상히 여기고 알아봤더니 왕건의 어머니인 위숙왕후가 바로 이 지리산에서 치성을 드려 낳은 이가 왕건이었다는 것이었다. 그 사실을 안 뒤부터 이성계는 지리산을 지독하게 미워했으며 때문에 왕위에 오른 뒤에도 귀양을 보낼 때는 꼭 지리산의 한 기슭인 전라도로 보냈다는 얘기였다.

하룻밤의 충분한 휴식으로 우리는 다시 원기를 회복했으므로 이튿날 이른 아침에 세석산장을 출발하여 주봉을 향했다. 그곳에서는 삼신봉 능선을 타면 저 유명한 불일폭포로 갈 수도 있다고 했다. 그러나 우리는 쇠별꽃밭을 가로질러 촛대봉으로 통한 완만한 경사길을 택했다. 지리산 제1봉인 천왕봉이 애초의 우리들 목표였기 때문이다.

촛대봉을 떠나 한 시간 남짓 걷자 밀림이 나타났다. 앞뒤로 길만 나 있을 뿐 좌우가 꽉 막혀 겁을 먹게 만드는 코스였다. 그러나 그런 두려움도 10여 분만에 완전히 걷혔다. 갑자기 앞이 확 트이며 장터목산장이 나타난 것이었다. 바로 그 산장 밑에 마야고가 천왕봉의 우물을 메웠기 때문에 자리를 옮겨 솟게 되었다는 산희샘이 있었다.

"이 샘물을 마시면 마야고처럼 실연당한다는데."

내가 즉석에서 꾸민 거짓말은 아무런 효력이 없었다. 차디찬 샘물로 충분히 갈증을 푼 뒤 우리는 산장 위로 난 능선을 타기 시작했다. 제석봉과 이어진 길이었다. 그곳은 태고를 느끼게 하는 고사목 지대였다. 여태까지 지나온 그 어느 곳보다도 우리에게 많은 필름을 소비하게 만든 곳이기도 했다.

그곳을 지나 10여분쯤 걷자니 중산리계곡이 내려다 뵈는 낮은 벼랑이 나타났다. 우리는 키다리를 따라 그 벼랑 밑으로 내려섰다. 바로 그곳에 하늘로 통하는 문이라고 일컬어지는 통천문이 있었다. 신선들도 이 통천문을 통과하지 않고는 하늘에 오르지 못한단다.

우리는 통천문을 빠져 나가기 위해 통나무 사다리를 타고 올랐다. 통천문을 빠져나온 지점에서 10여분 거리에 천왕봉이 있었다. 하늘과 통하는 문이 아니라 천왕봉과 통하는 문이라는 뜻의 통천문이라 함이 옳았다.

"아, 드디어 천왕봉이로구나!"

나는 나도 모르게 탄성을 올리고 말았다. 하기야 나만 내지른 탄성도 아니었다. '智異山 天王峰 1,915m'라고 새겨진 표석이 눈물겹도록 반가웠다. 그 표석의 뒷면에는 바로 그 지점이 경상남도의 땅임을 밝히고 있었다.

키다리가 칠선계곡을 내려가 마천으로 가서 하산주를 하자고 코스를 통보했으나 우리에게는 그 말이 귀에 들리지 않았다. 맑게 개인 날, 멀리는 한라산 그리고 가깝게는 다도해와 무등산 등이 내려다보인다고 해서 우리는 그것들을 찾기에 여념이 없었다.

"김형, 지리산에 붙은 나쁜 별명이 무엇 무엇인지 알아?"

"이런 영산에도 나쁜 별명이 다 있어?"

"어제 얘기했잖아. 이성계가 재를 지낼 때 소지가 오르지 않는다구. 그래서 이성계가 이 산에다 불복산不伏山, 반역산反逆山이란 별명을 붙였다는군. 그뿐만 아니라 6·25 때문에도 나쁜 별명 하나가 더 생겼지."

"그건 또 뭐야?"

"공비들 때문에 적구산赤拘山이란 별명을 얻게 된 거야."

"그만 해. 산신령께서 노하시겠어."

나는 키다리의 입을 막고 나서 다시 한 번 사방을 휘둘러 본 뒤 혼잣말처럼 중얼거렸다.

"지리산을 자세히 알려면 몇 번이나 올라 와야 할까?"

내 말에 키다리가 대답했다.

"아마 평생을 지리산에서 살아도 어려울 거야!"

나는 그 대답에 고개를 끄덕이지 않을 수가 없었다. 산 둘레만 해도 800리라니 평생인들 어찌 이 산을 알기에 충분하겠는가. 그렇듯이 장엄한 지리산의 산행기를 또 단 한 번의 등산을 밑천으로 쓴다는 것 자체가 산에 대한 모독인 것이다.(1990.10)

숲과 계곡이 가슴을 열고 끌어들이다
– 통도사

영취산을 바라보며

산문을 향해 부지런을 피우는 나그네의 눈길에 저만치 기다랗게 누운 영취산이 잡힌다. 산의 석벽들에는 잔설을 벗지 못한 듯한 눈부심들이 있다. 바위 자체가 지닌 흰 빛깔 탓도 있겠지만 부질없이 푸르고 높은 하늘 탓도 컸다. 그리고 그 바위산으로 기다랗게 이어지는 철 지난 단풍, 참으로 소삭한 정경이었다.

산문 앞의 초라한 음식점 평상에 걸터앉아 카메라로 영취산의 원경을 잡고 있자니 묵과 막걸리를 내온 주모가 순 경상도 식으로 웃고 나더니 말을 건넨다.

"사진 박으러 왔능교? 통도사 드가면 쌔삐릿는데 머할라꼬……."

통도사 경내에 얼마든지 아름다운 경치가 많은데 무엇 때문에 볼품없는 빈산을 찍느냐는 얘기인 듯했다.

"할머니, 저 산 이름이 뭐죠?"

"영축산 아닝교?"

주모의 발음은 분명히 영축산이라고 했다. 나는 이 주모 말고도

206

벌써 두 사람에게나 똑같은 질문을 했었고, 그때마다 영축산이라는 똑같은 대답을 들을 수 있었다. 통도사에 관한 기록들에는 한결같이 영취산으로 나와 있는데, 이곳 사람들의 입에서는 한결같이 영축산으로 발음되어지고 있었다. 문제는 '취鷲'자를 서책 류의 문서에서는 '취'로 읽는데 반해 이곳 사람들은 '축'으로 발음한다는 데 있다. 하기야 공연스레 멋대가리 없는 얘기를 꺼내놓고 이러쿵저러쿵 따지고 드는 느낌이 없지도 않지만 그래도 이 경우는 좀 더 확실한 것을 밝혀두는 것이 좋을 듯하다.

≪대한한사전≫의 조부鳥部 12획을 찾아보면 '취鷲'자는 '취'의 발음과 '독수리'의 뜻 외에는 없다. 해인사가 있는 합천陜川의 경우처럼 '좁을 협'자도 되고 '땅 이름 합'자도 되는 융통성 있는 글자가 못 된다. 다만 고음이 '츄'였다는 것만 밝혀져 있다. 그리고 '취'자의 성어인 취산이 다음과 같이 풀이되어 있다.

'鷲山 : 영취산靈鷲山의 약자. 인도 마가다국의 왕사성 동북에 있으며 석가가 법화경을 설법했다고 하는 산. 취령鷲嶺.'

이 사전풀이에 그 근거를 둔다면 통도사라는 절 이름은 '영취산의 기운이 서역국 오인도의 땅과 통한다고 해서 붙여진 이름'이고 또 '통도사가 위치한 이 산의 모습이 부처님께서 설법하셨던 인도 영취산의 모습과 통하므로(此山之刑 通於印度 靈鷲山形)' 절 이름을 통도사라 했다니까 마땅히 그 산 이름도 영축산이 아닌 영취산이어야 옳은 것이다. 그런데도 영취산이 영축산이 되어 이 고장 사람들의 입에서 오랜 세월을 두고 굳어져버린 데에는 그만한 무슨 까닭이 있는 것일까? 까닭이야 있겠지만 그것을 밝혀 가리는 일이 내 임무가 아니므로 나는 시급한 시장기부터 채우기로 했다.

물이 좋아서인지 아니면 도토리묵 안주 탓인지, 막걸리는 혀를 구슬르고 시장한 배를 달랜 뒤 내 얼굴을 연꽃처럼 붉게 만들었다.

"취? 축?"

단념했던 생각이 이렇게 되살아나자 막걸리 한 잔에 부처의 마음을 흉내낸 내 마음이 '취면 어떻고 축이면 또 어떻노?' 하고 아무 것도 아닌 일을 미주알고주알 캐고 드는 중생의 하릴없는 밴댕이 속인, 또 하나의 다른 나를 이렇게 일깨운다.

통도는 무풍교로부터 펼쳐진다.

맑은 두 계곡의 합수지점이기도 한 이곳은 저 깊은 영취의 품으로부터 비롯되어 끈질기게 이어지던 숲과 계곡이 터억 가슴을 열어 사바세계를 끌어들이는 그런 너그러운 지형이기도 한데 이곳이 곧 통도 8경 중의 제1경인 '무풍한송舞風寒松'이다.

그 무풍교를 지나자니 산문금훈주山門禁葷酒(산문에서는 파, 마늘과 술을 금하라)를 어긴 나그네에게는 무풍한송舞風寒松이 무풍한송舞風閑松으로 느껴졌다. 얼큰한 김에 좀 교만을 떨자면 '꽃은 반만 핀 것을 보고 술은 조금 취하도록 마시면 이 가운데 무한한 가취가 있다.'는 《채근담》의 말에 따라 적당하게 산문금훈주를 어긴 것도 괜찮다는 생각이다.

일주, 천왕, 불이문

왼쪽으로 맑디맑은 계류가 흐르고 오른쪽엔 청청한 소나무의 태고림이 5리나 이어져 '유수천년통도사流水千年通度寺'에 이른다. 그러나 그 길은 놀랍게도 평탄하기만 하여 아직도 더 높은 길을 올라야 절에 이를 수 있지 않을까 하는 의구심이 들었다. 그러나 길은 평탄한 채로 5리를 내뻗다가 우뚝 멈추어 그곳에 일주문을 마련해 놓고 통도사가 불佛의 종가요 나라에선 으뜸가는 사찰임을 순례자들에게 다시금 일깨워준다.

일주문이란 기둥을 네 귀에 세우는 건축양식이 아니라 '일一'자 꼴이 되도록 한 줄로 늘어 세워 지붕을 이게 하는 방법인데, 절로 들어서는 첫 문이다.

이 일주문에 걸린 견디기 힘들 지경으로 크고 묵직한 글씨 영취산통도사靈鷲山通度寺가 고함처럼 나그네의 귀를 때린다. 흥선대원군의 필적이다. 그의 필적은 이밖에도 대웅전의 금강계단이나 대방광전으로도 걸려 있고 원통소의 편액도 역시 그의 필적이다. 이곳 말고도 화계사를 비롯한 전국의 사찰에서 우리는 대원군의 편액을 자주 대할 수가 있는데, 그것은 그가 불교를 숭상했던 확증이기도 하다.

어쨌거나 산골짜기 깊숙이까지 들어와서, 그것도 평지에 이토록 큰 가람이 이루어져 있다는 것은 아무리 보아도 신기하기만 했다. 그런데 일주문과 천왕문을 지나 범종각에 이르면 그곳 누상에서 그 누각의 임무나 유래 따위와는 아무런 관계도 없는 시 한수를 읽게 된다. 환성이라는 지은이도 순례자들에게 우선 이곳이 우리나라 평지사찰의 으뜸인 것을 먼저 일깨우고 싶었는지 다음과 같이 시 한 수를 읊었다.

동구는 들판과 잇대어져 있고

누대는 작은 산봉우리를 감추고 있네.

게으른 스님은 쓸지 않아

꽃잎이 뜰 가운데 가득하다.

이 시의 낙화만정심落花滿庭心이란 구절을 낙엽만정심落葉滿庭心으로 고치면 지금 나그네가 찾는 통도의 풍경 그대로였다. 하지만 마당을 어지럽히고 있는 낙엽이 어찌 스님의 게으른 탓이겠는가. 이 절을 찾아 그것을 보는 중생에게 무상을 일깨우는 부처의 깊은 뜻일 수도 있지 않겠는가.

범종각에는 범종 말고도 홍고와 운판 그리고 목어 등이 걸려 있다. 모두 부처님께 예를 올릴 때 사용되는 것들이며 사물이라고도 한다. 그러나 각기 지닌 독특한 음으로 부처님의 말씀을 전하기도 한단다. 즉 범종은 지옥의 중생에게, 그리고 홍고는 축생, 운판은 조류, 목어는 어류에게 그 각기 다른 독특한 음색과 울음으로 부처님의 말씀을 전한다고 한다.

범종각을 지나면 절로 들어가는 마지막 문인 불이문을 나선다. 이 문은 '둘이 아닌(不二) 법문'을 뜻하는 것이며 또 '불이법'이란 우주의 모든 것이 평등하여 차별이 없는 불법을 말하는 것이다. 저 흥미롭고도 유명한 《유마경》도 결국은 우리 중생으로 하여금 이 불이문에 들도록 하기 위한 설법이다.

우연히 알게 되어 통성명을 하게 된 무애 스님이 천정을 가리킨다. 불이문의 천정은 대들보를 쓰는 대신 코끼리와 호랑이가 머리로 지붕을 떠받들어 그 무게를 유지케 한 것이 단조롭고 특별한 공법이라는 것이었다.

그때 한 미국인 노파가 불이문 안에서 머뭇거리다가 대웅전 쪽을 가리키며 들어가도 되느냐고 묻는다. 아마도 그 경건한, 그러면서도 적요한 분위기와 대웅전의 웅장한 모습에 기가 질렸던 모양이었다.

이 대웅전이 처음 세워진 것은 신라 선덕여왕 15년(646)이었다. 그때 자장율사가 세운 대웅전은 오랜 세월의 풍우에 시달려 다시 고쳐 세우기도 하고 증축을 하는 등 여러 차례 그 모습을 바꿔오다가 임진왜란 때에는 완전히 소실되고 말았다. 지금의 건물은 조선 인조 23년(1645)에 우운대사에 의해서 중건된 것이고, 다만 연화문 축대와 계석문양이 희미하게나마 신라의 숨결과 자장의 체온을 느끼게 해준다.

무불상無佛像의 대웅전

원래 대웅이란 석가모니불을 이른 말로 어느 절이든 대웅전이 없을 수가 없고 또 대웅전에는 으레 석가모니 불상을 모시게 되어 있다. 그러나 이 '불지종가佛之宗家 국지대찰國之大刹'인 통도의 대웅전에는 석가모니불을 모시지 않고 있다.

그 까닭은 대웅전 바로 뒤에 있는 계단 사리탑에 부처님의 진신사리가 모셔져 있기 때문이다. 부처님의 진신사리가 봉안되어 있는데 굳이 부처님의 모습을 만들어 모실 필요가 없다는 것이었다. 그러면 우리는 여기에서 잠시 석가모니불의 몸에서 나온 진짜 사리가 이곳에 어떻게 모셔지게 되었는지 살펴볼 필요가 있다. 왜냐하면 통도사가 불지종가요 불보 사찰로 불리게 된 것이 바로 그 부처님의 진신사리를 모시고 있다는 데 연유하기 때문이다.

그리고 또 그에 앞서 자장의 얘기부터 꺼낼 필요를 느낀다. 그것은 이 통도사가 자장에 의해 창건되었을 뿐만 아니라 부처님의 진신사리가 그의 손에 의해 이곳에 봉안되었으며 그 이후 1천 4백년의 세월이 흐르는 동안에도 이곳 통도사는 그의 법의 자락에서 한 치도 떨어질 수 없게끔 단단한 법연法緣에 얽혀 있기 때문이다.

자장의 아버지 김무림은 아주 지체 높은 귀족으로 소판이라는 벼슬까지 지냈으나 늙도록 자식이 없자 부인과 함께 천수관세음보살에게 빌어 자장을 얻게 되었다. 자장은 두뇌가 남달리 명석했고 많은 학덕을 쌓았으며 아내를 얻어 가정까지 이루게 되었다. 그러나 그의 부모는 그가 행복한 일가를 이루는 것을 보지 못한 채 일찍 세상을 떠났다. 자장은 그 슬픔을 이기지 못하여 아내를 버리고 산속으로 들어가 고골관枯骨觀을 닦기 시작했다. 백골관白骨觀이라고도 부르는 이 수도법은 한마디로, 사람의 시체를 마음속에다 그리는 방법이다.

죽어 누워있는 시체, 그것을 파먹는 짐승과 새 그리고 종당에는 백골만이 남아 뒹구는 모습……. 이렇게 죽음을 생각함으로써 인생 무상을 깨닫고 또 그럼으로써 마음속의 모든 욕망을 씻어버린 후 진리를 깨닫는 수도법이다.

자장이 이런 열렬한 수도를 하고 있을 때 조정에서는 그에게 줄 높은 벼슬자리를 마련했다. 그러나 자장은 응하지 않았다. 재차 왕명이 내렸다.

"다시 거역하면 목을 베리라."

자장은 왕명을 전하러 온 관리에게 또렷또렷한 목소리로 대답했다.

"내 차라리 하루 동안 계율을 지키다 죽을망정 계율을 어기고 백 년 동안 살기를 원치 않소."

자장의 뜻을 굽힐 수가 없음을 안 왕은 더 이상 그의 수도를 방해치 않았다. 이윽고 자장은 당으로 건너가 수행을 하였고, 그는 고명한 승려로 당태종에게까지 두터운 신임을 받았으며 많은 사람들에게 계를 내려주었다. 계란 승려들이나 불도들이 지켜야 할 행검을 말하는 것이다.

세월이 흘러 그가 당에 와 머문 지도 어언 7년이나 되었다. 그러던 어느 날, 당나라 태종은 그를 불러 본국에서 돌려보내 달라는 간곡한 청이 있었음을 알렸다. 그리고 비단 등 많은 선물을 하사했다. 자장은 태종에게 받은 선물과 전부터 얻어 받들고 있던 부처의 사리와 불경, 부처님의 가사 등을 배에 싣고 귀국길에 올랐다. 귀국하는 즉시 열렬한 환영을 받았고 태국통에 임명되었다.

자장은 당시 나라의 숙원인 삼국통일의 상징이 되는 9층탑을 황룡사에 세우고 그곳에다 당에서 가져온 부처의 사리 일부를 봉안했다. 그리고 이듬해 영취산 기슭으로 들어와 계율종을 이룩할 터전을 잡았다. 그것이 바로 계단을 만드는 일이었다. 계단이란 계를 받기 위해 의식을 베푸는 곳으로 평지에다 넓고 높은 단을 만든 다음, 그 한복판에 부처의 사리를 모신 사리탑을 세우는 것이었다.

사방이 약 10m쯤 되는 단을 쌓아 그 위에다 다시 사방이 약 7m쯤 되는 단을 쌓아 2층이 되게 만들고 그 한복판에는 마치 솥을 엎어 놓은 형국으로 돌 뚜껑을 만들어 그 속에 부처님의 진신사리를 모셨다.

현재 대웅전 뒤에 있는 계단이 그때 자장의 손에 의해 이루어진 것이다. 그러나 이 계단은 1천 4백여 년의 세월이 흐르는 동안 여러 차례 수리를 해 왔기 때문에 당시의 모습 그대로는 아니지만 그 윤곽만은 아직도 뚜렷하게 남아 있다. 단의 네 귀에는 불법을 수호하는 사천왕을 만들고 또 단의 벽에는 부처님을 비롯한 천인상을 새겨 엄숙한 분위기를 자아내도록 꾸민 것이다.

구룡신지

계단의 이름은 '금강金剛'이라 했다. 이 세상 아무것도 금강을 깨뜨릴 수 없지만 금강은 모든 것을 깨뜨릴 수가 있으니 그러한 금강과 같은 지혜로서 일체의 번뇌와 망상을 없애 버린다는 깊은 뜻이 담긴 것이다.

금강계단이 이루어지자 머리를 깎지 않은 사람들은 물론, 머리를 깎고 이미 승려가 되어 있는 사람들도 그곳으로 몰려들어 자장에게 계를 받았다. 그 수효가 얼마나 많은지 신라 사람 전체라 해도 과히 틀린 말이 아닐 정도였다고 한다. 이렇게 모두 부처님의 뜻을 좇아 바른 생활을 이루도록 했다. 그런데 자장이 이곳에다 계단을 세우게 된 데에는 또 그만한 까닭이 있었다.

기록에 의하면 그는 이미 당나라에 있을 때부터 이곳에다 계단을 세울 계획으로 있었던 것이 분명하다.

638년의 일이었다. 자장이 널리 불법을 구하여 당나라로 건너가 종남산 운제사라는 절에 모셔진 문수보살상 앞에 가서 밤낮으로 열심히 불도를 닦고 있을 때였다.

어느 날, 문수보살이 한 범승(인도의 중)으로 화하여 자장 앞에 나타나더니 물었다.

"그대는 먼 변두리 땅에서 온 모양인데 도대체 무슨 법을 구하려고 그토록 먼 길을 왔는가?"

"오직 불법을 구할 따름입니다."

그러자 범승은 가사 한 벌과 진신사리 1백 알, 불두골과 손가락 뼈, 염주와 경전 등을 자장에게 주면서 다시 말했다.

"이것은 내 스승 석가여래께서 친히 입으셨던 가사이며, 또 이 사리들은 부처님의 진신사리이며, 또 이 뼈는 부처님의 머리와 손가락 뼈다. 그대는 말세에 계율을 지키는 사문이 될 것이므로 내 이것을 그대에게 주노라. 그러니 그대는 이것을 받들어 모시고 있다가 귀국하거든 그대 나라의 남쪽 취서산(영취산의 옛 이름)에 모셔라. 취서산 아래에는 독룡이 살고 있는 연못이 있는데, 그곳의 용들이 독을 내뿜어 모진 바람을 일으켜 곡식을 상하게 하고 백성들을 괴롭히고 있다. 그러니 그대가 가서 그 연못을 메우고 금강계단을 쌓은 뒤 이 부처님의 진신사리를 봉안하면 물, 바람, 불의 3재를 면하게 되어 만대에 이르도록 화평할 것이다."

자장은 범승으로부터 받은 불사리, 가사, 불두골 등을 소중하게 받들어 모시고 있다가 귀국할 때 태종이 준 선물과 함께 배에 싣고 왔다.

자장은 귀국 후 선덕여왕과 함께 취서산을 찾아내고 독룡들이 산다는 못에 이르러 용들을 위한 설법을 했다. 용들은 악한 마음을 버리고 항복했다. 그런 뒤 자장은 못을 메우고 그 위에 계단을 쌓았던 것이다.

이러한 기록 외에도 그것을 뒷받침하는 전설이 대웅전의 서쪽 옆에 있는 구룡지에 남아 있다. 그때 자장에게 항복한 독룡은 모두 아홉 마리였는데 그 중 다섯 마리는 오룡으로, 세 마리는 삼동곡으로 갔으나 오직 한 마리만은 굳이 그곳에 남아 터를 지키겠다고 굳게 맹세하였으므로 자장은 그 용의 청을 들어 연못 한 귀퉁이를 메우지 않고 남겨 머물도록 했다. 그곳이 지금의 구룡신지九龍神池인데, 불과 너댓 평의 넓이에 지나지 않으며 깊이 또한 한길도 채 안 되는 조그만 타원형의 연못이다. 그런데 그 못은 아무리 심한 가뭄에도 전혀 물이 마르지 않는다고 한다.

금강계단은 '차라리 하루 동안 계율을 지키다 죽을망정 계율을 어기고 백 년 동안 살기를 원치 않는다.'는 자장의 투철한 계율정신으로 이루어진 것이며 통도사 창건의 근본정신이 또한 계율에 있음을 단적으로 나타내는 것이다.

이렇듯 불교의 근본인 계율을 중시하고 게다가 부처님의 진신사리까지 모신 통도이기 때문에 이곳은 명실상부한 불지종가로서 1천 4백년의 세월을 지내온 것이다. '모든 법을 통하여 모든 중생을 건지노라(通諸萬法 渡濟衆生)'는 부처님의 큰 뜻에 따라 그 이름이 통도사가 되었다는 또 하나의 작명설이 바로 거기에 연유된 것이다.

한 처녀의 한恨

통도사의 산내 암자 중에서 가장 멀리 떨어져 있는 암자는 백운암이다. 그곳은 극락암과 비로암의 사이길인 울창한 소나무 숲을 따라 약 시오리 정도 산으로 올라야 한다. 1,050m의 영취산 8부 능선쯤에 위치하고 있는 이 암자에서 울려 퍼지는 북소리는 통도 8경 중의 일곱 번째로 '백운명고白雲鳴鼓'이다.

이 백운암의 먼발치에 극락영지極樂影池와 비로폭포가 있어 각기 제5경과 제6경을 차지하고 있다.

극락영지란 영취산의 전 모습이 담긴다는 극락암의 아름다운 연못을 이르는 말이요, 비로폭포는 비로암의 시원스런 물줄기다. 그런데 백운암에서 이제 북을 치지 않으므로 백운명고는 8경 중의 유명무실한 하나가 됐다. 그러나 그 아름다운 북소리 못지않게 한 전설을 들을 수 있어 무엇보다도 다행이었다.

까마득한 옛날의 일이었다. 한 젊은 학승이 백운암에서 공부를 하고 있었다. 그의 꿈은 불법을 강의하는 강사가 되는 것이었다. 그 꿈을 실현시키기 위해 밤낮없이 공부를 하는 그에게 어느 날 한 처녀가 찾아들었다. 산나물을 뜯기 위해 산에 올랐다가 길을 잃고 헤매던 처녀였다. 그는 그 처녀를 아랫목에 재우고 자신은 밤을 새워 책을 읽었다. 그러나 그 처녀는 그의 잘생긴 용모와 글 읽는 낭랑한 목소리에 반하여, 그 이튿날 산에서 내려오는 길로 시름시름 앓게 되었고 그 상사병은 날이 갈수록 점차 깊어만 갔다. 그러자 처녀의 부모들도 딸의 병인을 알게 되었으므로 딸의 목숨을 건지기 위해 그 학승을 찾아갔다.

"제발 한 목숨 살려주시는 셈치고 우리 딸과 결혼을 해 주십시오."

처녀의 부모는 머리를 조아리며 간청을 했으나 대강사가 되는 것이 꿈인 그 학승의 마음을 돌릴 수는 없었다. 그런 채로 몇 개월이 지나자 이제 그 처녀는 곧 숨이 끊어질 만치 병이 악화되었다. 처녀는 눈을 감기 전에 그 학승을 꼭 한번이라도 만나봤으면 좋겠다고 했다. 그녀의 부모는 다시 백운암으로 올라갔다. 그러나 이번에도 그들의 간청은 받아들여지지 않았고 그 처녀는 마침내 세상을 떠나고 말았다. 그녀는 원한이 맺혀 죽은 뒤에 호랑이가 되었고, 학승은 자신의 소원대로 강사가 되어 통도사에 취임케 되었다.

그리고 그날 밤, 새로 취임하는 그를 위해 감로당에서 축하연이 베풀어졌다. 그런데 잔치가 한창 무르익을 무렵, 밖에서 갑자기 거센 바람이 일며 그와 함께 호랑이의 울부짖음이 들려왔다. 그리고 호랑이는 계속해 감로당 주위를 이리 뛰고 저리 뛰며 문을 찢는 등 여간 난폭하게 구는 것이 아니었다. 그 때, 잔치에 참석했던 사람 중에서 누군가가 말했다.

"이 중에 누군가가 호랑이의 원한을 산 사람이 있는 모양이오. 그러니 그 자가 누군가를 가려내어 다른 사람들이 호랑이에게 억울한 화를 입지 않도록 합시다."

"좋은 생각이오."

방안에 있던 사람들은 모두들 찬성을 하고 각자 자기의 저고리를 벗어 차례로 밖에다 던졌다. 그러자 호랑이는 그 저고리들을 그냥 받아넘길 뿐이었다. 이윽고 잔치의 주인공인 신임강사의 차례가 왔다. 호랑이는 그의 저고리가 밖으로 나오기 무섭게 그것을 갈기갈기 찢어버렸다. 그리고나서 더욱 사납게 으르렁거렸다. 방안 사람들의 시선이 모두 그 강사의 얼굴로 집중되었다. 강사 자신도 호식虎食의 대상임을 깨닫게 되었다.

"속세의 인연이니 어쩔 수가 없군요."

강사는 방안에 모인 여러 사람에게 합장을 하고 작별을 고하고 밖으로 나갔다. 그러자 눈 깜짝할 사이에 호랑이는 그를 물고 어둠 속으로 사라졌다.

이튿날, 모두들 강사를 찾기 위해 산에 올랐다. 백운암 쪽으로 올라갔던 패들이 산등성에 누워있는 강사를 발견했다. 몸에 상처 하나

없이 아주 깨끗한 모습이었다. 그러나 그는 이미 숨이 끊어져 있었다. 자세히 살펴보니 그의 남근이 잘려져 나가고 없었다.

이런 일이 있은 뒤, 통도사에서는 절터에 호랑이의 혈맥이 있음을 깨닫고 그 호혈을 누르기 위해 커다란 반석 두 개를 놓아두게 되었다. 그것이 지금 웅진전과 극락전 바로 옆에 각각 놓여져 있는 길이 1.5m, 폭 80cm쯤 되는 돌이며 그것을 호석 또는 호혈석이라는 이름으로 부르고 있다.

이 믿을 수 없는, 그러나 그냥 흘려버릴 수만도 없는 비참한 전설은 산신 즉 산악숭배의 토속신앙과 불교가 어떻게 영합되었는가에 대한 여러 가지를 우리들에게 시사하고 있다.

자장암의 개구리

통도사 산내암자 열세 군데 중에서 제일 유명한 곳은 역시 자장율사에 의해서 비롯되었다는 자장암이다. 그곳은 통도 8경중의 하나인 '자장동천'으로도 유명하지만 그보다도 금개구리가 더 유명하다. 자장율사의 도력에 의해 1천 4백년이나 살고 있다는 그 금개구리를 보고 싶지 않은 사람이 어디 있겠는가.

통도사에서 질펀하게 펼쳐진 아스팔트 농로를 따라 1㎞쯤 걷자면 Y자형의 갈림길이 나오는데 오른쪽이 극락암, 비로암으로 가는 길이고 왼쪽이 자장암과 이어진 길이다. 아스팔트로 포장된 길은 자장암까지 계속 이어진다. 이 암자는 자장이 통도사를 짓기 전에 석벽 아래서 움집을 짓고 수도를 하면서부터 비롯된 암자라고 한다.

암자에 닿자 우물가에서 물일을 하던 한 보살이 한참이나 '이른 아침의 나그네'에게 눈길을 던진다.

"금개구리 구경하러 왔습니다."

"네, 어서 오세요."

"죄송하지만 금개구리가 있는 곳이 어딘지?"

안내를 청하자 보살은 대충 물손을 닦고는 마애불 앞을 지나 법당 뒤로 안내한다. 조잡한 안내판에 철자법이 엉망인 금개구리의 얘기가 적혀져 있다.

자장이 이곳에서 수도를 하던 어느 날이었다. 그가 공양미를 씻기 위해 석간수가 고이는 곳에 이르자 개구리 한 쌍이 그곳에 들어앉아 샘물을 흙탕물로 만들고 있었다. 자장은 그들을 다른곳으로 보내고 공양미를 씻었다. 그런데 그 다음 날도, 또 그 다음 날도 개구리 한 쌍은 계속해 샘물을 흐려놓곤 했다. 그제서야 유심히 그 개구리를 본 자장은 그들이 보통 개구리와 다른 것을 알 수 있었다. 입과 눈가에 금빛 테가 선명하고 등에는 거북 모양의 반점이 찍혀 있었다. 자장은 그것들이 불연에 의해 태어난 것임을 깨닫고 신통력을 발휘해 석벽에다 엄지손가락을 찔러 구멍을 냈다. 그리고 조그만 금개구리 한 쌍을 그 속에다 집어넣어 살 곳을 마련해 주었다. 그때의 금개구리가 지금까지 살아 있어 혹은 벌이 되기도 하고 혹은 나비로 화하기도 하며 혹은 거미로 화하여 기어다니기도 한다는 것이 그 안내판에 담긴 긴 내용의 전부였다.

"이 구멍입니다."

안내판에서 냉큼 눈길을 거두지 못하는 나그네의 과학적인 생각을 그 보살이 헤집어 놓으며 말한다.

"정말로 있습니까?"

"나는 아직 못 봤지만 본 사람이 많아요."

"신심이 두터운 사람만 볼 수가 있다면서요?"

"그렇다는 말이 있기는 합니다만……."

그녀의 설명에 의하면 겨울철에는 낮 3시에서 4시 사이에 햇빛이 그 구멍 속 깊숙이까지 비친다고 했다. 그때 그 금개구리를 보는 사람이 많다고 한다. 금개구리 보는 것을 단념하면서 나는 '신심이 두텁지 않은 사람의 눈에는 띄지 않는다.'는 말을 믿기로 했다.

바위 앞에서 물러서자 보살은,

"이 물이 기막힌 약수랍니다."

라며 샘물을 한 쪽자 가득 떠서 건넨다. 아끼는 술의 마지막 잔처럼 천천히 그리고 깡그리 다 마시고 난 나는 합장으로 감사의 뜻을 표하고 산사를 떠났다.

제물에 꼭지가 빠져 떨어진 감들이 길바닥을 붉게 물들인 오솔길을 내려오면서 자꾸만 자꾸만 심호흡을 했다.

자장암에서 내려오는 길에 대웅전 서남쪽 야산에 위치한 안양암으로 향했다. 큰절과 거의 맞붙어 있다시피하여 별도의 암자 같은 기분이 들지 않았다. '안양동대'라 하여 통도 8경중의 하나였지만 그곳은 노송 예닐곱 그루와 몇 무더기의 바위가 있을 뿐 별다른 경관은 아니었다.

석가모니의 가사를 비롯해서 자장율사의 유품인 가사와 6환철장, 은사입 동제향로, 요령 등 절 안의 각종 보물이 진열된 관음전이나 교리를 수행한 학승들이 다시 모여 심오한 이심전심의 묘법을 터득하기 위해 찾아든다는 선원의 건물도 순례자의 관심을 끌게 하는 곳이다.

날짐승조차도 그 위를 날지 아니하고 그 주변에서 시끄럽게 하지 아니하며 또 그곳에다 배설을 하지 않는다는 금강계단과 관음전을 거쳐 선원을 돌아나올 때 어디선가 경건한 독경소리가 들려온다.

'경을 들으면 귀를 거친 인연도 있게 되고, 따라서 기뻐할 복도 짓게 되는 것이다. 물거품 같은 몸은 다할 날이 있거니와 참다운 행실은 헛되지 않느니라.'

그 독경소리가 문득 떠올려 주는 《선가귀감禪家龜鑑》중의 한 구절이다. 그런데도 속세로 돌아가는 나그네의 발걸음은 왜 또 이다지 바쁘기만 할까.(1983.11)

종울음 소리 들리는 감포 앞바다
- 대본리, 그 잊히지 않는 바다

임어당은 여행의 동기가 '속세와 인간을 피하는 것이어야 한다.'고 했다. 그렇게 본다면 의무도 어떤 제약도 받지 않아야 진정한 여행이 되는 셈이다. 그래야만 보고 듣는 것이 순수할 수가 있다. 또 그렇듯 부담이 없는 나그네길에서 귀와 눈이 열리게 되고 그로 인하여 나라를 사랑하는 마음이 생긴다면 더욱 보람 있는 여행이 되는 것이 아닌가 싶다. 그런 뜻에서 내가 잊을 수 없는 바다를 소개한다.

경주 시내를 빠져 동남쪽으로 향하면 추령이라는 고개가 나온다. 그 고갯길 아래 60만평이라는 큰물이 펼쳐진다. 이 덕동호는 먹는 물로도 쓰이고 농사짓는 데에도 쓰이지만 경주 보문관광단지의 보문호에 늘 물이 가득하도록 그 수위를 조절하는 노릇도 겸하고 있다.

추령 고갯마루에 경주와 월성군의 시군경계 표지석이 서 있고 사행으로 뚫린, 그러나 잘 포장된 34km의 끝이 감포다.

감포는 신라 때부터 왜구가 넘보던 곳이어서 관문성이 쌓여졌고 조선조 때는 수군 1만호의 진이었으나, 결국 왜에 짓밟혀 그들이 제

땅인 양 축항하고 군내에서 제일 먼저 읍으로 승격시켰던 곳이다. 그러나 지금은 그 많이 잡히던 꽁치, 멸치, 가오리, 방어 등이 잘 잡히지 않아 '발전성이 없는데다 아이들 교육' 때문에 해마다 인구가 줄어드는 곳이 되었다. 그렇더라도 이곳 생선회의 맛은 아직도 나그네에게 인색하지 않다. 인색하지 않은 그 맛 때문에 거기에서 나그네의 여행길을 멈출 수가 없다. 또 가까이에 대본리라는 바닷가가 있고 거기에서도 맛이 인색하지 않은 생선회를 누릴 수 있기 때문이다. 망망한 동해와 그 바다 위를 나는 갈매기를 바라보면 독작이라도 처량하지가 않다. 그렇다고 횟집에만 앉아 있을 수는 없는 일이다. 바닷가 산책으로 나그네는 횟집 근처에서 '나의 잊혀지지 않는 바다'라고 새겨진 큼직한 자연석 비를 발견할 것이다. 그리고 비석 뒷면에 있는 다음과 같은 시를 읽을 수 있을 것이다.

대왕 우국성령 소신燒身 후 용왕되사

저 바다의 저 길 속에 숨어들어 계셨다가

해천을 덮고 나는 적귀를 조복하시고

우국지성이 중重코 또 깊으심에

불당에도 들으시다 고대에도 오르시다

후손을 사모하야 용당이요 이견대利見臺라더라

용령이 환현하사 주이야일 간죽세로

부왕부래 전해주신 만파식적 어이하고

지금은 감은사 탑만이 남의 애를 끊나니

대종천 복종해를 오작아 쉬지 마라

아무리 미물이라도 뜻이 있어 운다 하여라.

이 시는 사학자인 고 고유섭 선생의 작품이고 앞면의 '나의 잊히지 않는 바다'라는 글귀는 '문무왕의 지대한 정신이야말로 그 유적에서 찾아야 할 것이니 경주에 가거들랑 모름지기 동해의 대왕암을 찾으라.'고 말한 그의 수필 제목이다. 그 비석이 내게도 그 바다를 잊을 수 없게 만든 것이다.

삼국통일의 위업을 이룩한 문무대왕이 '나는 죽은 후에 동해의 용이 되어 불법을 받들며 나라를 지키겠다.'고 유언했기 때문에 그 유지에 따라 왜구의 침범이 잦은 이 동해구에 수장한 것이다. 동해구란 문무대왕의 수중릉인 대왕암을 지켜보는 함월산 여러 골짜기 물이 합쳐져 흐르다 바닷물과 만나는 곳의 옛날 이름이다.

위 시구 중 '대종천 복종해'란 대종천을 따라 실려 온 종이 빠진 바다, 즉 동해구를 뜻한다. 그 종은 황룡사에 매달렸던 50만근짜리 큰 종이었는데 몽고군이 탐내어 제 나라로 가져가기 위해 경주에서 토함산을 넘어 대종천에 배를 띄우고 동해구까지 실어왔을 때 큰 파도가 일어 빠뜨렸다는 속전이 있다. 호국용이 된 문무대왕이 노하여 일으킨 파도였을 것이다. 그 후 사뭇 물결 높은 날엔 바다에서 종이 우는 소리가 들려 왔다고도 한다.

대종천은 큰 종을 실어내린 강이라 해서 붙은 이름이다. 이 대종천을 긴 양북면 용당리에 국보 112호 3층 석탑 두 기가 있다. 그곳은 감은사라는 절터로 '문무왕이 왜구를 진압하기 위해 세우기 시작했으나 끝내지 못하고 바다의 용왕이 되었는데 그 아들 신문왕이 즉위 2년 만에 다 짓고 금당 뜰에다가 동쪽을 향해 구멍을 뚫어 용(문무왕)이 절에 들어와 돌아다니게 했다.'는 삼국유사의 기록과 맞아떨어지는 구조가 발굴되었다.

신문왕은 용이 된 아버지를 보기 위해 대본리 북쪽 언덕에 정자를 짓고 이견대라 이름했다. 비룡재천 이견대인(飛龍在天 利見大人) 즉, 나는 용이 하늘에 있으니 대인을 보는 데 이롭다는 뜻이다. 그곳은 또 그가 저 유명한 전설의 보물 만파식적을 얻기 위해 달려가 바다를 지켜 본 곳이기도 하다. 고유섭의 시구 중 '용령이 환현하사 주이야일 간죽세로 부왕부래 전해 주신 만파식적'이 그 뜻이다.

이곳에서 경주 쪽으로 10km쯤 떨어진 관광도로변 안동에서 오른쪽 소도로로 꺾어 4km쯤 들어가면, 신문왕이 만파식적을 얻어 서울(경주)로 가다 쉬었다는 기림사 계곡이 있다.

절에는 종이로 만들어 옻칠을 여러 겹 입힌 뒤, 금물을 올렸다는 보살좌상과 돌로 만든 망새로는 동양에서 제일 크다는 신라 때의 망새가 유명하지만, 1천년에 한번 씩 핀다는 우담바라라는 꽃나무도 구경거리일 수가 있고, 매월당(김시습)의 자취를 더듬어 볼 수 있는 그의 사당 또한 관심의 대상이 아닐 수 없다. 뿐만 아니라 계곡 맑은 물이 이루는 두 폭포와 용두연, 선녀탕 등에 고인 물은 피서하기에 좋은 곳으로 만들어 놓고 있다. 그러나 사람들이 그 점을 잘 몰라 잘 찾지 않는 곳이어서 소개하기가 꺼려진다.

물론 대본리에 해수욕장이 있으며 대종천 하구에는 가물어도 물이 마르지 않고 장마가 져도 물이 흐려지지 않는 용담이 있다. 문무왕이 용이 되면서 만들어 놓았다는 물이기 때문에 용을 낚을 수는 없지만 낚시터로는 안성맞춤이다. 그러나 어찌 바다와 계곡이 여름철에 멱 감고 고기 잡는 데에만 이용되어져야 한단 말인가.

겨울바다를 구경와서 이견대에 올라 대왕암 저 너머 바다에서 떠오르는 눈부신 해를 본다는 것은 그야말로 우리 인생살이에서 무엇보다도 이로운 것을 보는 일이 아닌가. 그래서 그곳은 우리에게도 이견대이고 그 동해의 일출만 보고 간다고 해도 누구나 그 바다는 '나의 잊히지 않는 바다'가 될 것이다.

그 바다엘 가기위해 경주를 거치면 더욱 좋고 포항에서 가도 바다를 낀 길이라 조금도 지루하지 않다.(1985.9)

바라만 보아도 흥겨운, 선경
- 울진

울진의 바로 그 전 이름은 우진于珍이었다고 한다. 우산도于山島(울릉도)가 이곳의 속지였기 때문이다. 그런데 삼국을 통일한 김유신 장군이 영덕, 평해를 거쳐 이곳에 와 보니 '삼림이 울창하고 바다에 연한 땅에는 진귀한 물산이 풍부하여' 울진蔚珍으로 고쳐 부르게 했다는 전설이 있다. 그러나 요즘 이 고장 사람들은 자기네 고장을 '천혜의 관광 보고'라 일컫는다.

이 고장은 여름에 비가 적고 시원하며 쾌청한 가을은 길며 게다가 겨울에도 눈이 적고 혹독한 추위가 없는 곳이다. 때문에 여름철에는 피서를 위해, 가을철엔 단풍놀이를 위해, 겨울철엔 온천욕을 즐기기 위한 관광객으로 붐비기 마련이다.

울진군에는 크고 작은 해수욕장이 20여 개소나 되는데 그 중에서 망양, 구산, 봉평 등의 해수욕장은 군 지정 해수욕장으로 유명하다. 또 이 중에서도 널리 알려진 곳은 근남면 산포리 일대에 자리 잡은 망양 해수욕장이다.

이곳은 예부터 관동팔경으로 유명한 망양정이 있는 절승을 끼고 있기 때문에 유명하기도 하지만 왕피천이라는 맑디 맑은 민물이 동해로 흘러드는 곳인데다 10리 길밖에 안 되는 곳에 동양 제1의 석순을 자랑하는 성류동굴(천연기념물 제155호)이 있어 더더욱 유명한 해수욕장이 되었다.

이 천연 석회암 동굴은 470m나 뚫어져 있는 규모며 나이로는 2억 5천살이나 되었는데도 그 경치가 금강산을 방불케 하므로 '지하금강산'이라는 별칭으로 불리기도 한다. 그렇더라도 망양정에 올라 바다를 대하는 맛은 또 그것대로 기가 막힌다.

망양정에 올라 송강의 '관동별곡'을 읊어보라.

'망양정 올은말이, 바다 밖은 하늘이니 하늘 밖은 무엇인고. 가득 노한 고래 뉘라서 놀라관대, 불거니 뿜거니 어지러이 구는지고. 은산 꺾어 내어 육합에 나리는 듯, 오월장천에 백설은 무삼 일고. 저근듯 밤이 들어 풍랑이 정하거늘, 부상지척에 명월을 기다리니, 서광천장이 뵈는 듯 뵈는 듯 숨는고야. 주렴 고쳐 걷고 옥계를 다시 쓸며, 계명성 돋도록 고쳐 앉아 바라보니, 백련화 한 가지를 뉘라서 보내신고. 이리 좋은 세계 남대되 다 뵈고져.'

관동팔경 중 또 다른 하나, 월송정도 그 고장이 차지하고 있다.

평해읍 월송리에 있는 이 유명한 정자는 신라 때 영랑, 술랑, 남석랑, 안상랑 네 화랑이 노닐던 곳이라 하며 그들이 '월야月夜에 송림松林에서 노닐던 곳'이어서 월송정月松亭이란 이름으로 불리게 됐다는 얘기도 있고, 월越나라에서 가져온 소나무 묘목이 숲을 이룬 곳이어서 월송정越松亭이 됐다고도 하나 어쨌든 현재의 현판은 '越松亭'으로 되어 있다. 이 현판은 1980년, 최규하 전 대통령의 휘호로 되어 있어 그때 새로 단장되었음을 알 수 있다.

숙종은 이 명승지를 찬탄하여 '화랑들이 노닐던 자취 어디서 찾을 거나. 만 그루 소나무 빽빽한 숲이로다. 눈앞의 가득한 모래 백설과 같아. 한번 올라 바라보니 흥겹기 그지없네(仙郞古蹟何尋 萬株長松簇簇森 滿開風沙如雪白 登監一望與難禁)'라고 읊었다.

이 고장을 일러 '천혜의 관광 보고'라 일컫는 울진 사람들의 자랑 속에는 위에 소개한 절승지만 들어 있는 것이 아니다. 그 자랑 속에 백암온천과 덕구온천이 들어 있음은 물론이다. 백암온천은 온정면 온정리 백암산 밑에 위치한 방사능 유황온천으로 수온이 섭씨 45도나 되며 온천 중에서 라듐 함량이 가장 높아 신경통, 외상, 습진 등에 효험이 크다고 알려져 있다.

이 온천이 발견된 것은 까마득한 신라 시대로 거슬러 올라간다. 전설에 따르면, 옛날 한 사냥꾼이 창에 설 찔린 사슴을 뒤쫓다가 날이 저물어 이튿날 찾기로 했다. 그런데 이튿날 사슴의 털이 빠져 있는 장소만 발견했을 뿐 정작 사슴은 찾지 못했다. 사슴의 털이 빠져 있는 곳은 사슴이 누웠던 자리였다. 그래서 그 자리를 유심히 살피다가 그곳에서 뜨거운 물이 나온다는 것을 알았으며 사슴이 밤새도록 그 물로 상처를 치료한 뒤 도망갔음을 짐작하게 되었다. 그리하여 그 물이 사람에게도 약효가 있음을 알게 되었으며 그 뒤 백암사의 한 스님이 욕탕을 만들어 환자들을 씻겨 병을 낫게 해 주기에 이르렀다는 것이다.

덕구리 응봉산 기슭에서 솟아나오는 덕구온천이 발견된 것도 백암온천의 발견 전설과 크게 다르지 않다. 이곳 온천수는 중탄산나트륨이 가장 많이 함유되어 있어 역시 신경통과 여러 피부 질환에 특효가 있다고 한다. 또 이곳은 국내 유일의 노천탕이기도 하다. 온천수의 용출 지점은 응봉산의 중턱 산신각 앞인데 그곳에 산신각이 세워진 것은 옛 사람들이 명산 영봉의 정기를 받은 산신 약수로 믿었기 때문이다.

이 온천수는 알칼리성 수질이어서 물고기의 먹이가 되는 클로렐라의 번식이 잘 되므로 노천탕이어서 아깝게 방출되는 온천수를 이용해 양어장을 만들어 놓았다. 이 양어장에는 뱀장어, 이스라엘 잉어, 메기 등을 길러 내 관광객에게 싼 값으로 공급하고 있다. 또한 관광객들에게 있어 그곳의 최대 매력은 온천욕과 함께 등산을 즐길 수 있다는 점이다. 온천장이 있는 곳에서 덕구 계곡을 끼고 응봉산 정상에 이르기까지는 약 두 시간이 소요된다. 등산 코스로도 또 계곡 피서지도 나무랄 데가 없는 곳이다.

이 고장 사람들이 선경이라고 일컫는 계곡으로 불영계곡을 빼놓을 수가 없다. 의상대사에 의해 창건되었다는 불영사佛影寺를 깊이 품고 있는 이 계곡은 산과 물줄기가 마치 태극 모양을 이루면서 휘돌기 때문에 옛날부터 '산태극山太極, 수태극水太極'이라 불리게 된 명소이다.

계곡의 물이 맑은 것은 두말 할 나위도 없으며 가을이 깊어 오래 유지되는 단풍이며 끝없이 잇달아 있는 기암괴석들은 이곳을 찾는 이들의 입에서 '선경仙境'이라는 찬탄이 절로 쏟아지게 만든다.

천년의 소나무 숲과 굽이치는 계를 품다
– 불영계곡

우리나라는 그 형국이 곧잘 토끼에 비유된다. 서울이 토끼의 심장이라면 포항은 토끼꼬리다. 그 토끼꼬리에서 토끼의 등을 타고 치뻗은 길이 있다. 휴전선을 코앞에 둔 간성까지 이르는 길이다. 지도에 표시된 것으로는 7번 도로다. 7번 도로를 치달아 오르다가 강릉에서 다시 서쪽으로 뻗은 고속도로를 달려 서울에 이르는 차편이 포항에서 수시로 떠난다.

울진을 가기 위해 그 직행을 탔다. 아침 7시 30분 차였다. 이른 아침이어서인지 아니면 수시로 있는 잦은 차편이어서인지 차는 텅텅 빈 채로 포항을 떠났다. 시가지를 벗어난 차가 소치재를 넘어서며 곳곳에서 학생들을 싣고 내린다.

다리가 긴 게의 산지로 유명한 영덕에 이르기까지 차가 완전히 통학차 노릇을 하더니 평해에 이르자 이번에는 거의 시골 노파들만을 태웠다.

서울에 있는 아들, 딸네 집을 찾는 노파들이라는 운전사의 설명을 들을 수 있었다. 고추, 마늘을 비롯한 농산물이며 멸치니 미역이니 하는 건어물이 그 노파들의 짐이다. 어쨌거나 이 7번도로를 달리는 맛은 차창으로 펼쳐지는 망망대해를 바라보는 기막힌 맛이다. 몇 군데의 해수욕장과 백암온천 그리고 관동 8경의 하나인 월송정도 이 7번 도로에서 빠져나가 멀지 않은 곳에 위치해 있다.

울진에서 내려 불영사로 가는 차편을 물으니 영주행 차를 이용해서 70리쯤 달리다 불영사 입구에서 내려야 하는데 첫차는 물론 떠난 지 오래됐고 11시 30분에 다시 차가 있단다. 공연히 시간을 낭비할 수가 없어 택시를 이용키로 했다.

7번 도로를 벗어나면서부터 곧 불영계곡이었다. 깊은 바닥의 자갈까지도 훤히 들여다보이는 그러나 결국 맑다고 밖에 달리 표현할 수 없는 계곡의 물은 서북쪽으로부터 흐르며 왼쪽에는 기암절벽, 오른쪽으로는 천년을 묵었다는 굴참나무와 우산모양을 한 소나무 밀림을 언제까지나 끼고 있었다. 그렇게 70리 길을 이어지던 절경이 장성한 자식들이 어미품을 버리듯 물러선 지점, 그곳이 곧 불영사 입구였다. 깊숙한 골답잖게 논밭이 펼쳐졌고 착각하리 만큼 빨갛게 잘 익은 사과밭이 드넓다.

그 논밭의 끄트머리에 거대한 삼태기 모양의 천축산이 자리하고 있었고, 거기에 외로운 고찰 불영사가 담겨 있는 것이었다. 의상대사가 인도에서 공부했던 천축산과 너무나도 닮은 산이어서 천축산이라는 이름이 그대로 붙여졌고 또 그 산기슭에 절을 세운 것인데 불영사라는 이름이 붙여진 것도 지금도 남아 있는 절 앞의 연못에 천축산의 부처바위가 비치기 때문이라는 것이다. 대웅전을 비롯한

12개소의 사찰 건물 중 응진전은 보물 730호로 지정된 것으로 16 나한상이 봉안돼 있으며, 그 정교한 건축양식이 특이하다.

깊은 산에서 마시는 커피는 그것대로 독특한 맛이 있으며, 커피를 끓여온 한 비구니로부터 이런저런 얘기를 듣게 되었다. 그녀의 애기에 의하면 불영계곡이란 절 이름을 따다 붙인 이름이지만 사실은 '산태극, 수태극'이라는 재미난 계곡의 별명이 있다는 것이었다.

천축산 정상에 올라 내려다보면 물은 물대로 태극의 형상을 이루며 감아 돌고 또 산은 산대로 태극 형상을 이루며 뒤틀려 뻗은 기막힌 절경이라는 것이었다. 굳이 산의 정상에 오르지 않아도 계곡과 산의 한가운데를 S자형으로 돌며 온 것으로 어렵잖게 '산태극山太極, 수태극水太極'을 실감할 수 있었다.

커피를 대접받은 뒤, 대웅전 앞의 청태 긴 4층 석탑 앞에 섰다. 의상대사가 절을 창건할 때 같이 세운 것이라 한다. 높이 8척, 너비 3척의 이 무영탑에는 청태에 숨은 한 전설이 있었다.

지금으로부터 4백 여 년 전의 일. 백극제라는 이가 울진의 현령으로 부임한 지 석 달 만에 괴질에 걸려 횡사하고 말았다. 그 부인 이씨가 큰 슬픔과 함께 남편의 시신을 모시고 절에 와 이 무영탑 앞에서 밤낮없이 사흘 동안 기도를 하자 죽은 남편이 환생하는 기적이 일어났다. 그래서 그 뒤 현령은 부처님 은혜에 보답하기 위해 환생전을 지었다고 한다.

조선시대 한 아낙의 지순한 사랑이 청태 긴 조그만 석탑을 눈물겹게 만든다. 불영의 연유와 석탑의 전설이 있어 나그네는 외로운 절에 와서도 심심치 않다.

선방 앞을 물러나 절의 동북간을 휘감아 도는 용추천으로 내려갔다. 다섯 용이 하늘로 오르려는 형국이어서 오룡대. 용소 안의 입석이 또한 장관을 이루고 있다.

용소 앞, 드넓은 너럭바위 위에서 배낭을 풀었다. 평해에서 생선바구니를 들고 탄 한 행상 아주머니로부터 산 싱싱한 잔챙이 전갱이로 찌개를 올리고 나서 사방으로 펼쳐져 보이는 깎아 지른 절벽과 송림과 급하게 내리 쏟는 계류에 넋을 잃었다. 너럭바위 위에 무릎을 세우고 앉은 나까지도 그것은 내가 아니라 한 폭의 산수도일 수밖에 없었다. 송림 사이로 산까치가 아름다운 깃털을 자랑하기에 바빴고 푸르른 솔잎 사이로 넝쿨바위옷과 단풍나무가 빨갛게 불타고 있었다. 아버님께서 써주신 족자의 신여대사의 시구가 떠오른다.

다리 밑 푸르른 물 시새운 붉은 빛　橋下水明紅妬碧

온산의 단풍을 솔가지가 전하다　滿山楓葉傳松梢

점심을 마치고 물소리에 묻혀 잠시 오수를 즐긴 뒤 오룡대를 떠나 계곡을 타고 용추천을 등졌다. 영주와 울진과 불영사로 갈라지는 삼거리까지는 10분 거리였다. 관광객 틈에 송이버섯을 따가지고 산을 내려오는 사람들이 심심찮게 눈에 띈다. 송림으로 우거진 천축산은 송이의 산지로도 유명하다고 한다.

관광기념품 상점이자 정류장이기도 하고 또 정류장이자 주점이기도 한 '관광상회'에 도착한 것은 5시였다. 영주에서 오는 울진행 차가 그곳에서 멎는 시간은 5시 30분. 배부른 송이버섯 부대를 옆에 놓고 두 사내가 소줏잔을 기울이고 있다. 그들은 그날의 푸짐한 수확을 자축하는 모양이었다.

그러나 나의 관심은 상점 남쪽으로 펼쳐져 내려다 보이는 불영계곡의 한 자락이었다. 불영계곡은 어느 자락을 잘라놓고 보아도 절경이요, 선경이라 하지 않을 수가 없었다.

울진까지만 갈 작정이면 그곳에서 7시 막차를 타도 되지만 울진에서 다시 포항가는 막차를 갈아타려면 5시 30분 차를 타야 한다는 가게 주인 여자의 말이 약간은 내 마음을 급하게 만들었다. 그러나 산태극, 수태극의 굽이도는 계류와 울창한 송림, 기암괴석으로 이어진 절경이 있는 울진에서 하룻밤을 자게 된다 해도 오히려 다행스러울 수가 있는 일이었다. 더구나 연륜이 2억 5천만년이라고 하는 성류굴이 울진에서 6㎞밖에 떨어져 있지 않은 가까운 곳에 있질 않는가. 성류굴은 왕피천의 맑은 물을 끼고 있으므로 그 경치가 하도 좋아 신선들이 내려와 놀았다 해서 선유굴이라고도 불리며, 굴의 총길이 400m에 석종, 석순, 석주, 석탑이 즐비한 석회암굴이다. 울진에까지 왔다가 이 명승을 외면한다는 것은 조물주에 대한 죄악이라면 죄악일 것이다.(1981.10.2.)

어부 안용복이 지켜낸 동해의 보루

– 울릉도

청마(유치환)는 울릉도를 '장백의 멧부리 방울 튄 애닲은 국토의 막내'라 표현했다. 그리고는 이어 '동쪽 먼 심해선 밖의 한 점 섬 울릉도로 갈거나.'라고 읊었다. 그렇다. 우리는 인생의 단 한 번이라도 애달픈 국토의 막내를 찾아봐야만 한다. 그곳이 애달픈 역사의 섬이요, 신비의 섬이며 전설의 보도寶島이기 때문이다.

흔히들 울릉도를 3무無, 3풍風, 3다多, 3고高의 섬이라 일컫는다. 뱀, 거지, 도둑이 없어 3무, 물, 향나무, 오징어가 풍부해 3풍이며, 돌, 바람, 미인이 많다 하여 3다이며, 산, 파도, 물가가 높아 3고의 섬인 것이다. 그러나 공해 문제가 심각해진 요즘은 거지 대신에 공해를 넣어 3무의 섬이라고 일컫는다.

이 무공해의 섬은 약 6천만 년 전(신생대 3~4기 초)에 화산이 해상으로 분출하여 생겼다고 한다. 이 화산의 3분의 2는 바다에 잠겨 있고 그 나머지만이 바다 위에 솟은 것이다. 이 화산도에서 가장 높은 봉우리는 성인봉(984m)이다. 섬의 한가운데 우뚝 치솟은 성인봉에서는 우리나라에서 그 크기로 일곱 번째인 섬 전체(72.6㎢)를 한

눈에 내려다 볼 수가 있다.

성인봉 화산구로 이뤄진 분지에서는 이곳 개척 당시의 삶을 엿볼 수 있는 투막집, 설피, 발구를 대하게 된다. 투막집은 너와집이라고도 불리는, 나무 판대기로 지붕을 이은 집이고 설피는 눈신, 발구는 운반용 썰매이다. 이것들은 평균 적설량이 2m나 되는 이곳 자연 환경에 의한 소산이다.

그리고 43헥타르나 되는 이 분지에 들어와 산 사람들은 농사가 잘 안 되어 이곳에 지천으로 널린 참나무의 뿌리로 연명했으므로 '나리동'이라는 마을 이름을 붙였다고 전한다. 참나리뿐만 아니라 천연 기념물로 지정된 섬백리향, 울릉국화 그리고 울창한 원시림은 우리의 눈을 키워준다.

그러나 관광객의 진짜 구경거리는 해안 지대와 연안의 바다에 떠 있는 기기묘묘한 형상의 바위들이다. 사자바위, 투구바위, 코끼리바위, 촛대바위, 송곳산……. 그야말로 절경을 이루고 있는 이 숱한 바위와 섬들은 각기 저마다 재미난 전설을 뽐내고 있다. 그러한 전설 때문에 울릉도를 신비의 섬이라 이름 하는 모양이지만 나는 그냥 전설의 섬이라 부르고 싶다.

이들 바위 중 삼선암은 좀 색다른 전설을 지니고 있다.

깎아 세운 듯한 세 덩이의 바위는 하늘에서 목욕하러 내려 온 세 선녀가 울릉도의 맑은 물과 아름다운 경관에 도취되어 올라갈 시간을 놓쳤기 때문에 옥황상제의 벌을 받아 굳어진 것이라는 전설을 품고 있다.

선녀들의 넋을 잃게 한 '맑은 물'은 물론 민물이다. 대개는 섬에 물이 귀해 울릉도도 그러려니 하는 사람들이 많은데 천만의 말씀이다. 섬 곳곳에서 뿜어내는 자연 용출수가 20여 개의 물줄기로 하천을 이루고 있으며 그 물은 모두 맑디맑은 단물이어서 매끄러울 뿐만 아니라 맛이 뛰어나며 아무리 가물어도 마르는 법이 없다. 3풍豊 중에서 맨 먼저 물이 꼽히는 이유가 바로 여기에 있다.

이곳이 전설의 보도寶島인 것은 숱한 바위나 산 그리고 절벽이 이뤄 놓은 절묘한 형상 등에서 그 일차적인 이유를 찾을 수 있겠으나 그보다도 '동쪽 먼 심해선 밖'의 외로운 섬에 갇혀 살아야만 했던 이곳 개척민들의 외롭고도 무료하기 짝이 없던 생활에서 그 직접적인 원인을 찾아야 하리라.

울릉도에 닿아 경승지를 찾는 것은, 물론 당연하고도 중요한 일이다. 그러나 그 보다 먼저 찾아야 할 곳은 도동의 안용복 장군 충혼비와 그 옆의 김하우 송덕비이다.

안 장군은 숙종 때 동래에서 살았던 천한 신분의 어부였으나 왜관 출입이 잦아 일본말이 유창했다. 그 왜구들이 울릉도, 독도를 제 땅이라 억지 쓰며 행패를 부리자 여러 차례 그들과 싸워 물리쳤으며, 그뿐만 아니라 두 번씩이나 왜국으로 들어가 울릉도와 독도가 우리의 땅임을 강력하게 주장했다. 그 때문에 왜의 관백으로부터는 그 점을 시인하는 서계를 받아낼 수 있었으며 그들의 사료인 '통항일람通航一覽'에도 울릉도, 독도가 우리의 땅임이 분명하게 기록되게 하였다. 이렇듯 크나큰 공적을 세웠음에도 당시 조정에서는 범월죄를 뒤집어씌워 안 장군은 두 번이나 귀양을 살아야만 했다.

이 안타깝고 부끄러운 과거를 노산(이은상)은 장군의 충혼비에, '동해 밖 한 조각 외로운 섬, 아무리 내 땅이라 돌보지 않을 적에, 적굴 속 넘나들며 저 님 혼자 애썼던가. 상이야 못 드릴망정 형벌, 귀양이 어인 말고, 이름이 숨겨진다 공조차 묻히리까, 이제 와 울릉군 봉하오니 웃고 받으소서.' 라고 힘주어 새겼다.

김하우는 특히 침술에 능한 한의사로 먹을거리와 교통이 극난했던 시대에 이 고장의 많은 환자에게 무료로 정성껏 약을 지어 주고 침을 놓아 인술을 베풀었다. 비유한다면 울릉도의 슈바이처인 셈이다. 그의 인술은 모든 사람들에게 고루 미쳤으며 그로 인해 목숨을 건진 이가 부지기수였다. 그 은덕을 영원히 잊지 않기 위해 이 고장에서 세운 것이 곧 김하우 송덕비이다.

이 두 비석 위쪽에서는 약수가 흘러내린다. 토류탄산철천土類炭酸鐵泉인 이 약수는 철분, 마그네슘, 칼슘, 염소, 탄산, 이온 등이 주성분이어서 빈혈, 생리장애, 류머티스성 질환 그리고 습진을 비롯한 각종 피부병에 장복을 하면 효험이 있다고 한다.

옛날 왜적과 싸우다 죽은 어떤 장수의 무쇠 갑옷이 삭아 쇳물로 흘러나온다는 전설과 여러 병의 치료 효험을 지니고 있는 이 약수터 바로 아래, 왜구와 싸운 안용복 장군의 충혼비와 울릉도 슈바이처 김하우의 송덕비가 세워졌다는 것은 그냥 우연으로만 들릴 일이 아닌 듯하다.

울릉도를 찾는 나그네들이여, 그대들이 도동의 약수터를 거쳐 성인봉에 오르는 길이라면 약수로 목을 축이기 전에 반드시 이 두 빗돌을 찾아 모자를 벗을지어다. 아니, 아무리 바쁜 걸음일지라도 도동항에 닿아 우정 이 두 빗돌 앞에 서서 마음의 향을 사를지어다.

구름 밖의 외로운 섬
-독도

　부산까지 버스로 9시간, 부산에서 출항한 해양대학의 한나라 호로 다시 12시간을 달려 독도를 눈앞에 두게 됐으나 우리는 상륙할 수가 없었다. 거센 물결 탓이었다. 이미 두 번이나 독도의 땅을 밟으려다 뜻을 이루지 못했던 터라 나의 서운함은 더욱 클 수밖에 없었다. '달나라에도 갔다 오는 세상인데……' 하고 생각하니 새삼 안용복 장군의 용감, 대담함에 머리가 숙여진다. 그는 3백년 전, 이 험한 바다를 원시적인 배로 누비고 다녔던 것이다.

　독도에 상륙할 수 없어 실망이 큰 우리들을 위로하기 위해서 한나라 호는 최저 속력으로 섬을 돌기 시작했다. 나는 지호지간指呼之間에서 숱한 다른 모습으로 그 아름다운 자태를 선보이고 있는 독도를 지켜보며 울릉도의 도동에 세워진 안영복 장군의 충혼비에 새겨진 노산의 시를 몇 번이나 되풀이하여 읊조렸다.

　안용복 장군은 조선 후기 숙종 때 사람으로 원래 동해 출신의 어민이었다. 그러나 그는 왜관에 출입이 잦아 왜국 말에 능통했으며 기개가 있고 언변이 좋은 호걸이었다. 숙종 19년(1693), 안용복은 어민 40여 명과 함께 울릉도에 들어갔다가 공도空島 정책으로 빈 섬이 된 울릉도와 독도에서 왜국의 어민들이 저희들의 땅인 양 설쳐대는 것을 쫓아내고 두 번이나 왜국으로 가 울릉도와 독도가 우리 땅임을 주장하는 동시에 다시 또 침범하면 엄중히 처단하겠다고 다짐했다.

그러나 당시 일부 조선 관료들의 몰이해와 모함으로 그는 옥살이를 하고 또 귀양까지 가게 되었다. 그 귀양길에서 안용복은 '내 몸을 죽여서라도 우리 땅을 찾으려 했던 것이니 귀양쯤이야 달게 받을 수 있다.'고 웃으며 말했다.

이상은 노산의 안용복 장군 추모문에 담긴 사연이다.

흩뿌리는 빗속에서 서서히 모습을 감추는 '독도'. 그 이름을 생각했다. 언젠지 알 수 없는 옛날, 울릉도 주민들이 홀로 떨어져 있는 섬이라 하여 붙인 이름이라고 한다. 또 다른 해석도 있다. 돌을 전라도 사투리로는 '독'이라고 하는데 그래서 돌로만 이루어진 돌섬은 독섬이 됐고 그것을 취음하여 '독도獨島'가 됐다는 설이다.

독도의 다른 이름 '우산도于山島'는 우산국(울릉도)에 속한 섬이어서 붙여진 이름이요, 삼봉도는 그 생긴 형상 때문에 붙여진 것이다. 그런데 일본은 노·일 전쟁 때 독도를 강탈하고 다케시마(竹島)라는 이름을 붙였다. 돌섬, 독도, 삼봉도라는 이름에는 다 그렇게 지은 까닭이 뚜렷하나 죽도는 아무런 근거도, 이유도 없는 얼토당토않은 이름이 아닌가. 남의 나라 땅을 빼앗아 일장기를 꽂고 제 땅이라 한 저들의 침략 근성만을 드러낼 뿐인 이름이 죽도인 것이다.

독도에는 또 서양 이름도 몇 가지 붙어 있다. 18세기 말부터, 항해술이 앞섰던 서양의 배들이 동해를 왕래하기 시작했는데 그때 그들은 독도를 자기네들이 발견했노라며 자기네 이름을 갖다 붙였던 것이다.

프랑스의 포경선이 이곳을 지나다가 선박 이름을 따, 리앙꾸로 암(Liancourt Rock)으로, 1855년에는 영국의 지나 함대 소속 호네트 호가 제 이름을 갖다 붙여 호네트 암(Hornet Rock)으로 명명했다. 오다가다 자기들 눈에 처음 띈 섬이라 하여 제 맘대로 자기네 배 이름을 갖다 붙인 양코배기들의 이름은 이제 다 떨어져 나갔지만 왜놈들의 이름 다케시마는 놈들이 죽도록 생떼를 쓸 모양이니 참으로 어처구니없는 노릇이다.

일본 열도가 예로부터 잦은 지진으로 마구 흔들려 왜놈들 머리가 돌아버려서 계속 독도가 자기네 땅이라는 망언을 하는 것이라고 우스갯소리나 하면서 지낼 일이 아니다. 수산의 보고요 군사상의 요충인 독도를 홀로 떨어져 있는 외로운 섬으로 만들지 않는 것이 무엇보다도 시급한 일이다.

흰사슴 노닐던 신선들의 이상향
– 백록담

넓리 알려져 있진 않지만 한라산은 영주산瀛洲山이라는 이칭을 지니고 있다. 한라산이라 할 때는 '한漢'이 은하수를, '라拏'가 손을 올려 잡는다는 뜻이므로 은하수를 잡을 수 있을 만치 높음을 뜻한다.

사실 해발 1,950m로 남한에선 가장 높다. 높이뿐만 아니라 한국의 3대 영산 가운데 하나이기도 하다. 옛날에는 우리보다 중국에서 더 알아줬던 산이다. 내가 이 나라 백성이니까 한번 해 보는 공연한 자화자찬이 아니다.

전설에 따르면 옛날 서불이라는 이가 한라산엘 다녀갔다고 한다. 진시황으로부터 불로초를 구해 오라는 명을 받은 서불이 곤륜산에서 천 년 묵은 고목을 베어 배를 만들어 동남 동녀 5백명을 태우고 와 한라산엘 올랐는데 불로초는 찾지 못하고 그 대신에 신선의 열매라 일컬어지는 한라산 시로미(초여름에 보라색 꽃이 피는 고산 지대의 상록 관목으로 열매는 먹을 수 있다. 암고란이라고도 한다.)를 가지고 갔다는 것이다.

그가 서쪽(중국)으로 돌아간 곳이라 하여 포구의 이름이 서귀포西

歸浦가 됐으며 또 서불은 자기가 이곳에 다녀갔다는 흔적을 남기기 위해 서귀포의 정방폭포 안쪽 절벽에다 '서불과차徐市過此'라는 네 글자를 새겨 놓았다고 한다. 하지만 나는 여러 번 정방폭포를 구경했으나 그 네 글자를 찾지 못했다. 어쨌거나 진시황이 불로초를 구하기 위해 사신을 보냈다는 가상적인 선경을 일컬어 '영주'라 하는데 앞에 소개한 전설 때문인지 제주를 영주, 한라산을 영주산이라는 이칭으로 부르는 것이다.

이런 전설이 아니더라도 제주는 가히 선경이라 일컬을 수 있을 정도로 자연 경관이 아주 빼어나게 아름다운 고장이다. 그러나 제주에 갔다가 한라산엘 오르지 않는다면 그것은 헛걸음과 다를 바 없다는 게 생각이다. 하기야 한라산에 오른다는 게 결코 쉬운 노릇만은 아니다. 1년에 한 달 안팎 정도만 맑은 모습을 보이는 게 한라산이고 보면 눈, 비, 안개 때문에 뜻은 있어도 산에 오를 수 없기 십상이다.

그러므로 우선 한라산에 오를 수 있다는 그 자체가 행운이며 게다가 정상인 백록담에 물이 고인 것을 보게 된다면 그것은 겹친 행운이다. 왜냐하면 물 고인 백록담에서 우리는 저 유명한 지용(정지용)의 절창 〈백록담〉의 끝 연 '가재도 기지 않는 백록담 푸른 물에 하늘이 돈다. 불구에 가깝도록 고단한 나의 다리를 돌아 소가 갔다. 쫓기운 실구름 일말에도 백록담은 흐리운다. 나의 얼굴에 한나절 포갠 백록담은 쓸쓸하다. 나는 깨다 졸다 기도조차 잊었더니다.'를 건져낼 수가 있기 때문이다.

하지만 '불구에 가깝도록' 다리 아프게 올라 바라보는 백록담에 물이 고여 있지 않대서 등정을 후회할 일은 아니다. 지용의 거울 같은 시구를 건지지 못해도 우리는 거기에 깔린 전설을 주울 수가 있으니까.

그러니까 둘레 1,720m, 화구벽의 높이 140m짜리의 휑하니 빈 웅덩이를 굳이 사실상 그대로 분화구로만 볼 일은 아닌 것이다. 우리는 그 거대한 웅덩이 바닥에 깔린 전설에 그냥 속아 주면 되는 것이다. 한 사냥꾼이 한라산 꼭대기에서 흰 사슴을 발견했다. 그러나 힘껏 날린 화살은 사슴이 아닌 산신 설문대할망의 엉덩이에 맞았다. 화가 치솟은 그 여신은 산봉우리를 뽑아 던졌다. 그것이 남제주 안덕면에 떨어져 산방산이 되었다. 해발 395m짜리 조면암질 바위산은 공교롭게도 제주의 3백여 화산들이 모두 오목형인데 유일하게 볼록형이며 그뿐 아니라 산 둘레가 백록담의 그것과 딱 맞아 떨어져 원래 그것이 있던 자리가 백록담이라는 전설과 부합된다.

또 다른 전설은 한라산에 살았던 한 신선이 흰 사슴으로 변했다는 내용이다. 그 신선은 매년 복날이 되면 선녀들이 백록담으로 내려와 멱 감는다는 것을 알고 매년 그 날만은 백록담에서 멀찍이 떨어져 있곤 했는데 어느 해 복날엔 그만 깜빡 잊고 백록담 근처를 돌아다니다 선녀들이 옷을 벗는 장면을 보게 되었다. 그 아름다운 알몸을 보는 순간 넋을 잃고 있다가 그만 선녀들에게 들키고 말았으며 기겁을 한 선녀는 당장 하늘로 올라가 옥황상제에게 일러바쳤다. 격노한 옥황상제가 신선을 흰 사슴으로 변신시켰는데 그 뒤부터는 복날이 되면 흰 사슴 한 마리가 백록담 주변을 돌아다니며 슬피 울곤 한다는 것이다. 흰 사슴이 노니는 곳이어서 백록담白鹿潭이 됐다는 지명 유래의 그 사슴이 전설에 등장하는 바로 그 사슴이라고 우리는 그렇게 믿으면 그만인 것이다.

이 백록담은 기암절벽으로 둘러싸인 화구호로 그 주봉인 부악이 해발 1,950m의 남한 최고의 키다리이다. 그러나 이 산은 우리 겨레의 성지이며 우리 국토에 널려 있는 모든 산의 조종인 백두산이 흘러와 멈춘 곳이다. 백두에는 천지가 있고 한라에는 백록담이 있다. 우리 땅 모든 산의 아버지가 백두라면 한라는 그들의 어머니다.

우리는 백록담에 올라, 마음대로 천지에 갈 수 없는 처지를 한탄만 하지 말고 백록담이 있는 제주에 발걸음을 할 수 없는 북녘 동포들의 답답한 가슴도 헤아려 보아야만 한다. 나라의 허리를 동강내어 백두에서 한라로 흘렀던 정기를 막아 버린 우리네의 어리석음을 백록담 물거울로 비쳐 보아야 하는 것이다.

제주에는 가는 곳마다 구경거리가 널려 있고 발길 멈추는 곳마다 입을 다물지 못하게 하는 선경이 도사리고 있지만 그 어떤 곳보다도 우리의 발길이 우선해야 하는 곳은 한라의 백록담이라고 나는 생각한다.

박물관과 징비록
- 서애西厓를 생각하며

국립 중앙박물관의 건물은 내게 자주 '징비懲毖'라는 말을 생각하게 한다. 그것은 정부 청사의 이전으로 중앙청이 박물관 건물로 활용케 될 것이라는 보도가 있은 후부터였다. 그때(1982) 중앙청을 완전히 허물어 버리자는 의견과 박물관으로 활용하자는 의견이 대립되었다.

남대문에서 시원하게 뚫린 길을 통해 똑바로 바라볼 수 있는 경복궁이, 일본이 총독부로 썼던 그 건물 때문에 갇혀 있으며 뿐만 아니라 식민지 시대의 그 치욕적인 유물을 후손들에게 물려준다는 것은 결코 바람직한 일이 못 된다는 게 중앙청을 헐어 버리자는 쪽이 내세운 명분이었다. 또 헐어 버리자는 것을 반대하는 쪽의 주장은 그것이 치욕적인 역사를 지닌 건물이기 때문에 오히려 박물관 건물로 적합하다는 것이었다. 활용할 수 있는 건물을 허물어 버린다는 것은 낭비라고도 했다.

사실 그 건물은 경복궁의 터전에 노무라 이치로野村一郎라는 일본

건축가가 총독부 건물을 설계하여 10여 년에 걸쳐 완공시켰으며 그 때문에 광화문이 자리를 옮겨 세워졌다가 6·25 때 불타 버려 완전히 없어지고 말았다. 그리고 오랜 동안 그 악랄했던 식민정책의 산실은 해방과 함께 미 군정청의 캐피톨 홀Capitol Hall이 되었고 그로 인하여 우리의 정부가 수립되고서는 '중앙청'이 되어 버린 것이다. 그러니 그 건물만 봐도 울화통이 치미는 것은 사실이다. 그렇다고는 하지만 그 건물을 허문다고 치욕의 역사가 영화로운 그것으로 바뀌는 것도 아니잖는가.

나는 그 건물이 헐린다면 아까운 노릇이라고 생각했었다. 서울 창신동 뒷산에서 떼낸 화강암과 황해도 금천군 고동면의 화강암으로 이루어진 건물이기 때문에 그 자랑스런 석재를 아까워한 것이 아니었다. 10여년에 걸쳐서야 완공을 본 건물의 견고성 때문은 더욱 아니였다. 우리의 명재상 서애(유성룡)의 《징비록》서문에 나오는 한 구절 때문이었다.

지금 우리의 국보 제132호로 지정된 그 징비록의 서애 자서自序에 '내 지난 일을 경계하여 후환을 삼가노라(予其懲而毖後患)'고 저술 의도를 분명히 밝힌 구절이 생각을 키웠던 것이다. 그 구절은 결국 '내가 그 잘못을 뉘우치려 경계하여 다시는 임진왜란과 같이 참혹한 국란을 당하지 않게 하겠다.'는 것이 아닌가. 아마도 서애는 우리 겨레에게 망각의 악습이 있다는 것을 꿰뚫었는지도 모른다.

물론 우리는 잡다한 모든 과거사를 몽땅 머릿속에 넣고 살아서도 안 되며 또 그럴 수도 없는 노릇이다. 그러나 잊어서는 안 될 것을 잊는다는 것은 개인적으로나 민족적으로나 발전의 여지를 없앤다는 것에 다름 아니다. 그러므로 조선 총독부의 건물을 허물어 버리는 것보다는 오히려 그것을 '징비'의 뜻으로 지니면서 효율적으로 이용하는 것이 바람직한 일이 아니냐는 것이 당시의 내 생각이었으므로, 중앙청이 박물관으로 개관되었을 때 나는 그곳을 찾게 되었다.

헐어버리고 잊어버릴 수만은 없는 그 역사적인 건물에 단 한 점이라도 잃어서는 안 될 우리 겨레의 보배들이 숱하게 전시돼 있는 것을 보고 나는 가슴 뿌듯함을 느끼지 않을 수 없었다. 그 까닭은 두 가지였는데, 첫째는 그곳이 단순한 우리 문화유산의 전시관이 아니라 오늘을 사는 우리들에게 겨레의 근원을 찾게 하는 사회 교육장으로서의 역할을 하기에 손색이 없는 곳이구나 하는 생각 때문이었고, 다른 하나는 몇 해 전, 두 차례에 걸쳐 동남아와 유럽을 여행할 기회가 있어 그곳에서 관람한 고궁 박물관, 루브르 등에 압도되어 왜 우리는 5천년의 역사를 지닌 민족이라면서도 이렇듯 어엿한 박물관을 갖지 못했느냐 하는, 일종의 열등감을 느꼈던 일이 있었으므로 결코 만만치 않은 새 국립 중앙박물관을 관람하는 감회가 실로 남다른 것이었다.

이 밖에도 또 다른 즐거움이 있었다. 그것은 '신동국여지승람' 경상도 편의 집필(서울신문 연재)이 끝나갈 즈음에 들렀기 때문에 느낀 즐거움이었다. 그것은 국보급 유물들이 출토된 현장 취재 때 그곳에서 접할 수 없었던 것들을 이 중앙박물관에서 접하게 되는 즐거움이었는데 그 사례를 이 짧은 지면에 다 열거할 수가 없으므로 그 중 몇 가지만 소개한다.

금속 공예실에서 만난 영주 출토의 금동 당간용두幢竿龍頭, 감포의 감은사 쌍탑 중 서쪽 3층 석탑에서 나온 금동 사리 외함과 탑 모양을 한 사리 그릇 그리고 순금 금강경판, 경주 황남대총에서 출토된 금관, 금제 허리띠, 의성 탑리에서 출토된 금동관을 비롯해 가야실에서 본 고령 32호분의 출토품인 금동관과 신라의 그것에 비해 훨씬 더 날렵하고 세련되었다고 평가되어지는 동물, 수레, 배, 가옥 등의 모형으로 이뤄진 상형 토기 및 요즘에 디자인된 것으로 착각될 만한 금제 귀고리, 팔찌 등의 멋들어진 장신구류를 들 수 있다.

그러나 그 즐거움과 황홀함에 물을 끼얹은 것은 취재 시 그 현장마다에서 듣게 되는 가슴 아픈 얘기들이었다.

일본인들의 역사 왜곡

고령高靈의 한 향토사가의 얘기가 가야실을 둘러 본 후에 생각났다. 그의 말에 의하면 고령이 옛날 일본의 땅이었다는 소위 임나일본부설任那日本府說을 주장하기 위한 간계로 당시 일본인 사학자 금서룡今西龍이 수집가 고쿠라(小倉武之助 : 남선 전기 대구 주재 사장)와 손을 잡고 가야 고분들을 마구 파헤쳐 수많은 유물들을 일본으로 빼돌리며 '고령이 바로 일본부지이다. 이 사실을 확인하기 위해 나는 고분들을 발굴했으며 여기에서 출토된 유물들을 조사한 결과 내지인(일본인)과 조선인은 동일 민족임이 확인됐다.'라고 했다는 것이다. 그것은 물론 당시 식민정책이었던 내선일체內鮮一體를 강조하려

254

는 순전한 억지였다.

그 고쿠라라는 일본인에 의해 일본으로 흘러간 유물에 대해, 초대 박물관장 김재원 박사의 '경복궁야화'(박물관 신문 연재)에 따르면 '고쿠라가 가져간 유물들은 동경박물관에 기증되었고 1982년 기증 고쿠라 컬렉션 목록이라는 이름으로 동 박물관에서 발간되었다. 이 목록에 실려 있는 우리나라 유물은 1,030호까지 있는데 한 호에 몇 개씩 들어 있기 때문에 실제의 숫자가 더욱 많은 것은 물론이다.'라고 그 후의 유물 실태가 밝혀져 있다.

어찌 그 자만이 우리의 보배들을 약탈해 갔겠는가. 수많은 일본인들이 숱한 우리의 보배로운 유물들을 공공연히 약탈해 간 사실이 지금 방방곡곡에서 확인되고 있지 않은가.

'사랑방'에 전시된 하회탈에도 우리의 울화를 치밀게 하는 얘기가 있다. 국보 121호로 지정된 하회탈은 주지(2개), 각시, 중, 양반, 선비, 초랭이, 이매, 부네, 백정, 할미 등 10종 11개이며, 이밖에 총각, 별채, 떡달이 등이 있었으나 일제 때 분실되었다고 도록, 국립중앙박물관에 밝혀져 있는데 내가 신동국여지승람 취재 때 하회 마을에 가서 들은 분실 경위는 참으로 어처구니없는 것이었다.

위에 밝힌 그 3개의 탈이 없어지게 된 것은 일제 때 그곳 풍남 소학교 교장이었던 일본인 때문이었다. 그는 약간 모자란 사람으로 늘 훈도시(일본 남자들이 샅을 가리는 폭이 좁은 들보)바람으로 동네를 휘젓고 다녀 마을 사람들이 '왈석이 교장'이라는 별명을 붙여 주었다고 한다. 왈석이란 그 고장 사투리로 모자라는 사람을 뜻하는 말이라 하는데 그 '왈석이 교장'이 그것을 일본으로 가져갔다는 것이다. 지금은 그 사람의 이름도 또 그가 가져간 총각, 별채, 떡달이의 행방(일본에서의)도 까맣게 모르는 일이 되어 버렸다. 참으로 애석한 일이 아닐 수 없다.

이렇듯 수많은 유물들이 일본에 의해 약탈당했지만 일본의 덕을 본 것도 전혀 없지는 않다. 중앙아시아실에 전시된 서역 유물들이 그것이다.

이곳의 유물들은 '세계적인 보물로서 중앙아시아 연구에 귀중한 자료가 될 뿐 아니라 불교 미술의 원류로서 우리나라의 미술사 연구에도 많은 도움이 된다.'고 평가되어지는 것들인데, 이것이 우리 국립중앙박물관의 소장품이 된 것은 오타니(大谷光瑞) 탐험대가 실크로드를 탐험하여 발굴해 온 것 중의 일부이다. 그 발굴품은 오타니 탐험대의 재정적인 문제로 일본의 도쿄 국립박물관, 류고쿠대학 박물관, 중국 국립 여순박물관, 일본 고베의 니라쿠소 등에 분산되었는데, 니라쿠소 측은 자기네가 갖고 있던 이 서역 유물을 1916년 조선 총독부박물관에 기증했으며 그로 인하여 해방 후 우리 박물관의 소장품이 된 것이라고 한다. 하기야 배 주고 배속 빌어먹은 격이긴 했지만.

이렇듯 귀중한 박물관의 소장품들이 6·25때는 그대로 서울에 남아 있었으나 천행으로 전쟁의 피해를 입지 않았다. 또 9·28수복 때도 북쪽에서 이것들을 가져가려고 모조리 다 싸 놓았다가 후퇴하기에 급급해 그냥 놔두고 갔다고 한다. 참으로 하늘에 감사할 일이 아닌가 싶다.

겨레의 유산과 우리의 염원

나는 중앙아시아실, 신안 유물실, 중국실, 일본실 등을 둘러보는 도중 루브르를 칭찬한 프랑스의 어떤 학술원 회원의 글을 상기하지 않을 수가 없었다.

그는 '어떤 미술관도 그 수집의 중심이 되고 있는 것은 응당 그 나라의 예술일 것이다. 뿌리에서 영양을 섭취하지 않고서는 생명력이 없기 때문이다. 그러나 나무는 싹이 트고 성장함에 따라 외계로 뻗으면서 키를 키운다. 그리고 이러한 공간 속에서 스스로의 성장에 의해서 확대된 지표의 넓이를 굽어본다. 인간도 또한 그렇다. 인간의 정신처럼 미술관도 처음에는 그 가지를 자기 자매의 문명 가까이, 다음에는 이웃의 문명으로 그리고 마지막으로는 보다 먼 이국의 문명을 향해서 가지를 넓힌다.'고 했다.

우리의 국립 중앙박물관도 이렇듯 자꾸만 가지를 키우고 넓혀서 세계적인 박물관이 되었으면 하는 바람인 것이다. 우선 휴전선 저쪽까지 그 가지를 넓히고 그리고 그 가지로 아시아 인접국들에, 또 구미 각국에까지 그 영향을 미치게 되었으면 한다.

어쨌든 상설 전시실인 국립 중앙박물관의 선사실, 원삼국실, 고구려실, 백제실, 신라실, 가야실, 불교 조각실, 금속 공예실, 고려자기실, 분청자기실, 조선백자실, 사랑방, 서화실, 불교 회화실, 수정 기념실, 동원 기념실 등 총 26개실에 분리 전시된 우리 보배는 총

6,800여 점에 달하고 격납格納 유물은 116,000여 점에 이른다고 한다.

사실 어느 방에 있는 어느 유물 하나 우리 겨레의 자랑거리가 아닌 것이 없고 우리 조상의 숨결이 담겨지지 않는 것이 없다. 때문에 어떤 방에 가나 감명을 받지 않을 수가 없다.

그러나 수정水晶, 동원東垣 두 기념실도 나에게 각별한 감명을 준 곳이다. 수정 기념실은 의사였던 고 박병래(1903~1974)선생이 평생토록 수집한 362점의 기증품을 전시한 곳으로 이곳에 전시된 명품은 조선시대의 백자 연구 및 감상에 중요한 몫을 하며 또 동원 기념실은 재산가였던 이홍근(1900~1980) 선생이 일제의 수탈로 없어지는 우리의 문화재와 해방 후에도 해외로 유출되는 문화재를 보호하기 위해 그것을 수집, 보존한 5,000여 점에 이르는 보배를 기증하여 전시하게 된 방이다.

이는 수집가들과 그 후손들이 문화재가 개인의 소장품으로 특정인의 애완에 그치는 것이 아니라 국민 모두의 것, 나라의 보배라는 것을 인식한 결과이며 따라서 우리 겨레가 자손 만대에 이르도록 그것들을 자랑으로 삼으며 감상할 수 있게 한 그 갸륵한 뜻으로 이뤄진 전시실이기에 나는 각별한 감명을 받았던 것이다.

유난히도 숱한 외침을 당해야만 했던 파란만장한 역사를 지닌 우리 겨레에게 있어 이 박물관은 박물관으로 끝나지 않는다. 그것은 박물관이자 '징비관懲毖館'이다. 숱한 유물들이 전시되어 있으므로 그곳은 우리의 박물관이지만 이제부터는 결코 그 하나라도 잃어서

는 안 될 우리의 소중한 보배들이 소장되었고, 그 건물 역시 치욕의
역사를 지닌 건물이기 때문에 그것은 우리에게 있어 마땅히 '징비
관'이어야 한다는 생각인 것이다.

작가가 쓴 작가연보

1939

본적은 충북 청주로 되어 있지만 나의 태가 묻힌 곳은 지금 대청호大淸湖
로 잠긴 청원군 문의면文義面 소재지라고 한다. 당시 부친께서는 금융조
합(지금의 농협)에 근무하셨는데 잦은 전근으로 나는 어릴 때 동무 없이
심심하게 집에서만 나날을 보낸 것으로 기억된다.

1946

국민학교에 입학한 것은 해방 이듬해였고 속리산으로 유명한 보은군 관
내에서 이리저리 네 번이나 전학한 뒤, 삼승三升 국민학교를 졸업했다.
보은은 부친의 태생지요 지금도 그곳에 선산이 있다.

1958

청주중학교와 청주고교를 거쳐 대학에 진학하고부터 서울과 인연을 맺게
되었다.

1959

대학 1학년 때인 이해 〈자유신문〉 신춘문예에 단편 〈외로운 사람〉이 수석
으로 뽑혔다. 김동리, 서정주, 박목월 등 쟁쟁한 문인들의 강의를 듣게 되
었다.

1961

대학 3학년 때 〈조선일보〉 신춘문예에 〈이단부흥異端復興〉이 당선되어 등단했다. 이때 조연현, 양주동, 이병주 교수들의 강의를 들었다.

1963

동국대를 졸업하고 청주에 내려가 〈충청일보〉에 입사, 문화면을 창설하고 1년쯤 근무했다.

1964

고향의 대선배이신 시인 신동문 선생님의 도움으로 서울 신태양사에 입사했으며 당시 내가 맡은 일은 여성지 〈여상女像〉의 레이아웃이었다. 이렇게 시작된 나의 직장생활(잡지사, 출판사)은 1981년도까지 계속되었다. 그동안 군대에 가 있던 3년(1967년 제대)을 빼면 16년쯤 된다. 그쯤 되자 책 만드는 일이 지겨워지고 또 소설에 전념하고 싶은 생각도 들어 직장을 내놓고 집에 틀어박히게 되었다. 그러나 소설만으로는 밥을 벌 수가 없어 초조한 나머지 지기의 권유도 있고 해서 뒤늦게 대학원에 진학했다. 혹 대학에서 일자리를 찾을 수 있을지 모른다는 생각을 했던 것이다.

1981

난생 처음으로 외국 나들이를 하게 되었다. 한, 중 작가회의(대만)에 참석하고, 홍콩, 싱가포르, 말레이시아, 일본 등 동남아 5개국을 순방한 것이다. 조선일보 신춘문예로 따져 문단에 등단한 지 꼭 10년이 되는 해였는데 그동안의 작품으로는 〈반상쇄풍기半晌曬風記〉〈증묘蒸猫〉〈미로학습迷路學習〉〈육아肉芽〉〈성흔聖痕〉〈환상의 성〉〈바람과 날개〉〈어둠 저쪽의 빛〉 등이며 이 중에서 〈반상쇄풍기〉는 충북문학상(1967)을, 〈성흔〉은 현대문학상(1975)을, 〈육아〉는 한국일보문학상(1978)을 타게 해주어 중도에서 소설을 포기하지 않도록 힘이 되었다.

1982

장편 〈그 여름의 나팔꽃〉을 펴냈으며 문공부 파견 해외문학시찰단의 일원으로 두 번째 외국 나들이를 하게 되었다. 이때 가 본 나라는 프랑스, 이탈리아, 인도, 리비아 등 4개국이었다.

1983

국민대학에서 풍자소설을 중심으로 한 〈채만식연구蔡萬植研究〉로 석사학위를 받았다. 이러한 만학의 덕(?)으로 강남대, 인천대, 국민대, 추계예대, 동국대 등에서 시간 강사 노릇을 하게 되었다.

1986

중편 〈끈〉으로 한국문학작가상을 받아 쪼들리는 살림에 반짝 보탬이 되었는데 그보다는 '상'이라는 채찍을 맞은 기분이었다.

1987

소설집 《머리 둘 달린 새》와 《물레나물꽃》을 펴내게 되었으며 이해 상복이 있어 조연현문학상과 모교에서 주는 동국문학상 등을 타게 되었다. 그러나 호사다마好事多魔라 했던가. 첫아이 병욱秉昱을 잃게 되었다. 나의 죄업이 너무 컸던 탓일까. 그야말로 백약이 무효였다. 늙든지 병들든지 하여 땔 나무조차 하지 못하게 된 걱정을 '채신지우采薪之憂'라 하지만 늙고 병들어 원고지를 메우지 못해 밥걱정을 하는 경우는 뭐라 하는지 모르겠다. 어쨌든 내 말년의 그러한 걱정을 덜어주기 위함인지 큰아이는 한사코 우리 곁을 떠났다. 그런 효자를 둔 가슴으로 방황하기 시작했다.

1988

포항에서 그곳 문단의 대부로 알려진 춘강春江 빈남수 박사가 제정한 춘강 문예창작기금의 제1회 수혜자로 선정되었다. 〈현대문학〉에 연재하던 〈서러운 꽃〉을 매듭지었다.

1989

〈서러운 꽃〉을 책으로 펴내고 이사를 했다. 15년 동안 살았던 곳은 미아 3동 수유시장 맞은편이며 이사한 곳은 북한산 동쪽 발치인 아카데미 하우스 못미쳐이다. 〈만취당기晩翠棠記〉로 동인문학상(제20회)를 타게 됐으며 수상작품집을 조선일보 출판부에서 펴냈다. 아버님께서 80노필老筆로 내 서재에 '만취재晩翠齋'라는 편액을 써 붙여 주시고는 타계하셨다. 아버님은 내 문학의 열렬한 응원자셨고 애독자셨다. 대들보가 내려앉은 기분이었다.

1990

10년 전 〈월간문학〉에 연재했던 〈어둠 저편의 빛〉을 퇴고하여 펴냈는데 그동안 피운 게으름으로 까딱했으면 장편 하나가 '어둠 저쪽'에 묻힐 뻔했다. 퇴고에 게으름을 피우지 말아야 한다는 걸 절실하게 느꼈다.

한국문인협회 주최 제1회 해외문학 심포지엄에 참석(로스앤젤레스)하고 뉴욕, 워싱턴디시, 샌프란시스코 등 미주 이곳저곳을 돌아볼 기회를 얻었다. 그리고 여행에서 돌아온 직후 또 중국에 여행할 기회가 생겨 천진, 북경, 장춘, 연길을 거쳐 백두산을 다녀왔다. 우리 산의 조종祖宗인 백두산을 남의 나라를 통해 컨닝하듯 보아야만 하는 기분 착잡하기 이를 데 없었다. 돌아오는 비행기 안에서 새삼 역마살이 끼어도 단단히 끼었음을 느끼게 되었다. 나는 8년 전부터 서울신문에 '신동국여지승람新東國輿地勝覽'(경상남북도편)을 집필하기 위해 계속 이곳저곳을 쑤시고 돌아다녔으며 이런 저런 일로 별반 집에 붙어 있은 적이 없었다. 이제 한두 달 만 쓰면 신동국여지승람 집필도 끝나니 작품 좀 써야겠다고 결심 또 결심했다.

1991

중편집 《서울이 좋다지만》과 산문집 《가슴에 키우는 별》을 펴내게 되었으며 가을학기에 한양여자전문대학 문예창작과의 교수로 임명되었다. 어쩔 수 없는 결심이었지만 원고지 메우는 일에만 전념하려 했었으므로 교수나, 작가냐로 며칠 고심을 했었다. '그래 참된 교육자가 되자.'라고 결심을 굳혔으나 소설을 버릴 생각까지 한 것은 아니었다.

1992

한국문인협회 제3회 해외문학 심포지엄에 참석(모스크바, 알마아타)하고 러시아의 페테르스부르크, 체코, 헝가리 그리고 독일 등 5개국을 순방했다.

1993

한국문인협회 제4회 해외문학 심포지엄(호주 시드니)에 참석하여 주제

발표(세계 속의 이민문학)을 한 뒤 피지, 뉴질랜드 등 3개국을 순방했다. 이제 국내여행이든 해외여행이든 좀 자제할 생각이지만 그것은 나도 장담할 수가 없다. 그놈의 역마살 때문에 언제 또 무슨 건이 생기면 후딱 집을 나서게 될 것이다. 중편집《서울의 나그네새》를 펴냈다.

이제 1993년의 가을바람이 나날이 다르게 분다. 그 바람을 쐬며 이제까지 내가 지나온 발자취들을 줄이고 또 줄이고 간단히 얽어 놓았는데 다시 읽어보니 '이것이 내 55년의 인생이었다니' 싶고 '이것이 내 32년의 작가연보라니' 싶어 절로 한숨만 나온다.

이 연보에 빠진 것이 있다면 1970년, 고향이 대구인 이명숙을 아내로 맞아들인 일과 그 사이에 태어난 아들 병규秉奎가 군에 입대할 나이가 되었다는 점일 것이다. 장차 이어질 연보의 기사가 앞에서 늘어놓은 것보다 좀 더 알찰 수 있게 되기를 바라며 내 소개를 줄일까 한다.
(1993년, 김문수 소설집《그 세월의 뒤》에 수록)

김 문 수 산 문 집

설놀이라 서운해서
엽서 한 장 띄워요

초판 발행 2015년 11월 25일

지은이 | 김문수
발행인 | 권오현

펴낸곳 | 돋을새김
주소 | 서울시 종로구 이화동 27-2 부광빌딩 402호
전화 | 02-745-1854~5 팩스 | 02-745-1856
홈페이지 | http://blog.naver.com/doduls 전자우편 | doduls@naver.com
등록 | 1997.12.15. 제300-1997-140호
인쇄 | 금강인쇄(주)(02-852-1051)

ISBN 978-89-6167-219-1 (03810)
Copyright ⓒ 2015, 김문수

값 12,000원